Karl-Heinz Göttert ist Professor für Germanistik an der Universität Köln. Er hat zahlreiche wissenschaftliche Bücher geschrieben, aus denen schon seine ersten drei Krimis im Emons Verlag schöpften: »Die Stimme des Mörders«, »Das Ohr des Teufels«, »Anschlag auf den Telegraphen«. In seinem vierten Krimi ist wiederum ein »Kapitel« Wissenschaft in spannende Handlung verwandelt.

KARL-HEINZ GÖTTERT

ENTSCHLÜSSELTE GEHEIMNISSE

HISTORISCHER KRIMINALROMAN

Emons Verlag

Umschlagzeichnung: Heribert Stragholz
Druck und Bindung: Clausen & Bosse GmbH, Leck
Printed in Germany 2005
ISBN 3-89705-392-6

www.emons-verlag.de

In Erinnerung an
Otmar Kuttenkeuler

† 14. November 2004

ERSTES KAPITEL *In dem ein Bote des Kölner Rates am Rande des Worringer Bruchs mit Briefen für die niederländischen Partnerstädte abgefangen wird*

Gut stand der Winterweizen in diesem Jahr. Saftiges Grün, das sich bei milder Brise aus West, Süd-West soeben erst den Winterschlaf unter dicker Schneedecke aus den Halmen geschüttelt hatte. Azzo liebte Weizenfelder, sah schon das Wogen im Sommer vor sich, das Spiel des Windes über die Weiten hinweg: das leichte Kräuseln bei plötzlichen Böen, die spiegelglatte Fläche, wenn es heftiger wehte und die schwere Frucht die Halme fast zu Boden drückte. Auch sein Pferd, der Falbe, schien die Felder zu mögen, hielt von selbst leichten Trab, der den Reiter sanft schaukelte, ihm alle ernsten, gar widrigen Gedanken nahm und vom Ende der Reise träumen ließ, vom reichlichen Essen, von der Kanne Bier, die ihm eine dralle Magd reichen würde – so weit nach vorn gebeugt, dass die Brüste aus dem Mieder quollen.

Azzos gegerbtes Gesicht verklärte sich bei diesem Gedanken, den er wieder und wieder vor seinen Augen Gestalt annehmen ließ und den er trotz der immer nur geringen Variationen stets wie zum ersten Mal zu sehen glaubte. Aber Azzo wusste auch, dass es noch weit sein würde bis Neuss, dass er die Stadt gerade vor Schließung der Tore erreichen würde. Und dies nur, wenn er sich beeilte, wenn niemand ihn aufhielt wie neulich, als Bauernpack zuerst etwas von ihm wissen wollte und sich dann plötzlich auf ihn stürzte, um ihn auszurauben. Da hatte sein langes Messer gute Dienste leisten müssen, die schöne saubere Klinge, die Blitze ausstrahlen konnte, wenn die Sonne sie traf. Zuerst mit der flachen Seite ein Schlag, dann mit der Spitze ein nicht zu tiefer Stich – und Azzo hatte weiterreiten können.

Denn er musste weiter. Weiterkommen war Azzos Beruf, seit er denken konnte. Schon als Kind machte er Botengänge, zu Fuß und im Auftrag des Vaters, der auch schon Bote war, berittener Bote wie er jetzt auch, im Dienste des Kölner Rates. Lange war Brühl sein Ziel gewesen, die Augustusburg, die die Residenz des Kurfürsten und Erzbischofs war, seit die Kölner ihn vor mehr als zweihundert Jahren aus der Stadt vertrieben hatten. Jeden Stein kannte Azzo zwischen dem Rathaus und dieser trutzigen Festung mitten auf dem Lande. Erst ganz zuletzt, seit Erreichen des dreißigsten Lebensjahrs, hatte man ihm die großen Wege über Land anvertraut, besonders in den Westen, den Rhein hinab über Xanten ins Klevische und von dort weiter, entweder nach Utrecht und Rotterdam des Heringsfangs wegen oder südlich nach Antwerpen und Brügge zu den Tuchwebern, in die Niederlande jedenfalls, wo die Kaufleute saßen, mit denen die Kölner Handel trieben und mit deren Städten sie Zollabkommen und was sonst an Verträgen besaßen. Azzo liebte diese Strecke, die weniger gefahrvoll war als der Weg nach Norden über Dortmund, Münster, Bremen bis Lübeck zur Hanse. Gar nicht erst zu reden vom Ritt nach Osten in die Gebiete des Erzabbaus, der bis Krakau führen konnte, über Leipzig und Breslau, wobei auch noch ein Weg von Leipzig abzweigte nach Danzig, mindestens genauso schlimm. Denn überall dort gab es tiefe Wälder, in denen es von Gesindel wimmelte. Auch der Süden war in dieser Hinsicht kaum besser, der Weg nach Frankfurt, der durch Westerwald und Spessart führte, wenn man sich nicht endlos auf Schiffen rheinaufwärts ziehen lassen wollte. Nein, der Westen war gut, und die erste Übernachtung in Neuss war es auch.

Gerade eben hörten die Felder auf, wie eine Wand türmte sich der Wald vor ihm auf, der Worringer Bruch, ein sumpfiges Gelände, in dem man sich mehr als sonst genau an den Weg halten musste. In seinen Träumen unterbrochen, lenkte Azzo missmutig das Pferd im Schritt durch die enge Pforte, die den Eingang zum Wald bildete. Im ersten Moment hüllte ihn die neue Umgebung in Dunkel, ehe sich die Augen daran gewöhnt hatten. Schon bald fiel der Falbe wieder in seinen gewohnten Trab, und auch Azzos Miene heiterte sich auf, besonders als ihm das mildere Licht seinen Traum noch farbenreicher auszumalen half. Zuletzt gab er sogar die Zügel aus der Hand, weil es auf dem schmalen Weg keiner Führung mehr bedurfte, passte seine Bewegungen dem Tritt des Pferdes an und sank in Halbschlaf.

Fast hatte Azzo den Wald durchquert, schon leuchtete an der nächsten Wegbiegung das helle Licht der Ebene auf, da riss es ihn jäh aus seinen Träumen. Seine Schenkel verloren urplötzlich den Halt zum Sattel, kopfüber wurde er auf den Hals des Pferdes geschleudert. Noch während seine Stiefel aus den Steigbügeln glitten, sein rechter Absatz sich beinahe darin verfing, versuchte Azzo, die Mähne zu greifen. Aber er bekam nur einige Strähnen zu fassen, verlor den letzten Halt, ließ sich angesichts seiner hoffnungslosen Lage in einer halben Drehung zu Boden fallen und konnte nur noch darauf achten, nicht unter die Hufe zu geraten. Erst am Boden liegend erkannte er das Seil, das über den Weg gespannt gewesen war. Der Falbe hatte sich erstaunlich schnell gefangen und war einige Schritte weiter schon zum Stehen gekommen. Azzo aber traf der nächste Schreck, als eine Gestalt aus dem Dickicht trat und grinsend auf ihn herabsah.

»Hart gefallen, Bruder?«, fragte ein kräftiger Bursche, der einen dicken Knüppel in der Hand trug, während er auf das Pferd zuging und dem ängstlich stampfenden Tier in den Zügel griff. »Nur die Ruhe, ich will dein Pferd, nicht dich. Es sind schlechte Zeiten heute, alles wird täglich teurer. Wie soll man da seine Kinder ernähren?«

Azzo musterte den Burschen und fand es geraten, sich nicht zur Wehr zu setzen. Nach seinem ganzen Auftreten war er kein ungeschlachter Bauer, nach der Kleidung kein marodierender Soldat. Er trug eine eng anliegende, kurze Jacke über einer Hose, beide in grünem Tuch mit feinen braunen Streifen. Die knielangen Schaftstiefel glänzten dank des frisch geputzten Leders, am schmalen Gürtel baumelte ein Schwert in der Scheide. Ein merkwürdiger Kerl, zu dem ein Raub wenig passte, ein unbedachter Mord auch nicht. So suchte Azzo das Beste aus seiner hilflosen Lage zu machen.

»Könnt Ihr mir den Mantelsack mit dem Proviant lassen? Ich bin Bote, wie Ihr seht, muss jetzt zu Fuß nach Köln zurück. Ich weiß nicht, ob mir die Bauern unterwegs etwas geben. Das Geld könnt Ihr haben, aber viel ist es nicht. Warum habt Ihr nicht einen dickeren Fisch geangelt?«

Laut prustete der Kerl los.

»Einen dickeren Fisch? Du bist mir gerade dick genug. Nur dieses Pferd könnte etwas kräftiger sein. Die Bauern brauchen etwas zum Ziehen, da bringt eine solche Mähre wenig. Und der Mantelsack bleibt hier.«

Azzo hatte sich erhoben, während der Kerl das Pferd heranführte und Azzo direkt gegenübertrat. Er musterte ihn von Kopf bis Fuß, sah das Messer in seinem Gürtel, zog es aus der Scheide und spielte damit.

»Ganz gut, das Messer. Hat es Meister Langenfeld gemacht?«

»Es ist aus der Schmiedegasse, aber nicht von Meister Langenfeld, sondern von Meister Reifferscheidt«, antwortete Azzo verwirrt darüber, dass sich sein Gegenüber so gut auskannte. Dabei wandte er sich seinem Pferd zu, das an der Hand des Burschen unruhig auf der Stelle tänzelte. Azzo fuhr ihm beruhigend über den Kopf, dann an der Brust abwärts über die Vorderläufe, um festzustellen, ob es sich verletzt hatte. Schließlich tätschelte er ein letztes Mal den Hals und knotete den Mantelsack hinterm Sattel auf. Er wollte hineingreifen, als der Kerl ihn energisch zur Seite stieß.

»Das lässt du bleiben, Kleiner.«

Dann griff er selbst in den Mantelsack, wobei Azzo sich wunderte, weshalb seine Miene sich aufhellte, holte ein kleines Paket heraus, in dem ersichtlich Essbares eingewickelt war, und reichte es seinem Besitzer.

»Auf Nimmerwiedersehen«, sagte er in klarem, aber nicht mehr ärgerlichem Ton. »Du kannst jetzt den Überfall in der Stadt melden. Sie sollen sich keine Mühe machen, mich zu suchen. Ich bin morgen über alle Berge. Dein Pferd wirst du nie mehr wiedersehen. Es wird ihm gut gehen, so wie es dir ja auch gut geht, wie du siehst. Außer, dass du jetzt ein paar Stunden unterwegs bist. Aber das Wetter ist doch heiter, kein Regen in Sicht. Was willst du mehr? Wohin wolltest du eigentlich?«

»Ich bin Bote der Stadt.«

»Das sagtest du schon. Und wohin genau sollte es gehen?«

»Das darf ich nicht verraten.«

»Er darf es nicht verraten«, grölte der Kerl. »Und wenn ich es aus dir herausprügele?«

Azzo hielt es für das Beste zu schweigen. Er senkte nur den Kopf als Zeichen der Resignation und hoffte, dass nichts geschehen würde.

So war es denn auch. Nach dem letzten Wortwechsel verschwand der Bursche mit Azzos Falben am Zügel im Wald und kam kurz darauf mit einem weiteren Pferd heraus. Er verschloss den Mantelsack wieder sorgfältig auf dem Falben und saß auf seinem eigenen Pferd auf. Dann ritt er wortlos davon. Zu Azzos Erstaunen schlug er die

Richtung nach Köln ein. Als könne der Bursche Gedanken lesen, drehte er sich noch einmal herum und rief Azzo zu:

»Vielleicht klappt es ja auch in Köln mit dem Verkauf. Dann kannst du deinen Falben doch noch zurückkaufen.«

Mit einem gellenden Hohngelächter verschwand der Bandit um die nächste Biegung.

Azzo besaß nur noch seinen Proviant. Aber er hatte seinen fast neuen Rock behalten, auch die Stiefel, den Hut. Seltsamer Kerl, ging es ihm durch den Kopf. Irgendetwas stimmt nicht mit ihm. Und dann nach Köln. Den sehe ich noch einmal. An den werde ich mich noch beim Jüngsten Gericht erinnern.

Damit zog er los, erreichte die Felder und sah bald von weit her die Türme der Stadt. Diesmal waren es nicht die Bilder einer drallen Magd, die ihm vor Augen schwebten. Azzo schwelgte in Rachegedanken, träumte, wie er erst mit einem Knüppel den Kerl niederschlug, dann mit seinem Messer zustach, das der ihm auch noch wiedergegeben hatte, um seine Überlegenheit vollkommen zu machen. »Damit erwische ich dich, du Hund«, murmelte Azzo, »damit schneide ich dir das Fell in Streifen vom Leib. Vorher werde ich dich durchlöchern, dass die Spitze am Rücken herausragt. Verfluchter Hund, ich kriege dich, warte nur, ich kriege dich!«

ZWEITES KAPITEL *In dem Else mit ihrem Vater ein mehr als unangenehmes Gespräch führt, das über ihr zukünftiges Leben entscheidet*

Du wirst den jungen Ruter empfangen. Und du wirst es heute tun, heute kurz nach dem mittäglichen Angelusläuten. Und du wirst dein Festtagskleid anziehen zum Zeichen, dass du einverstanden bist. Ich dulde keinen Widerspruch. Ich habe alles mit seinem Vater besprochen.«

Berthold Moers lehnte sich in seinem Stuhl zurück, nachdem er seinen Körper zuvor weiter und weiter über die Tischplatte gereckt hatte, um die Eindringlichkeit seiner Worte zu unterstreichen. Erschöpft strich er seine Schaube, den ärmellosen Mantel aus kräftigem braunen Leinen, zurecht und rückte seinen roten Lederhut mit hochgeschlagenem Rand gerade, der in der Erregung verrutscht war. Er hatte mit Widerstand gerechnet, aber nicht mit diesem Gleichmut, mit dieser Ruhe, die ihm nur eines zu bedeuten schien: »Rede nur, ich weiß, was ich zu tun habe.« Vor einer Woche noch hatte es Streit gegeben, war Else in Tränen ausgebrochen bei der Aussicht, bald zu heiraten. Sie hatte widersprochen, geschworen, jeden anderen zu nehmen, nur nicht diesen, ansonsten lieber ins Kloster einzutreten. Und nun eisiges Schweigen, dazu starre Augen, die ihn, den Vater, nicht losließen, auch nicht nach dem letzten Wort. Als er für einen Augenblick zur Decke gesehen hatte, um sich nach dem Aufruhr zu besinnen, fiel er ihn sofort an, sobald er die Augen wieder senkte. Dieser störrische, ablehnende, kalte Blick, der ihn erzürnte, aber auch verunsicherte.

»Ich habe es besprochen, und es bleibt dabei«, sagte Moers bestimmt, ehe er alle Anzeichen von sich gab, dass das Gespräch für ihn zu Ende war, und doch sitzen blieb.

Else änderte ihre Haltung nicht, aber je sicherer sie sich ihres Sieges fühlte, desto mehr Mitleid empfand sie für ihren Vater, der sie nie schlecht behandelt hatte. Gewiss hatte es gelegentlich Schläge gegeben für ein zerbrochenes Tongefäß oder eine verschüttete Suppe. Aber das war nichts gegen die Rohheiten, die sie von ihren Freundinnen kannte. Nie hatte der Vater zum Stock gegriffen wie bei ihren Brüdern, nie Beschämung ausgelöst durch ein hochgehobenes Kleid mit anschließenden Schlägen auf den nackten Körper. All dies war ihr erspart geblieben. Aber nun diese Forderung. Er würde sie durchzusetzen versuchen, jedoch nicht bis zum Letzten, nicht bis zu ihrem Unglück. Sie musste seinen Wunsch respektieren, wie es jedes Mädchen tat. Sie musste gewissermaßen das Vernünftige darin erkennen, ja anerkennen. Dann war sie frei. Ja, es wäre nicht schlecht, diesen Ruter zu heiraten, du hast dir Gedanken gemacht, gut ausgesucht. Nur ist etwas dazwischen gekommen, wie auch Kaufleuten etwas dazwischen kommt. Plötzlich erscheint ein Geschäft in anderem Licht. Es wäre gut gewesen, den blauen Stoff zu kaufen, wenn sich nicht der Kauf des blau-grünen als vorteilhafter anbieten würde. So denkt jeder Kaufmann, so muss er denken. Das wird den Ausschlag geben. Elses Mundwinkel zuckten. Dann begann sie mit einer Frage.

»Du hast es ihm also versprochen?«

Die Erleichterung war Moers anzusehen, denn er hatte schon nicht mehr mit einer günstigen Wende gerechnet.

»Ja, versprochen, schon seit Jahren fest versprochen.«

»Und Tilman will es selbst, nicht nur sein Vater.«

»Ja, er selbst, sein Vater natürlich auch, aber der hat nicht den geringsten Druck ausüben müssen – so wie ich.«

Moers lächelte, weil er glaubte, mit diesem Zugeständnis mehr erreichen zu können als mit sämtlichen Drohungen. Dann fuhr er fort:

»Gut, ihr kennt euch kaum. Bei deiner Mutter und mir war es genauso. Ich gefiel ihr schließlich trotzdem.«

Wieder lächelte Moers, diesmal noch eine Spur sicherer. So übersah er, dass seine Tochter keineswegs beeindruckt war, als er noch einen Schritt weiter ging, einen Schritt zu weit.

»Und sie hatte auch zuerst einen anderen nehmen wollen. Dann hätte es dich und deine Geschwister nicht gegeben.«

Else war bei diesem Satz von ihrem Stuhl hochgeschnellt, stützte ihre Arme fest auf den Tisch und fuhr ihren Vater in einem Ton an, den dieser an ihr noch nie vernommen hatte:

»Ich bin nicht Mutter.«

Vielleicht wäre Moers in diesem Augenblick aus der Haut gefahren, hätte sich vergessen, wenn er nicht das Widersinnige der Äußerung bemerkt hätte. Denn Else *war* wie ihre Mutter, strahlte in ihrer Jugend so, wie es früher seine Frau getan hatte, die mittlerweile ins reife Alter gekommen war. Else war eine wirkliche Schönheit, mit vollkommen ebenmäßigen Gesichtszügen, ohne jede Entstellung durch Blattern, mit feinen blonden Haaren, deren Locken in der Sonne wie Goldfäden glänzen konnten. Sie besaß eine gerade, federnde Gestalt und weibliche Formen, die nicht so üppig waren, dass alles Kindliche schon völlig getilgt gewesen wäre. Ihr grünes Hauskleid hatte ein enges Mieder und Ärmel mit kleinen Puffen und Schlitzen, aus denen das rote Futter hervorstach – all dies aus feinstem Tuch, das die Farben leuchten ließ. Moers sah es, und er sah in diesem Moment seine Frau, erinnerte sich an die vergangenen Zeiten, als hätte ihn eine Hand am Schopf gepackt und zurückgeschleudert. So schwieg er, drängte die Zornesröte zurück, die aufsteigen wollte. Er verharrte viel länger, als es für eine harsche Antwort notwendig gewesen wäre, im Schweigen, kostete den glücklichen Augenblick aus, was sich Else nicht erklären konnte und ängstlich machte, weil sie glaubte, es verberge sich Fürchterliches dahinter.

»Ich weiß«, kam es endlich milde zurück. »Aber du weißt nicht, dass du es doch bist.«

»Was soll ich sein?«

»Lass uns noch einmal von vorne beginnen«, fuhr Moers fort, ohne die Frage seiner Tochter zu beantworten. »Noch einmal ganz von vorne. Du bist jetzt im richtigen Heiratsalter. Ich bin für dich verantwortlich, und ich weiß, wie Ehen geschlossen werden. Du brauchst eine Zukunft, du brauchst Sicherheit. Wir sind Kaufleute, kennen uns mit Geschäften aus, wissen, wie man Gewinne erzielt und Verluste vermeidet. Wir handeln mit Tuchen, die die Leute brauchen, heute so wie morgen, denn sie müssen sich kleiden, sogar wenn es ums Leichenhemd geht. Nicht jedes Gewerbe ist so sicher wie unseres. Der Fernhändler riskiert jeden Tag sein Leben. Der Schmied braucht gute Zeiten, weil sich die Leute sonst das Notwendige selbst herstellen oder mit dem Alten weitermachen. Für den Zimmermann gilt dasselbe, Häuser kann man zur Not auch mit Hilfe der Nachbarschaft aufrichten. Und wir haben im Augenblick schlechte Zeiten. Eigentlich haben wir immer schlechte Zeiten. Es gibt überall Krieg, weil unsere großen Herren den Hals nicht voll bekommen oder auch wirklich kein Geld haben, weil die Pachtzinsen nach all den Verwüstungen ausbleiben, die sie selber anrichten. Ich will nicht zu weit ausgreifen, weil du auch so verstehen wirst, worauf ich hinauswill. Du brauchst einen Mann, der in diesen Zeiten ein gutes Auskommen hat. Der junge Ruter ist ein solcher Mann. Sein Vater ist zwar eigentlich mein Konkurrent, aber wir haben unsere Interessen bestens abgegrenzt, weil wir gute Freunde sind. Der Junge wird das fortführen. Du als seine Frau kannst nicht nur dein eigenes Glück machen, sondern unseres sichern. Und außerdem ist er ein prächtiger Bursche. Er ist fleißig, trinkt mäßig, ist kein Hitzkopf. Was willst du mehr?«

Else hatte während der langen Rede ihres Vaters ihre Gedanken zu ordnen versucht und sich für die Wahrheit entschieden, jedenfalls für einen wesentlich größeren Teil der Wahrheit, als sie bisher preisgegeben hatte.

»Weißt du, Vater, was Liebe ist?«

Sie wartete keine Antwort ab, weil sie wusste, dass sie diese nicht bekommen würde, und fuhr fort: »Du weißt es nicht oder jedenfalls nicht mehr. Vielleicht ist es auch nicht nötig, dass du es weißt. Aber ich weiß es. Ich bin verliebt, seit Monaten, in einen Mann, den du nicht kennst. Er steht als Schreiber in kurfürstlichen Diensten, sitzt im Augenblick in der Kölner Residenz des Kurfürsten und liebt mich auch.«

»Wo in aller Welt hast du ihn denn kennen gelernt?«

»Wo schon? Natürlich hier, in Neuss.«

»Aber wo genau, er war doch nie hier bei uns?«

»Es war beim Quirinusfest im letzten Jahr. Er hatte bei den Stiftsdamen mit einem Auftrag zu tun. Du weißt doch, dass der Kurfürst dorthin Verbindungen hält, seit er uns Neussern einst im Krieg gegen Karl von Burgund beigestanden hat. Ich glaube, es ging um irgendeine Stiftung – unser Quirinus ist ja ein begehrter Heiliger, der nicht nur gegen die Gicht hilft. Hinterher hat er am Umzug und den Vergnügungen teilgenommen. Dort hat er mich angesprochen. Dann kamen die täglichen Kirchgänge. Seither schreiben wir uns. Bei jedem Botengang der Kölner, der über Neuss führt, liegt ein Brief für mich dabei. Ich schreibe dann auf dem Rückweg an ihn. Er hat einen Freund beim Kölner Rat, der das in die Wege geleitet hat. Und hier bei den Stiftsdamen gibt es einen Schreiber, der unsere Briefe immer weiterleitet.«

»Und das hat mir niemand gemeldet?«

»Aber Vater, wieso denn? Es ist doch nichts Verbotenes dabei. Wir zetteln doch keine Verschwörung an, sondern schreiben über unsere Liebe. Er wird demnächst bei dir um meine Hand anhalten. Und erschrick dann nur nicht. Er ist aus hohem Hause, aus verarmtem hohem Hause, jedenfalls aus dem Adel. Sein Name trägt ein ›von‹.«

»Und wie heißt er?«

»Volkmar, Volkmar von Linn – seine Freunde nennen ihn Poppo, was eine Abkürzung sein soll, die ich grässlich finde. Verstehst du nun, weshalb ich den jungen Ruter nicht treffen mag?«

Moers war zu bestürzt, um sogleich zu antworten.

»Volkmar von Linn«, murmelte er, »du wirst dich unglücklich machen.« Und nach einem Moment des Schweigens fuhr er fort: »Briefe also, eine Liebe, die von Briefen lebt. Wo sind denn diese Briefe?«

»Aber Vater, du wirst doch nicht meine Briefe lesen wollen? Es sind Liebesbriefe.«

»Ich will sie sehen, ich will sie nicht lesen, jedenfalls nicht ganz. Aber ich glaube es erst, wenn ich sie sehe. Eine Liebe in Briefen! Ich kann mir das nicht vorstellen.«

Else zögerte. Angestrengt hörte sie, ob sich im Haus irgendetwas regte, was eine Ablenkung herbeiführen könnte. Aber es herrschte gleichsam Totenstille. Dafür wurde ihr immer klarer, dass sie jetzt aufs Ganze gehen musste. Also die Briefe zeigen! Er wollte sie ja nicht lesen, nur sehen.

»Ich hole sie.«

Damit stand Else auf und ließ ihren Vater im Zimmer zurück. Der betrachtete zuerst die goldbraun gebeizten Deckenbalken, die sich auch am hellen Vormittag in der vom Fenster abgelegenen Seite im Dunkel verloren. Dann starrte er geistesabwesend auf den schweren Holztisch, an dem er die ganze Zeit mit seiner Tochter gesprochen hatte, wo es sonst beim familiären Essen mit den sieben Familienmitgliedern – seiner Frau und den fünf Kindern – hoch herging. Else war die älteste Tochter, bei ihr machte er das Unvermeidliche zum ersten Mal mit. Bald würde auch die zweite Tochter, Hedwig, versorgt werden müssen, dann folgten nach den Geburtsjahren die beiden Söhne Dieter und Wolf, als Kleinste, gerade sechsjährig, die letzte Tochter,

Hildchen, bei der noch niemand ans Heiraten dachte. Mit Else also sollte sich die Familie zum ersten Mal vergrößern, vielleicht bald Enkelkinder geboren werden, wenn es gut ging. Der junge Ruter versprach eine hoffnungsvolle Zukunft. Und nun ein von Linn, ein gänzlich unbeschriebenes Blatt. Das »von« würde seiner Frau zweifellos schmeicheln. Oder es schmeichelte ihr bereits – wusste sie es etwa schon längst? Wieso hatte sie nur nichts gesagt?

Während Moers seinen Gedanken nachhing, öffnete sich die Tür, und Else trat mit einem kleinen Bündel ein, das von einer roten Schleife umschlungen war. Sie setzte sich wieder ihrem Vater gegenüber und legte das Bündel vor sich auf den Tisch. Dann blickte sie ihren Vater fragend an, der lediglich nickte, und öffnete die Schleife. Es waren sechs oder sieben Briefe, bei allen das Siegel erbrochen. Sie faltete einen Brief auseinander, strich ihn auf dem Tisch glatt und betrachtete ihn kurz. Dann faltete sie ihn wieder zusammen, öffnete den nächsten und überflog gedankenvoll den Inhalt.

»Die Briefe sind an mich gerichtet«, sagte Else schließlich, »ich kann sie dir nicht vorlesen. Hier«, damit drehte sie das Blatt so vor sich, dass die Schrift für den Vater erkennbar wurde, »hier siehst du die Anrede, meinen Namen. Und dort unten steht Volkmar. Glaubst du mir jetzt?«

Moers hatte ihr längst geglaubt, starrte trotzdem auf das eng beschriebene Blatt, auf dem sich Anrede und Gruß für ihn gerade wahrnehmbar vom Text abhoben. Er nickte wieder und sagte nach kurzem Zögern resigniert:

»Und das Postskriptum? Liebende machen ein Postskriptum? Ich dachte, das ist Sache von Kaufleuten.«

Moers merkte nicht, dass sich Elses Gesicht verfärbte. Er registrierte auch nicht, dass sie den Brief augenblicklich zusammenfaltete, dass ihre Hände dabei zitterten. Nicht einmal, dass seine Frage ohne Antwort blieb, fiel ihm auf. Erst als sich Else überhaupt nicht mehr regte, fragte er verwundert nach.

»Wieso so versteinert? Ich habe doch kein Wort gelesen. Und ich werde das auch nicht tun, du brauchst keine teuren Schlösser für deine Kassette zu kaufen, in der die Briefe zweifellos liegen. Weiß eigentlich deine Mutter davon?«

Moers konnte nicht ahnen, dass dieses Stichwort es war, das Else die Fassung zurückbrachte.

»Natürlich, Mutter weiß es. Sie hat nichts dagegen, wie auch immer du das deutest. Sie hat übrigens die Briefe gelesen – den einen oder anderen. Ich habe sie ihr gegeben.«

Und nach einer kurzen Weile fuhr sie fort:

»Was wird jetzt aus dem Treffen mit Tilman? Es wird in einer Stunde zu Mittag läuten.«

»Ach ja, der junge Ruter«, antwortete Moers. »Das weiß ich auch nicht. Ich glaube, ich schicke ihm einen unserer Jungen, um abzusagen. Es kann ja etwas dazwischen gekommen sein. Schwieriger wird es mit dem Vater, viel schwieriger. Aber auf Schwierigkeiten können wir uns vermutlich jetzt ohnehin einstellen. Ich sehe reichlich davon auf uns zukommen.«

Else war unter diesen Worten aufgestanden und um den Tisch gegangen. Sie küsste ihren Vater wortlos auf die Stirn.

DRITTES KAPITEL *In dem in einem unterirdischen Raum der Brühler Residenz des Kurfürsten Briefe geöffnet und zwei Gespräche über Geheimschriften geführt werden*

Ist es das Gewöhnliche?«

»Ich glaube, ja.«

Der fensterlose Raum war hell erleuchtet, jedenfalls dort, wo ein riesiger, mit Akten überladener Tisch stand. Ein junger Bursche in engem braunem Wams mit etwas helleren Beinkleidern hatte gerade auf einem letzten freien Platz am äußersten Rand einen Ranzen abgelegt, die Verschnürung geöffnet und ein Futteral herausgezogen, dem er Briefschaften entnahm. Am Tisch wartete eine gebeugte Gestalt auf einem schweren Stuhl ohne jede Regung auf den Inhalt. Erst als das letzte Papier herausgeholt war und der Bursche zur Kontrolle das Futteral mit der Öffnung nach unten ausschüttelte, regte sich die Gestalt am Tisch. Mit behäbiger Bewegung, wie es der Körperfülle anstand, zog sie den kleinen Stapel über allerlei andere Papiere hinweg näher, als wolle sie sich den Nachschub einverleiben. Für einen Augenblick war bei der leichten Drehung zur Seite ein massiges, faltendurchfurchtes Gesicht in hellster Hautfarbe zu sehen. Unter dem braunen Hut mit einem kecken Stiel, der wie eine Feder nach oben wies, zeigten sich schon leicht ergraute, strähnige Haare. Der Körper steckte in einem talarähnlichen Gewand mit breitem Satteloberteil, der der Gestalt im Sitzen fast eine Kugelform verlieh.

»Das hoffe ich doch«, war gerade zu hören, in hoher, ja quäkender Stimme, die in diesem Raum besonders unangenehm berührte. Lange, scharfe Schatten am bis in die Winkel ausgeleuchteten Mauerwerk, der steinerne Fußboden, die karge Möblierung – man sehnte sich förmlich nach irgendeiner Form von Wärme, von Abmilderung, von Behaglichkeit. Dann erklang wieder die quäkende Stimme:

»Das war's wohl. Oder kommt noch etwas, Reginald?«

»Nein, das war's, Meister Brun. Die Herren Räte haben zwar wie immer getuschelt, aber ich glaube, sie erwarten selbst nichts Besonderes. Es ist Kölner Post in die Niederlande, also das Gewöhnliche ...«

»... für das sie sich immerhin die Mühe machen, es zu verschlüsseln. Sie trauen ihren Bürgern nicht und haben auch allen Grund dazu. Jedenfalls dann, wenn man auf so vielen Schulden sitzt. Sie haben sich damals, als Karl von Burgund mit seinem Heer bei uns aufzog, einfach übernommen. Jetzt müssen sie dafür bluten und ersinnen immer neue Steuererhöhungen und Sondersteuern, zumal unser Kurfürst in derselben Patsche sitzt und den Kölnern am liebsten alle Einnahmen entziehen möchte. Klar, dass die Bürger maulen und ja auch schon den Rat stürzen wollten. Steuererhöhungen werden schließlich gerne zum Vorwand für Bereicherungen genommen.«

Reginald hatte noch nie erlebt, dass Meister Brun so viel mit ihm sprach, und fühlte sich geehrt. Er nutzte die Situation und wandte sich mit einer Frage an ihn, die ihm schon oft durch den Kopf gegangen war:

»Wieso interessiert sich unser Kurfürst eigentlich für diese Briefe? Er weiß doch, was die Kölner tun und was sie nicht tun. Warum will er so genau herausfinden, wie sie mit den Niederländern zurechtkommen? Außerdem geht er lieber jagen.«

Der kleine massige Körper von Meister Brun zitterte leicht beim eigenartig stoßweisen Lachen, mit dem er die Frage aufnahm.

»Ja, Jagen, das tut er wirklich gerne, obwohl er ansonsten arbeitet wie kaum ein Zweiter. Aber unser Kurfürst ist Erzbischof von *Köln*, mein lieber Reginald. Und überall, wo er hinkommt, muss er sagen, dass er wie seine Vorgänger seit gut zweihundert Jahren hier in Brühl im Schloss Augustusburg sitzt, das einmal eine wundervolle Festung war, mit Wall und Graben, Torburg und Bergfried, um sich vor seinen Feinden zu schützen, aber keine wirklich repräsentative Residenz. Deshalb träumt er eben von Köln, wo er zwar ebenfalls eine Residenz hat, am Domhof nämlich, die aber so eng ist, dass er froh sein kann, von den Kölnern zusätzlich das große Haus in der Trankgasse erhalten zu haben. Aber er träumt ja nicht von einem schöneren Haus, sondern vom Besitz der ganzen Stadt, von ›seiner‹ Stadt, wie er sich stets auszudrücken beliebt, obwohl ihm das von König Maximilian vor kurzem ausdrücklich verboten worden ist.«

Meister Brun machte eine kurze Pause, während er auf die Briefe schaute, die vor ihm lagen. Dann fuhr er fort:

»Und wenn er von ›seiner‹ Stadt träumt, dann muss er Bescheid wissen, was die Kölner so vorhaben. Aber, mein Lieber, ich will dir ehrlich sagen, vielleicht ist es auch ganz anders. Hohe Herren stecken gerne ihre Nasen in anderer Leute Sachen. Sie denken eben: Man weiß nie, wofür's gut ist. Und die anderen machen es genauso. Der Papst schnüffelt, die italienischen Städte schnüffeln, die Franzosen haben es von den Italienern übernommen und wir von den Franzosen. Ich glaube, sie schnüffeln, weil alle schnüffeln. Und irgendwie macht es ja Spaß, etwas zu lesen, was so gut verborgen zu sein scheint. Der Kölner Rat schreibt niederländischen Städten etwas über Zölle oder dergleichen und glaubt, dass es niemand mitbekommt. Die Kölner Bürger erfahren es auch tatsächlich nicht, weil sie eben dumm sind. Aber wir sind nicht dumm, wir lesen mit.«

Damit nahm Meister Brun den obersten Brief vom Stapel und breitete ihn vor sich aus.

»Siehst du, hier haben wir doch etwas Schönes. Lauter Buchstaben, die jeder, der sie unvorbereitet zu Gesicht bekommt, für das Geraune eines Verrückten oder vielleicht auch für magische Beschwörungsformeln hält.«

Damit hielt er nicht ohne quäkendes Lachen seinem verdutzten Besucher die Zeilen vor die Augen.

»Lies einmal!«

Reginald war erstarrt bei der Aussicht, in derartige Geheimnisse eingeweiht zu werden, zitterte fast, als er direkt neben Meister Brun trat und tatsächlich Buchstaben erkannte.

»Nun versuch es wenigstens, du kannst doch lesen, oder?«, munterte ihn sein Gegenüber auf.

»Ich verstehe überhaupt nichts«, kam es verzweifelt.

»Du sollst ja auch nicht verstehen, du sollst lesen«, insistierte Meister Brun schon ein wenig ärgerlich.

»YHUHKUWH KHUHQ ... aber es geht doch gar nicht, man kann doch gar nichts lesen.«

»Du hast gerade die einfachste Verschlüsselung von der Welt vor Augen«, antwortete Meister Brun diesmal geduldiger, weil er ein Einsehen hatte. »Normalerweise brauche auch ich etwas länger, um zu verstehen. Aber das da stammt von einem ganz besonderen Dummkopf. Ich will dir nicht sagen, wie man dahinter kommt, weil du vielleicht nicht der Versuchung widerstehen könntest, nach ein paar Krügen Bier fröhlich darüber zu plaudern. Ich sage dir nur, dass sich hier der Rat an gewisse Herren wendet und sie zunächst einmal grüßt. Nett, nicht wahr? Er redet sie an als ›Verehrte Herren‹, obwohl der Gruß sehr unschön klingt, das hast du ja wenigstens richtig bemerkt. Und nun mach dich davon und erzähle niemandem, was du hier mitbekommen hast. Du stehst ja ohnehin unter einem kräftigen Eid und kannst dich beim Bruch auf einiges gefasst machen. Also, halt den Mund, wenn du ein ehrliches Grab haben und bei der einstigen Auferstehung deine Knöchelchen nicht von zu weit her suchen willst. Ich weiß selbst nicht, wieso ich dir das hier erzähle. Es hängt wohl mit dem ewigen Einerlei zusammen. Neulich hätte ich es beinahe einer Ratte verraten, die sich hierher verirrt hat.«

Die letzten Worte waren immer leiser geworden, sodass Reginald sie kaum noch verstand, aber er wusste genau, dass er sich nun besser zurückzog. Er wandte sich augenblicklich zur Tür, grüßte mit einem tiefen Kopfnicken und fügte hinzu:

»Mein Schweigen ist sicher. Bis zum nächsten Mal.«

Keine Antwort. Der schwarze Schatten von Reginald an der Wand wurde immer größer, bis die Tür erreicht und durchschritten war. Ein letztes Knarren, dann kehrte völlige Stille ein.

Am Tisch vollzog sich offenbar Gewohntes. Meister Brun schob die vor ihm liegenden Unterlagen zur Seite, um Platz zu schaffen, und nahm auch die restlichen Briefe zur Hand. Jeden Einzelnen öffnete er und warf einen prüfenden Blick darauf. Bei der Ablage bildeten sich zwei Häufchen. Immer, wenn er schon nach einem kurzen Blick zufrieden war, wanderten die Briefe nach links. Immer, wenn er länger brauchte, nach rechts. Sechs waren es schließlich zur Linken, zwei zur Rechten. Über einen Brief hatte er zwischendurch den Kopf geschüttelt und ihn etwas weiter weg zu allerlei anderen Papieren gelegt. Dann begann Meister Brun seine Arbeit mit dem linken Häufchen.

Er nahm den Brief zur Hand, den er Reginald gezeigt hatte, und schrieb den Text ab, wobei er zwischen den Zeilen viel Platz ließ. Dann langte er nach einem kleinen Instrument von der Größe eines Handspiegels, in dem sich zwei Kreise befanden, die von allerlei Figuren umgeben waren: von zwei Damen mit nackten Brüsten an den Seiten, einer Maske mit wildem Haar und ebenso wildem Bart ganz oben. Auf den Kreisen war jeweils das Alphabet von A bis Z eingetragen, wobei der kleinere Kreis drehbar war, und zwar um eine innere Scheibe, auf der man eine Hand sehen konnte, die aus einer Wolke herausragte und ihren Finger auf denjenigen Buchstaben ausstreckte, der ihr gerade gegenüberstand. Meister Brun hauchte kurz die Metallfläche an, als wolle er die Beweglichkeit erhöhen, und stellte die Scheibe so ein, dass das A des äußeren Kreises über das D des inneren Kreises zu stehen kam. Dann lehnte er das Instrument gegen einige Papierbündel, um die Buchstaben gut ablesen zu können. Schließlich legte er den linken Zeigefinger auf den ersten Buchstaben des Briefes, nahm in die Rechte eine Feder, tauchte sie ins Tintenfass und begann, Buchstaben für Buchstaben unter die Zeilen zu schreiben. Hin und wieder schaute er auf die Drehscheibe, aber in den meisten Fällen notierte er die Buchstaben aus dem Kopf. Nach und nach verwandelte sich das Gewirr der Zeilen in einen lesbaren Text, wobei er Buchstabenverdoppelungen einfügte, die in Geheimtexten meist getilgt werden:

Verehrte Herren!
Wie bekannt, erwarten wir in diesem Juli König Maximilian in Köln zum Reichstag. Dafür benötigen wir in größter Eile neue Stoffe zur Ausstattung unserer Dienerschaft. Euer bisheriges Angebot können wir nicht zahlen, weil unsere Bürger ohnehin ständig murren und vorstellig werden. Wir bitten um einen Nachlass, bieten dafür Zollerleichterungen, die jedoch auf keinen Fall in der Stadt bekannt werden dürfen, um unsere Steuererhöhungen hier nicht zu gefährden.
In Erwartung der Antwort:
der Kölner Rat.

Die letzten Worte hatte Meister Brun niedergeschrieben, ohne auf die Vorlage zu sehen. Dann legte er den entzifferten Text zu demjenigen in Geheimschrift, unterzeichnete ein Blatt, das seine Arbeit festhielt, und griff zum nächsten Brief.

In diesem Augenblick hörte er Schritte auf der Treppe. Ein Klopfen an der Tür folgte, Meister Brun quäkte ein »Herein!«, und eine vornehme Gestalt in knielangem grünem Mantel sowie dazu passendem Wams und Beinkleid mit kleinen Schlitzen betrat den Raum. Ein nerzverbrämter rotbrauner Hut und blaue Strumpfbänder mit Fransen vervollständigten den makellosen Eindruck.

»Ich wünsche einen guten Tag, Meister Brun. Habt Ihr schon etwas entziffert? Unser gnädiger Herr, der Erzbischof und Kurfürst, hat zur Jagd befohlen, ich muss mich in einer Stunde vor dem Schloss einfinden. Wenn etwas sein sollte …«

»… dann hätte ich längst nach Euch schicken lassen, Ritter Heinrich«, unterbrach Meister Brun. »Ich glaube, ich warte sehnlicher als Ihr auf irgendetwas Wichtiges. Hier könnt Ihr lesen, dass die Kölner um Preisnachlass bitten für die Ausstattung ihrer Diener beim Besuch des Königs auf dem nächsten Reichstag. Dafür bieten sie Zollerleichterungen, von denen ihre eigenen Bürger nichts mitbekommen sollen. Falls das eine Neuigkeit für Euch ist, würde mich dies sehr wundern.«

Heinrich von Erkelenz, einer der kurfürstlichen Räte aus dem Ritterstand, verzog missmutig das Gesicht, weil er es nicht schätzte, auf so direkte Art von einem einfachen Schreiber angesprochen zu werden. Er beherrschte sich aber, weil er wusste, dass Meister Brun ein Schreiber von besonderer Art und schwer ersetzbar war. So fragte er nur noch lapidar:

»Und die anderen Briefe? Ist etwas in komplizierter Verschlüsselung dabei, wofür Ihr länger braucht?«

»Ja, zwei. Ich weiß auch nicht, weshalb sie diesen Unterschied machen. Sie haben in letzter Zeit jemanden, der ihnen offenbar dazu rät und es auch ganz gut kann. Dass man sich heute noch auf bloße Buchstabenverschiebung verlässt, und dann auch noch auf eine Verschiebung um drei Stellen, ist ein Witz. Das ist nun wirklich der uralte Kunstgriff, den schon Cäsar benutzt hat, so wie es Sueton in seiner Biographie beschrieben hat.«

Meister Brun warf einen prüfenden Blick auf seinen Gesprächspartner, um herauszufinden, ob der sich für seine Erklärungen interessierte. Ritter Heinrich war kein Reginald, mit dem er seine Späße treiben konnte, sondern ein hoher Herr, der den Dienst beim Erzbischof nur deshalb angenommen hatte, weil sich damit Kontakte zur großen Welt ergaben. Dabei war er ein glänzender Jäger, einer der besten im Gefolge des Erzbischofs, aber seine Schulbildung lag lange zurück, und Meister Brun zweifelte daran, ob viel davon übrig geblieben war. Umso mehr erstaunte ihn, dass Ritter Heinrich ihn ermunterte fortzufahren:

»Erzählt nur weiter, Meister Brun, Eure Arbeit erinnert mich an die Jagd. Auch das Wild versteckt sich und will aufgespürt sein. Nicht jeder weiß, wie man das anstellt. Vielleicht kann ich ja bei Euch noch etwas lernen.«

Dabei lachte er und umrundete den Schreibtisch von Meister Brun, der nach kurzem Zögern sagte:

»Nach allem, was wir wissen, hat man in Italien schon vor mehr als hundert Jahren zusätzlich zur Buchstabenverschiebung Geheimwörter benutzt, die aus einfachen Symbolen oder Zahlen bestanden. Bei den Pisaner Päpsten, die einmal einen gewissen Gabriel de Lavinde in ihren Diensten hatten, wurde zum Beispiel das lateinische *non*, ›nein‹, mit der Zahl 24 wiedergegeben, *scripsi*, ›ich habe geschrieben‹, mit der 22. Und dann ging es Schlag auf Schlag. Wollt Ihr es wirklich so genau wissen?«

Ritter Heinrich hatte gerade ein Papier zur Hand genommen, schaute bei der Frage kurz auf und bejahte.

»Im Jahre 1474 erschien in Pavia ein erster Traktat über Geheimschrift vom Sekretär der Herzöge von Sforza, Cicco Simonetta. Von Leon Battista Alberti, dem berühmten Architekten, den Ihr kennen werdet, gibt es Schriften *De cifris*, ›Über Verschlüsselungen‹. Neulich hat jemand erzählt, schon Roger Bacon habe im 13. Jahrhundert ein Werk über diese Künste geschrieben und sieben verschiedene Verfahren aufgeführt – ich weiß nicht, ob das stimmt. Aber so viel weiß ich mit Sicherheit: dass kein Mensch in Europa mehr bloße Cäsar-Verschiebungen benutzt. Mit Albertis Drehscheibe, die ich hier vor mir habe, lese ich solche Briefe fast so schnell wie völlig unverschlüsselte, auch solche, die die Buchstaben um mehr Stellen als die klassischen drei verschieben.«

Damit drehte er die Scheibe so, dass das obere A zuerst auf ein M verwies, im nächsten Augenblick auf ein O.

»Der einzige Nachteil ist, dass ich in einem solchen Fall die Auflösung nicht aus dem Kopf kann.«

Ritter Heinrich hatte bei den letzten Ausführungen gespannt auf die Scheibe gesehen, die Meister Brun mit seinen dicken Fingern ohne Schwierigkeiten in immer neue Stellungen drehte.

»Aber woher wisst Ihr sofort, dass ein Text *nicht* auf Cäsar-Verschiebung beruht?«

»Erfahrung, Ritter Heinrich, alles Erfahrung – genau wie bei Euch auf der Jagd! Nehmt hier diese beiden Briefe zu meiner Rechten. Sie haben auf jeden Fall keinen ›Cäsar‹ um drei, auch keinen um mehr als drei Stellen. Das zweite Wort hier heißt ganz sicher ›Herren‹, auch wenn es nur fünf Buchstaben hat. Jeder Verschlüsseler, der etwas auf sich hält, vereinfacht Doppelbuchstaben.«

»Und wieso seid Ihr bei den ›Herren‹ so sicher, dass keine Cäsar-Verschiebung vorliegt?«

Meister Brun lachte in einer Tonlage, die seine Überlegenheit durch besonders hohe Töne ausdrückte, merkte gerade noch rechtzeitig, dass Ritter Heinrich ihm einen missbilligenden Blick zuwarf, und fuhr in sachlichem Tonfall fort:

»Weil der zweite und vierte Buchstabe in ›Herren‹ beziehungsweise ›Heren‹, wenn man von einer Vereinfachung des Doppelbuchstabens ausgeht, der gleiche ist: nämlich jeweils ein M. Hätten wir eine Cäsar-Verschiebung, so wäre es eine um acht Stellen. Ihr werdet selbst leicht herausfinden, wie dann das H lauten würde.«

Zu Meister Bruns Verwunderung überlegte Ritter Heinrich tatsächlich angestrengt wie ein Schüler und antwortete: »Es wäre ein P.«

»Genau. Aber, wie Ihr seht, ist es ein R. Daraus folgt ...«

»Moment, Moment«, unterbrach ihn Ritter Heinrich, der Gefallen an dem kleinen Spiel gefunden hatte, das Meister Brun mit ihm trieb, obwohl er sich in der unterlegenen Position befand. »Auf der Pirsch braucht man auch Zeit. Statt eines P haben wir ein R, also zwei Stellen weiter im Alphabet. Ändert sich etwa von Buchstabe zu Buchstabe die Verschiebung um zwei Stellen?«

Meister Brun grinste, wobei sich sein feistes Gesicht zu einer Grimasse verzog, in der die Augen fast völlig verschwanden, nur Fettpolster und tiefe Täler wie Furchen erschienen. Erst als er die Spannung minderte, blitzte es wieder aus den Augen, soweit die Kerzen Blitze erzeugten.

»Nein, Ritter Heinrich, obwohl Ihr da eine interessante Möglichkeit andeutet. Aber so kompliziert ist es auch wieder nicht. Es liegt vielmehr statt einer Verschiebung ein Geheimalphabet vor, in dem alle Buchstaben *willkürlich* durch andere ersetzt sind, ein A beispielsweise durch ein B, ein B durch ein U und so fort. Es geht also nicht um Verschiebung, sondern um Vertauschung beziehungsweise um Verwürfelung, wie wir Spezialisten sagen.«

»Und wie kommt man damit zurecht?«

»Wir arbeiten in diesem Fall anders.«

»Ja wie denn?«

»Wart Ihr schon einmal in einer Druckerei?«

»Meister Brun, ich habe Euch etwas gefragt!«

Meister Brun zuckte zusammen, weil er wieder einmal im Eifer vergessen hatte, wer vor ihm stand, fuhr aber ohne förmliche Entschuldigung fort:

»Natürlich wart Ihr schon einmal in einer Druckerei. Und Ihr habt auch gesehen, was man dort alles braucht, unter anderem Lettern aus Blei, sehr viele Lettern, um daraus Worte und Zeilen zu einer kompletten Seite zusammenzusetzen. Jeder Drucker hat dafür einen Kasten, und jeder Drucker weiß, von welchen Lettern er viele braucht und von welchen wenige. Vom A braucht er zum Beispiel viele, vom Z wenige. Schlaue Drucker haben genau berechnet, welche Lettern im Durchschnitt wie oft benötigt werden. Danach statten sie ihre Kästen aus. Und ich bin hingegangen und habe mir Notizen gemacht, Notizen über die Häufigkeit der Buchstaben. Seht Ihr dieses Blatt hier?« Damit griff Meister Brun in den Haufen seiner Papiere und zog es heraus. »Hier habt Ihr die Aufstellung.«

»Aber es sind ja zwei Alphabete.«

»Ja, eines fürs Deutsche und eines fürs Lateinische. Die Kölner verkehren zum Beispiel mit einigen Hansestädten auf Latein, weil es sonst nur Missverständnisse mit dem Niederdeutschen gibt. Ich habe mir einmal die Zähne ausgebissen an einer Entzifferung, bis mir der Gedanke kam, dass ich Latein vor mir hatte. Das passiert mir nicht mehr. Ich sehe es heute fast sofort, ob ein Text deutsch ist oder lateinisch.«

Ritter Heinrich machte ein ungläubiges Gesicht:

»Auch wenn Ihr den Inhalt noch gar nicht versteht?«

»Ja, durchaus – es ist viel einfacher, als Ihr denkt. Natürlich muss ich zuerst die Buchstaben des Geheimtextes auszählen. Ich notiere hinter jedem Buchstaben also, wie oft er im Geheimtext vorkommt – es funktioniert natürlich nur mit genügend umfangreichen Texten. Bekomme ich dann einen einzigen hohen Wert, der also alle anderen Werte sehr deutlich überragt, weiß ich, dass ich einen deutschen Text vor mir habe. Bei einem lateinischen bekomme ich nämlich dreimal einen ungefähr gleich hohen Wert. Wenn Ihr es genau wissen wollt, schaut auf diese Tabelle.«

Meister Brun zeigte mit dem Finger auf die entsprechenden Buchstaben.

»Im Deutschen haben wir diesen einzigen Ausreißer, und zwar beim E. Der genaue Anteil liegt bei 17,4 vom Hundert. Im Lateinischen gibt es, wie gesagt, drei Ausreißer, und zwar ebenfalls bei E, das aber nun fast gleichwertig mit A und I vorkommt – das E mit 11,9, das I mit 11,8 und das A mit 11,3 vom Hundert. Das sind die Buchstaben mit dem häufigsten Vorkommen. Genauso kann man herausfinden, welche Buchstaben besonders selten sind. Im Deutschen gehört etwa das B mit 1,9 vom Hundert dazu, das P mit 0,8, das X und Y jeweils mit 0,03 und das Q mit nur noch 0,02 vom Hundert. Im Lateinischen gibt es ebenfalls solche typischen Verteilungen, nur eben andere. Das X kommt zum Beispiel weit häufiger vor als im Deutschen, mit 0,5 vom Hundert. Wirklich selten ist nur das F mit 0,3 vom Hundert, aber kein Buchstabe kommt so selten vor wie im Deutschen das Q. So ist das nun einmal.«

Ritter Heinrich beugte sich gebannt über den Schreibtisch und verfolgte für einen Moment die vielen Zahlen, die für die Entschlüsselung so vieler Geheimnisse standen.

»Dann gibt es ja überhaupt keine Möglichkeit, ein Geheimnis zu bewahren«, kam es gepresst heraus.

»Nein, Ritter Heinrich, so wenig, wie sich ein Tier vor Euch verstecken kann – und sei der Wald noch so dicht.«

Eine Pause folgte, während der Ritter Heinrich sich wieder aufrichtete und versunken in den Raum schaute. Meister Brun fuhr fort:

»Oder, um ehrlich zu sein: nicht auf Dauer. Es gibt natürlich noch weitere Möglichkeiten der Geheimschrift, die schwieriger aufzudecken sind. Man kann zum Beispiel einzelne Buchstaben mit zwei verschiedenen statt nur mit einem Buchstaben oder Zeichen wiedergeben, wie es schon Cicco Simonetta gemacht hat. Das verwirrt natürlich den Entzifferer, weil er plötzlich mehr Zeichen als Buchstaben hat und überhaupt seine gesamte Häufigkeitsberechnung durcheinander kommt. Außerdem gibt es Nomenklatoren: Sammlungen von Wörtern, die mit einem einzigen Buchstaben oder Zeichen wiedergegeben werden. An der päpstlichen Kurie hat man in Texten *rex*, ›König‹, mit A, *papa*, ›Papst‹, mit D abgekürzt, sodass A und D zwei verschiedene Rollen spielen. Auch das verzerrt die Häufigkeitsberechnung. Schließlich kann man statt mit einer einzigen Verschlüsselung mit mehreren hintereinander arbeiten. Alberti hält dies für den einzigen Weg, um Sicherheit zu erlangen: ›Unverwundbarkeit‹, wie er sich ausdrückt – vielleicht war auch er ein Jäger. Sicher aber ist auch das nicht, ganz abgesehen davon, dass der Empfänger selbst seine Schwierigkeiten bekommt, obwohl er den Schlüssel kennt. Aber auch ein

Unbefugter kann den Schlüssel herausfinden, wenn er viel Geduld hat.«

Ritter Heinrich schüttelte ungläubig den Kopf. Meister Brun merkte, dass er zu verwirrt war, um Fragen stellen zu können, und sprach stattdessen selbst weiter:

»Es gibt allerdings noch eine ganz andere Möglichkeit.«

»Für jeden Buchstaben ein neues Alphabet?«

Meister Brun lachte wieder einmal, wobei er bedenklich hohe Töne ausstieß, und beeilte sich dann zu antworten:

»So, wie Ihr es eben schon einmal angedeutet habt. Nein, das wäre zu unpraktisch. Es gibt überhaupt keine Alphabete, überhaupt keine Verschlüsselung.«

Ritter Heinrich schaute grimmig, weil er glaubte, Meister Brun treibe nun wirklich seine Scherze mit ihm.

»Die eine Möglichkeit ist die Verschiebung oder Vertauschung von Buchstaben, die Kryptographie – davon haben wir die ganze Zeit geredet. Es gibt aber noch das Verstecken von Buchstaben, die Steganographie. Bei jedem verschlüsselten Text, der auf Verschiebung oder Vertauschung beruht, erkennt man die Verschlüsselung und sucht nach dem Schlüssel. Man kann aber auch Texte anfertigen, denen man die geheime Botschaft nicht ansieht, weil sie eben in ihnen versteckt ist. Dann sucht man nicht nach einem Schlüssel und fällt wirklich herein.«

Ritter Heinrich reagierte erfreut.

»Ach, Ihr meint diese Dinge, die wir als Kinder angewendet haben, wenn wir uns etwas mitteilen wollten, was keiner wissen durfte. Wir haben Geheimtinte benutzt, Zwiebelsaft zum Beispiel oder auch Milch, an die man viel schneller herankommt. Man muss nur eine Feder in diesen Saft tunken und auf Papier schreiben. Wenn die Schrift trocken ist, wird sie unsichtbar. Der Empfänger hält den Brief über eine Kerze, und schon kommt der Text heraus.«

Meister Brun hatte mehrfach während dieser Ausführungen genickt und führte anschließend den Gedanken weiter:

»Genau, genau! Die Rezepte findet man übrigens schon bei dem Römer Plinius, der die Milch der Thithymallus-Pflanze empfiehlt. Aber Zwiebelsaft oder Kuhmilch genügen auch. Nur hinterlässt die Feuchtigkeit der Geheimtinte Spuren, die einem aufmerksamen Beobachter nicht entgehen, falls er nicht ohnehin jeden Brief zunächst einmal über eine Kerze hält. Wollt Ihr noch eine zweite Möglichkeit erfahren?«

Ritter Heinrich nickte.

»Sicherer als die Schrift mit Geheimtinte ist die so genannte Lochschrift. Man schreibt einen unverfänglichen Text und sticht dann mit einer Nadel unter die Buchstaben, die fortlaufend gelesen den Klartext ergeben. Wenn solche Dinge zu auffällig sind, kann man auch für irgendwelche harmlosen Wörter bestimmte andere vereinbaren. Ich schreibe zum Beispiel: ›Morgen ist schlechtes Wetter‹, und mein Empfänger weiß, dass ich meine: ›Morgen ist Krieg.‹ Das Problem liegt dann darin, dafür zu sorgen, dass der Gegner nicht an die Vereinbarung herankommt.«

»Und dass man nur Nachrichten übermitteln kann, an die man vorher gedacht hat«, fiel Ritter Heinrich ein.

»Genauso ist es. Und das ist nicht gut. Aber es muss noch anderes geben. Hier«, damit griff Meister Brun nach dem Brief, den er als Einzigen aus der Schatulle ausgesondert hatte, »ist ein Brief, der mir sehr merkwürdig vorkommt. Er war bei den anderen, die mir heute Morgen unser Reginald gebracht hat. Es ist ein Liebesbrief. Wollt Ihr ihn einmal lesen?«

Ritter Heinrich nahm den Brief, las die ersten Worte aufmerksam und überflog dann den Rest:

Meine liebe Else!
Wir haben hier einen herrlichen Frühling, der mich mit seinen tausend Blüten immer nur an dich erinnert, die schönste Blüte meines Lebens. Ich hoffe, du verbringst deine Tage ebenso in Gedanken an mich wie ich an dich – wann immer dir Zeit dazu verbleibt. Könnte ich doch die Meilen mit Zauberkraft überwinden oder dich wenigstens in einem Spiegel sehen! Aber alle Bitten an hilfreiche Engel verhallen, und ich bin zurückgeworfen auf die Erinnerungen an das letzte Jahr, an das Fest bei euch. Irgendwann wird die Leidenszeit ein Ende haben. Wir werden uns wiedersehen und in die Arme schließen.
Dein Volkmar

Er reichte das Blatt mit einem milden Lächeln zurück.

»Wie kommt der Brief denn herein? Das ist ja wirklich ein Liebesbrief. In dem gibt es kein Geheimnis, außer, dass sich der Absender kaum gewünscht hat, dass wir das lesen.«

Meister Bruns Gesicht verzog sich auf seltsame Weise. Er schüttelte mehrfach den Kopf, schaute in den Brief und dann wieder zu Ritter Heinrich.

»Habt Ihr das Postskriptum gelesen? Seht es Euch doch einmal genau an, es gibt doch überhaupt keinen Sinn.«

P.S. Von weißen Armen fangen neue Seelen lange Wörter jeder Ordnung an Jahren von Völkern aus unserm Zelt. Nach weiteren Jahren Zeit will alter Jammer sich leicht wieder finden. Xaver denkt an welke Zähne, wovon riesige Mengen entstehen. Trockene Mandeln und zarte Veilchen jagen mit uns cholerische Wörter Jupiters. Im März werden frohe Leute wieder dankbar.

»Hier stimmt etwas nicht, ich wittere es. So wahr ich Meister Brun bin: In diesem Text steckt eine geheime Botschaft.«

»Aber der Kölner Rat schreibt doch keine Liebesbriefe.«

»Nicht der Kölner Rat, sondern irgendein anderer. Ich wüsste nur zu gerne, was es damit auf sich hat – Berufsehre, Ihr versteht. Ich habe da so etwas gehört, dem ich schon lange nachgehen wollte. Es gibt einen großen Kenner dieser Dinge, gar nicht so weit entfernt von hier, einen Benediktinerabt, der etwas über Geheimschrift geschrieben hat, unveröffentlicht bislang, aber es wird darüber gemunkelt. Könntet Ihr mir nicht einen Boten besorgen, den ich einmal hinschicke. Oder gebt mir lieber selbst die Gelegenheit! Es passiert ohnehin nichts Wichtiges im Augenblick. Ihr trefft doch gleich auf der Jagd den Kurfürsten. Könnt Ihr nicht die Erlaubnis erwirken? Der Abt sitzt übrigens in Sponheim bei Kreuznach an der Nahe, sein Name ist Johannes, Johannes Trithemius.«

Ritter Heinrich lachte.

»Der berüchtigte Magier, der Teufel austreibt, Tote erweckt und angeblich gestohlenes Gut zurückbringen kann?«

»Ja, genau der, obwohl ich bei all diesen merkwürdigen Sachen so meine Zweifel und Vermutungen habe.«

»Welche Vermutungen?«, fragte Ritter Heinrich, der zuletzt eher im Scherz gesprochen hatte.

»Wer nicht in seinem Innersten entdeckt werden will, hüllt sich absichtlich in Dunkel. Ob der Abt nicht diese Spekulationen begrüßt, um ungestört arbeiten zu können?«

VIERTES KAPITEL *In dem Volkmar mit seinem Freund Peter zuerst in einem Kölner Wirtshaus, dann auf einer Bank ein sehr heikles Thema bespricht*

Auf unsern König!«

»Auf Maximilian!«

»Und auf seine schöne Frau, die Bianca Maria aus Mailand!«

»Auf alle Frauen!«

»Und auf die Jungfrauen!«

»Und diejenigen, die ihnen die Jungfernschaft rauben!«

In diesem Augenblick wurde das Getöse so laut, dass ein neues Hoch nicht mehr anzubringen war. Die Männerrunde war auch am Ende ihrer Kräfte. Einer lag längst neben der Bank, bekam bei jedem Hoch von seinem Nachbarn noch einen Spritzer Bier ins Gesicht, ehe der sich den nächsten Schluck in die Gurgel kippte. Kaum ein Mund nahm die volle Ladung auf, überall rann es rechts und links die Backen herab. Pfützen bildeten sich, Hemden troffen.

»Die Metzger treiben es wieder einmal toll!«, schrie Volkmar an einem Tisch im äußersten Winkel des Wirtshauses seinem Freund Peter zu, der trotzdem nicht verstand und zurückschrie:

»Wer ist voll, Poppo? Sie sind doch alle voll!«

Dann legte sich der Lärm merklich, schwoll noch einmal an, als der Wirt kam und nachschenkte, verebbte aber, bis wieder ein Gespräch zu führen war.

»Wenn ich sie jetzt nur sehen könnte, nur einen winzigen Augenblick. Es soll Spiegel geben, die einem die Liebste zeigen, wenn man den Zauberspruch kennt.«

»Schlag dir deinen Spiegel aus dem Kopf, am besten deine Else gleich dazu. Ihr Vater ist ein reicher Tuchhändler und wird sie längst vergeben haben. Wenn so ein Taugenichts wie du daherkommt ...«

Ein Aufschrei unterbrach die Rede, bis Peter wieder fortfahren konnte.

»Dass du aus dem Kloster geflohen bist, weiß wohl nicht einmal Else selbst, oder?«

»O meine Else, meine Braut!«

Volkmars Gesicht verklärte sich, nahm dann wilde Züge an, als er weitersprach:

»Dummer Hund, der du bist, warum sollte sie es wissen? Sie liebt mich, sie weiß, wer ich bin, ein Mann, der sie liebt! Und außerdem bin ich Schreiber, Schreiber beim Erzbischof, vielleicht werde ich einmal Sekretarius. O meine Else, ich werde dich ernähren, ich werde dich kleiden, ich kaufe dir Schmuck. Schmuck aus Italien, aus Venedig, nicht das plumpe Zeug, das hier die Hausfrauen tragen.«

»Und wer soll den Schmuck bezahlen? Wen willst du überfallen? Du musst schon unauffällig bleiben, sonst gibt Dietrich nicht einmal deine Briefe weiter. Mich wundert ohnehin, dass das immer noch geht.«

Volkmars Augen weiteten sich, als habe ihn etwas zu Tode erschreckt.

»O nein, es wird immer gehen, es muss immer gehen. Die Engel helfen ja, sie tragen die Sätze auf ihren Flügeln, ich spreche die Sprache des Himmels, niemand außer Else versteht sie, meine liebste Else.«

Peter hatte während der letzten Worte zuerst seinen Freund Volkmar, den er Poppo nannte, entgeistert angesehen, dann den Becher kontrolliert, der jedoch bis oben angefüllt war. Schließlich gab er ihm einen derben Stoß und sagte:

»Poppo, jetzt schnapp nicht über, du brauchst dein bisschen Verstand noch. In der Kanzlei beobachtet man dich. Wenn du da herumphantasierst, werfen sie dich samt deinem Adelstitel hinaus. Der Sekretarius ist ohnehin auf den Adel neidisch, das weißt du.«

Volkmar hatte kaum zugehört, schwelgte verzückt in seinen Erinnerungen, in seinen Vorstellungen.

»Sie wird es beim Postskriptum sofort gewusst haben. Großes wird geschehen.«

In der Männerrunde brauste Jubel auf, der sich einer groben Anzüglichkeit verdankte, und machte für kurze Zeit wieder jede Verständigung unmöglich. Während alle anderen Besucher des Wirtshauses mittlerweile ärgerlich zu den Metzgern hinüberblickten, rückte Peter ganz dicht an seinen Freund heran und zog seinen Kopf so weit an sich, dass er ihm direkt ins Ohr sprechen konnte.

»Wach auf, Poppo, wach endlich auf. Du träumst.«

Und als sich der Lärm wieder gelegt hatte, fügte er hinzu:

»Bete lieber zu deinem Schutzengel, als so gotteslästerliche Reden zu führen.«

Volkmar schien diesmal begriffen zu haben, was sein Freund sagte, schaute ihm in die Augen, lächelte und sagte nach einer Weile des Schweigens:

»Du begreifst es nicht, Peter, du kannst es nicht begreifen. Es ist ja nicht nur so, dass ich verliebt bin, das warst du auch schon, sogar viel zu oft. Nein, ich meine diese Verbindung mit Else. Ich kann mit ihr über Dinge sprechen, die niemand versteht. Und es sind wirklich Geister, die helfen. Aber nicht, wie du denkst, obwohl sie tatsächlich Flügel haben.«

Volkmar lächelte wieder seinen Freund an, wusste, dass er ihn quälte, und suchte einzulenken. »Peter, du kennst mich doch. Du weißt doch, dass ich nicht verrückt bin, jedenfalls nicht verrückter als du.«

Peter brummte vor sich hin, sodass Volkmar fortfuhr:

»Vergessen wir einmal diese himmlischen Geister. Nimm nur den Gedanken an, dass ich mit Else in Verbindung stehe, in ungefährdeter Verbindung. Niemand kann uns belauschen, wir können uns sagen, was wir wollen, was wir denken. Und das habe ich gerade wieder getan. Ich ahne auch, dass ihr Vater ihr einen Mann besorgen wird, sie selbst will es noch nicht glauben. Aber ich weiß, wie es in diesen Kreisen zugeht. Es wird ein Tuchhändler werden. Ich habe damals in Neuss schon danach gefragt, ob es dort noch andere Tuchhändler gibt, die Söhne haben, erwachsene, heiratsfähige, aber unverheiratete Söhne. Sie hat es mir unter Spott bestätigt. Sie wolle keinen Tuchhändlersohn, sie wolle mich. Aber sie wird einen nehmen müssen. Ich will das verhindern, und ich habe ihr jetzt geschrieben, wie das geht. Sobald der Vater mit der Idee herausrückt, soll sie handeln.«

»Und wie, um Gottes willen? Du wirst sie und dich unglücklich machen.«

Volkmar lächelte wieder sein verzaubertes, sein fürchterliches Lächeln. »Es könnte sein, dass ich dich brauche. Ich meine, du kannst hier in Köln besser weg. Du arbeitest mit deinen Brüdern in der Druckerei. Du kannst einen Auftrag auch einmal unterbrechen.«

Peter reagierte diesmal barsch:

»Wo denkst du hin, Poppo? Was hast du schon alles ausgeheckt, ohne mich zu fragen?«

In diesem Augenblick brach erneut Getöse aus, nur war es diesmal von völlig anderer Art. Einer der Metzger schrie, weil ihn offensichtlich jemand geschlagen und verletzt hatte. Im nächsten Augenblick sprang der Getroffene trotz des Alkohols von der Bank auf, stürzte sich auf seinen Gegner und hieb ihm die halbvolle Kanne über den Schädel. Mit Gekreische fuhr die ganze Männerrunde hoch. Einer riss den Angreifer zurück, aber es war schon zu spät. Der Getroffene hatte sein Messer gezogen und es seinem Gegner in die Schulter gestochen. Noch war kein Blut zu sehen, aber mittlerweile hatten sich Parteien gebildet und waren übereinander hergefallen. Bänke gingen krachend zu Bruch, der schwere Tisch stürzte um. Dann erschien der tobende Wirt, der zwei Kerle mit den Köpfen gegeneinander schlug und sich sogleich die nächsten griff. Auch alle anderen Gäste im Wirtshaus waren aufgesprungen und mischten sich ein. Nur Volkmar und Peter zogen es vor, sich zum Ausgang zurückzuziehen und zu verschwinden. Zu Tode schien keiner gekommen zu sein. Auf der Straße fragten Vorübergehende nach dem Geschehen. Volkmar berichtete das Nötigste. Der Wirt würde schon für Ruhe sorgen. Und für die Wunden gab es Bader.

Das Wirtshaus lag am Buttermarkt, direkt im Rheinviertel. Dort gab es die meisten und vor allem auch billigsten Wirtshäuser, weil die Wirte oft keine Abgaben zahlten, Schwarzbrennereien also oder, wie es hier hieß: Heckbierzapfer. Entsprechend hoch ging es her. Volkmar zog Peter in die enge Gasse Auf dem Rothenberg und schlug dann den Weg Richtung Sankt Brigida ein, die Pfarrkirche neben Groß Sankt Martin, dessen Stiftsbezirk ganz ummauert war. Vor Sankt Brigida fand er eine Bank aus Stein. Sie war trocken, zwar kalt, aber ihre Wämser dicht genug, um es in der frühen Nacht noch eine Weile auszuhalten. Peter eröffnete wieder das Gespräch.

»Also sag schon, was wirklich los ist. Else soll doch wohl nicht entführt werden?«

»Warum nicht?«, erwiderte Volkmar in einem Ton, der nichts Gutes verhieß. »Aber es gibt eine andere Möglichkeit.«

»Und welche? Du denkst an den Nebenbuhler, ist es so?«

»Das wäre die dritte Möglichkeit, vielleicht die beste.«

Peter geriet in Wut.

»Und ich soll ihn wohl umbringen. Mein lieber Poppo, wir sind seit unserer Kindheit befreundet. Wir haben uns wieder zusammengetan, nachdem du deine Klosterlaufbahn unsanft unterbrochen hast. Aber ich glaube nicht, dass es Freundespflicht ist ...«

»Ach, wer denkt denn an Mord, Peter? Du hast eine zu beschränkte Phantasie. Es gibt so viele Möglichkeiten: Erschrecken, bestechen, ablenken – soll ich noch anderes nennen? Ich habe solche Möglichkeiten nicht einmal in Gedanken erwogen. Ich scheine überhaupt der Harmlosere von uns beiden zu sein. Nein, es geht mir nur um Flucht. Und zur Flucht gehört ein Versteck. Dabei habe ich allerdings an dich gedacht ...«

»... und alles schon bis ins Letzte geregelt.«

»Ja.«

Peter sprang von der Bank hoch und pflanzte sich drohend vor seinem Freund auf.

»Was hast du geregelt?«

Volkmar blieb ruhig sitzen, schaute seinen Freund mit großen Augen an, und sagte:

»Ich habe ihr geschrieben, dass sie in dem Augenblick, wo ihr Vater sie verheiraten will, fliehen soll, und zwar zu dir beziehungsweise zu euch in die Druckerei im Domhof. Als Adresse genügt ja wohl der Name Quentel. Ich hoffe doch, dass du sie aufnimmst. Dann bin ich an der Reihe.«

Volkmar schaute seinen Freund ungläubig an.

»Und du glaubst wirklich, so etwas geht gut. Deine Else gibt ihr Leben auf, spaziert an einem schönen Tag nach Köln, quartiert sich bei uns ein, baut ein Liebesnest und nimmt dich in Empfang wie die Taube den Täuberich. Weißt du, was du bist? Du bist wahnsinnig, einfach völlig wahnsinnig.«

Peter merkte, dass er sich verausgabte, ohne das Geringste zu erreichen. Sein Freund lächelte. Vielleicht hätte es Peter vollends aus der Fassung gebracht, wenn Volkmar nicht in diesem Augenblick ebenfalls von der Bank aufgesprungen wäre und ihn statt jeder Antwort flehentlich umarmt hätte. Nach einer Weile sprach Volkmar ernster als zuvor:

»Peter, du wirst es für mich tun, nicht wahr? Nur diese eine große Hilfe. Ich kann das Rad nicht mehr zurückdrehen. Sie kann jeden Tag hier eintreffen. Letzte Woche ist der Bote in die Niederlande aufgebrochen und hat den Brief mitgenommen. Er kehrt nicht über Neuss zurück, sondern hat die Tour nach Antwerpen und kommt über Aachen wieder nach Köln. Der nächste Bote nach Neuss kann möglicherweise erst mitten im Sommer losreiten. Bis dahin gibt es keinen Kontakt, es sei denn, ich reite nach Neuss und blase alles ab. Aber ich *will* es nicht abblasen, im Gegenteil. Du hast ja noch nicht gehört, was ich vorhabe.«

»Bitte, kein neues Unglück, und wenn doch, möglichst ohne meine Beteiligung!«

»Kein Unglück, sondern im Gegenteil. Wenn Else hier bei dir ist, reite ich nach Neuss und kläre alles. Sie werden mich schon nicht umbringen. Ehe sie ihre Tochter verlieren, werden sie sie mir geben. So schlecht ist es mit mir doch auch nicht bestellt. Außerdem gibt mir der Sekretarius frei, wenn er hört, dass es um Hochzeit geht.«

Volkmar setzte sich wieder auf die Bank und schaute in die schwarze Nacht, aus der sich die hohen Zinnen der Fachwerkhäuser mit scharfer Kante abhoben, weil ein fast voller Mond sie beschien. Lange herrschte Schweigen. Ein paar Zechbrüder gingen dicht an ihnen vorbei, ohne sie zu bemerken. Die Stille der Nacht wirkte beruhigend, selbst Wind war nicht zu vernehmen. Einmal schrie eine Katze in der Nähe, ein andermal drang aus sehr weiter Entfernung Stimmenlärm herüber. Ein Ehepaar stritt sich. Vielleicht war soeben der Mann betrunken nach Hause gekommen, vielleicht war es einer aus dem Wirtshaus, in dem die Schlägerei ausgebrochen war. Peter sah zu Volkmar hinüber und bemerkte, dass der festen Blickes in ein Loch starrte. Zum Glück hat er das mit den Engeln gelassen, ging es Peter durch den Kopf. Wenigstens ist er nicht verrückt geworden, nicht auch noch auf diese Weise. Die Liebe genügt. Volkmar war der Erste, der aufstand und den Freund wortlos ebenfalls von der Bank zog.

»Wir müssen morgen wieder klaren Kopf haben«, sagte er.

»Ja«, antwortete Peter, »morgen sicher, aber sonst kann es auch nicht schaden.«

FÜNFTES KAPITEL *In dem der Bote Azzo vor zwei Herren des Kölner Rates Rede und Antwort stehen muss und diese Herren anschließend ein Gespräch ganz anderer Art führen*

Azzo kannte das Kölner Rathaus gut, ging fast täglich ein und aus und war doch immer beeindruckt, wenn er davor stand und den schönen Turm zur Linken bewunderte. Hier entschieden sich die Schicksale dieser großen Stadt wie etwa in der Zeit seines Vaters, vor genau dreißig Jahren, als man dem damaligen Kurfürsten und Erzbischof Ruprecht von der Pfalz den Krieg erklärte und genau wusste, dass Karl von Burgund mit einem gewaltigen Heer anrücken würde, um Ruprecht zu unterstützen. Aber auch er selbst hatte wichtige Entscheidungen erlebt, all die Auseinandersetzungen mit dem jetzigen Kurfürsten Hermann von Hessen, bei denen es freilich immer nur um Rechte und Geld gegangen war. Immer wieder war er zwischen dem Kölner Rathaus und der Augustusburg in Brühl hin- und hergeschickt worden, wusste nie, was sein Mantelsack an Briefen enthielt, aber ihm war klar, dass davon viel abhing. Er, Azzo, hatte nie in seinem Leben irgendetwas entschieden. Aber ohne ihn hätten keine Entscheidungen getroffen werden können. Große Männer brauchen eben Boten. Ohne Boten gibt es keine Politik, keine Geschichte. Ein seltsamer Beruf, bei dem Bedeutung und Wertschätzung ihm durchaus in einem Missverhältnis zu stehen schienen.

So stand er eine Weile gedankenverloren vor dem Eingang, während um ihn herum ein reges Kommen und Gehen herrschte. Dann trat er ein. Nach dem Weg brauchte er niemanden zu fragen. Er lief die gewohnten Gänge entlang, blieb endlich vor einer Tür stehen und klopfte. Statt eines »Herein!« öffnete ein Diener von innen, der gerade im Herausgehen begriffen war und ihm Platz machte. Azzo trat in ein Kabinett, in dem hohe Stühle um einen Tisch gruppiert waren. Zwei Ratsherren in langen, pelzgefütterten Mänteln mit großen Kragen und hohen Hüten, alles in vornehmem Schwarz, waren in ein Gespräch versenkt und unterbrachen es erst nach einer Weile.

»Tritt nur näher und nimm Platz«, forderte ihn der Jüngere der beiden Herren auf, »wir wollen dich nur kurz etwas fragen, dann hast du es hinter dir.«

Azzo ging mit steifen Schritten zum Tisch, rückte einen Stuhl zurück, den er nur mit beiden Händen bewegen konnte, so schwer war er, und nahm Platz.

»Es geht um den Überfall neulich, wie du dir denken kannst«, begann der andere, ein ernster und undurchsichtig wirkender Herr, der wesentlich älter war als sein Kollege. »Man hat dir die Briefe abgenommen, die für die Niederlande bestimmt waren. Wir wüssten gerne, wer das war. Ich weiß, ich weiß«, er wehrte mit der Hand ab, als er sah, dass Azzo etwas sagen wollte, »natürlich kennst du den Burschen nicht. Aber du kannst ihn doch beschreiben. War es zum Beispiel ein Hunger leidender Bauer?«

»Das wollte ich ja sofort sagen, gnädiger Herr«, begann Azzo hastig, »es war auf keinen Fall ein Bauer, auch kein entlaufener Soldat oder sonst eine heruntergekommene Existenz. Mir kam er schon wie ein Soldat vor, aber er war nicht wie ein Soldat gekleidet, eher wie ein Jäger ...«

»... wie ein kurfürstlicher Jäger, in grüner Jacke und hohen Schaftstiefeln aus teurem Leder?«, unterbrach der Ältere.

»Ja, ganz so, gnädiger Herr.«

Die beiden Ratsherren blickten sich an, wobei der Jüngere nickte. Dann wandte sich der Ältere wieder Azzo zu, musterte ihn einen Augenblick und fragte dann:

»Fiel ein *Wort*, in dem vom Kurfürsten die Rede war, oder hat der Bursche irgendetwas gesagt, woraus sein Ziel hervorging?«

»Nein, gnädiger Herr, er war nicht besonders gesprächig, hat nur seine Arbeit getan.«

»Du meinst, er hat dich verprügelt.«

»Nein, nein, das nicht. Er war im Gegenteil eher milde. Er gab mir mein Messer zurück, das er mir zuerst abgenommen hatte. Sogar mein Brot konnte ich aus dem Mantelsack holen.«

»Was wollte er denn überhaupt?«, fiel diesmal der jüngere Ratsherr ein.

»Mein Pferd, eigentlich nur mein Pferd. Ach nein, auch den Mantelsack. Er wusste ja nicht, dass sich nur Briefe darin befanden.«

Die beiden Ratsherren sahen sich vielsagend an, ehe der Ältere sagte:

»Aha, du glaubst, das wusste er nicht. Wir glauben allerdings genau das Gegenteil. Du bist nämlich nicht der einzige Bote, der in letzter Zeit überfallen wurde. Und jedes Mal waren es sehr höfliche Diebe, die immer nur das Pferd nahmen – und die Briefe. Kannst du dir denken, was uns daran interessiert?«

Azzo war verwirrt und schaute entsprechend drein, bis der Ältere fortfuhr:

»Natürlich, ob es *nur* um die Briefe ging und der Pferdediebstahl davon ablenken sollte. Kannst du irgendetwas erzählen, was das bestätigen würde?«

Diesmal fasste sich Azzo sofort und antwortete:

»Der Kerl hat zuerst gesagt, er wolle mein Pferd den Bauern verkaufen. Dann ist er aber in Richtung Köln geritten und hat mir hinterhergerufen, ich könnte mir das Pferd in Köln vielleicht zurückkaufen.«

Wieder sahen sich die Ratsherren vielsagend an. Dann ergriff der Jüngere das Wort:

»Danke, du brauchst dir übrigens keine Sorgen zu machen. Niemand verlangt, dass du gegen einen solchen Kerl ankommst. Du solltest dich in Zukunft allerdings vorsehen. Der Überfall fand im Worringer Bruch statt, wie wir gehört haben. Man kann solche Wälder meiden, überhaupt statt der gewohnten Strecken andere wählen. Ein kleiner Bogen, eine halbe Stunde Verspätung, und man ist sicherer, wesentlich sicherer. Ansonsten unseren Dank für dein Kommen.«

Der ältere Ratsherr wandte sich so eindeutig von Azzo ab, dass der verstand und das Zimmer verließ.

*

Als die Tür ins Schloss fiel, waren die Ratsherren allein. Der Jüngere stand von seinem Stuhl auf und ging zum Fenster, während er in unförmlichem Tonfall zu reden begann.

»Er lässt uns überwachen, Adolf, es ist völlig eindeutig. Seit der Kurfürst die Streitigkeiten mit uns nach Rom gebracht hat, vor die Kurie, hängt für ihn immer mehr vom Ausgang ab. Nicht allein, dass ihm und uns die Kosten über den Hals wachsen. Wenn er jetzt unterliegt, war der Aufwand umsonst, haben fast zehn Jahre Dauerstreit nichts eingebracht. Nur irritiert mich dieser Überfall auf die Post in die Niederlande. Da geht es doch nur um unsere Geschäfte. Was ist daran so wichtig für ihn?«

»Das versteht Ihr falsch, Hadmar. Seine Leute wissen auch, dass wir das merken. Vielleicht wollen sie uns sogar sagen: Denkt bloß nicht, dass wir Euch aus den Augen lassen! Auch wenn Ihr Eure Briefe verschlüsselt. Und ob die Briefe wirklich sicher sind? Unser ›schwarzer Rabe‹, Meister Hraban, verschlüsselt wirklich Wichtiges mittlerweile auf eine wesentlich aufwendigere und damit sicherere Weise. Er hat uns einen Vortrag über die Kunst der Kryptographie gehalten, etwas über Cäsar-Verschiebungen gesagt und dann ausgeführt, dass man in solche Schlüssel mühelos einbrechen kann. Deshalb werden nur noch harmlose Briefe auf diese Weise verschlüsselt. Der Kurfürst soll denken, dass wir nicht mehr Geheimnisse haben. Leider sind beim letzten Paket, das dieser Azzo überbringen sollte, auch zwei Briefe im neuen Schlüssel dabei gewesen. Zwar können sie diese Briefe nicht lesen – Meister Hraban verbürgt sich dafür. Sie wissen nur jetzt, dass wir sie durchschauen.«

Adolf schüttelte den Kopf und erwiderte dann:

»Aber das hätten sie früher oder später doch ohnehin herausbekommen. Die ganze Post an die königliche Kanzlei geht doch im neuen Schlüssel. Der Schlüssel *stammt* schließlich aus dieser Kanzlei, Meister Hraban hat ihn selbst gar nicht erfunden.«

»Ihr habt Recht«, sagte Hadmar, »aber Ihr bringt mich auf einen fürchterlichen Gedanken.«

Adolf drehte sich vom Fenster abrupt herum. Hadmar fuhr fort:

»Ja, einen fürchterlichen. Es gibt doch im Augenblick überhaupt keine Überfälle auf unsere Post nach Süden. Merkt Ihr etwas?«

»Dass in alle anderen Richtungen die unerfahreneren Leute geschickt werden, nach Süden die besseren, die sich nicht überfallen lassen?«

»Mein lieber Adolf! Ich glaube etwas ganz anderes. Ich glaube an Verrat. Jeder weiß, dass König Maximilian für uns die wichtigste Figur im Reich darstellt, geradezu unser Schutzschild gegenüber dem Kurfürsten. Jeder weiß, dass wir mit ihm die größten Geheimnisse teilen. Und deshalb wird für einen Bruch des Geheimnisses in diesem Fall der höchste Preis bezahlt. Wenn unsere Boten also ausgerechnet auf ihren Ritten in den Süden nicht überfallen werden, dann deshalb, weil sie ihre Post vielleicht freiwillig abgeben. Wisst Ihr, was das bedeutet?«

»Ihr seht mir viel zu schwarz.« Hadmar blickte seinen Ratskollegen verwundert an, stand von seinem Stuhl auf und ging einige Schritte im Zimmer auf und ab, indem er scheinbar die schöne Vertäfelung an der Wand betrachtete. »Aber nehmen wir einmal an, Ihr habt Recht. Unsere Post wird also geöffnet. Dann ist die nächste Frage, ob sie trotz Meister Hrabans Versicherungen entziffert werden kann. Oder auch das ist nicht nötig, weil der Verräter nicht der Bote ist, sondern der Empfänger zum Beispiel in der königlichen Kanzlei. Dann können wir uns allerdings unseren gut bezahlten ›schwarzen Raben‹ sparen.«

»Nun seid Ihr noch pessimistischer als ich«, antwortete Adolf. »Ich denke, es gibt einen Weg, die Wahrheit herauszufinden. Mir fällt da ein historisches Beispiel ein. Irgendein Fürst hat einem Boten einen verschlüsselten Text mitgegeben, in dem zu lesen war, dass der Bote ein Verräter sei und getötet werden solle. Auch wir könnten jemanden damit nach Frankfurt schicken und abwarten, wer unruhig wird.«

Hadmar schüttelte wieder einmal seinen Kopf.

»Aber dann wird am Ende doch nicht der Richtige erwischt. Es muss ja nicht der Bote sein.«

»Und wenn doch ein schwarzes Schaf darunter wäre?«, insistierte Adolf. »Wie ist es zum Beispiel mit Azzo? Er könnte doch den Brühlern stecken, dass er dann und dann unterwegs ist in die Niederlande. Sie sollen also jemanden in den Worringer Bruch schicken, einer genügt, der sich dort die Post abholt, nicht zu weit und nicht zu nah von Köln entfernt. Dann kassiert Azzo seinen Lohn und spaziert frohgemut den Weg zu Fuß zurück. Übrigens würde Azzo auch nicht mitbekommen, dass er ermordet werden soll. War er vielleicht deshalb eben so unbesorgt?«

»Um Gottes willen, Adolf, Euch gehen jetzt sämtliche Pferde durch. Azzo, ausgerechnet Azzo! Seht Ihr ihm denn nicht die heilige Einfalt an der Nasenspitze an? Nein, nicht Azzo. Dann würde ich eher unter den anderen suchen, die noch *nicht* überfallen wurden. Eine Falle wäre nicht schlecht, besser jedenfalls, als eine sehr sichere Verschlüsselung zu wechseln. Die Brühler werden sie jedenfalls nicht brechen. Dort haben sie den fetten Meister Brun in einem Keller sitzen. Der denkt jetzt vielleicht, wir hätten gemerkt, dass Cäsar-Verschiebungen kein Problem sind. Er wird sich jetzt auf den neuen Schlüssel stürzen und sich vielleicht gerade die Zähne daran ausbeißen. Ich sehe ihn förmlich vor mir, wie die feisten Backen tiefer und tiefer hängen. Das ist doch vorläufig ein guter Spaß. Und mit Maximilian müssen wir uns etwas überlegen.«

»Aber wir haben ihn doch im nächsten Monat hier, ihn und seinen ganzen fürchterlichen Tross, der uns die Haare vom Kopf fressen wird. Immerhin können wir einmal mit den Verantwortlichen in seiner Kanzlei besprechen, was sie von der Entwicklung halten. Ich nehme an, die haben noch viel mehr Grund zur Sorge als wir. Maximilians Bündnispolitik ist in letzter Zeit mehr als sprunghaft. Überall sucht er nach Unterstützung für seine Kriege. Dabei will er sich nicht in die Karten sehen lassen.«

»Auch nicht in Briefe, die die Reichsstadt Köln ihm sendet«, ergänzte Adolf. »Ob er selbst überhaupt Bescheid weiß? Ich meine, befiehlt er seiner Kanzlei, bestimmte Briefe verschlüsselt herausgehen zu lassen?«

»Ich denke schon, man wird ihm erklären, dass alles andere zu riskant ist. Im Übrigen ist er gut informiert. Er wird genau wissen, was sich überall in Europa tut.«

Hadmar zögerte einen Augenblick, ehe er weitersprach.

»Aber ob wir es genauso nötig haben? Große Politik machen wir schließlich nicht, auch wenn wir seit zehn Jahren reichsunmittelbar sind, was wir eigentlich schon seit Ewigkeiten waren. Allerdings bleiben wir in all unserer Herrlichkeit ziemlich arme Leute. Wenn nicht ein Wunder geschieht …«

»Ach, lieber Adolf, Wunder braucht man immer. Die Zeiten sind für Wunder wie geschaffen. Das größte Wunder ist, dass es ohne Wunder immer noch geht. Ich werde trotzdem einmal ein paar Kerzen mehr aufstellen als gewöhnlich. Und eine für Meister Brun, damit er nicht verzweifelt.«

Hadmar lachte zum ersten Mal an diesem trüben Tag.

SECHSTES KAPITEL *In dem Meister Brun den Abt Johannes Trithemius im Kloster Sponheim trifft und mit ihm einen regen Gedankenaustausch hat*

Lang war die Reise gewesen, lang und beschwerlich. Man hatte Meister Brun ein starkes Pferd gegeben, das sein Gewicht aushielt. Aber nicht das Pferd, sondern er selbst war der schwache Teil in diesem Fall. Zuletzt hatte er immer öfter Pausen einlegen müssen, sein Rücken schmerzte, fast konnte er das Schaukeln nicht mehr ertragen. Bis Bacharach hatte er sich auf den Wegen entlang des Rheins gehalten, weil hier das Gelände flach und die Sicherheit vor Überfällen größer war. Aber dann war es in den Hunsrück gegangen, Berge und Täler wechselten, Anstiege und Abstiege erwiesen sich als gleichermaßen anstrengend. Mitunter hatte er sich Kaufleuten angeschlossen, die mit Wagen unterwegs waren, was das Vorwärtskommen zwar beeinträchtigte, aber das eine oder andere Gespräch ermöglichte, wenn auch nur über die Schlechtigkeit der Welt, über schlechtes Wetter, schlechte Ernten, schlechte Menschen und vor allem schlechte Fürsten, die Kriege führten und dabei Stadt und Land verwüsteten, vom Morden ganz zu schweigen.

Davon bekam Meister Brun denn auch zuletzt mehr als genug zu sehen. Gerade erst war der Krieg vorbei, den der Pfalzgraf Philipp um irgendwelche bayerischen Erbschaften geführt hatte, weil er nicht glauben wollte, dass König Maximilian Ernst machen und gegen ihn ziehen würde. Aber Maximilian hatte Ernst gemacht, sich mit den Gegnern des Pfalzgrafen verbündet, mit Herzog Albrecht von München, dem Markgrafen Friedrich von Brandenburg zum Beispiel, und Stadt für Stadt, Burg für Burg erobert, von den Dörfern ringsum nicht zu reden. Meister Brun sah das Ergebnis: bis auf die Fundamente abgebrannte Häuser, Hütten, Scheunen, Ställe, von Menschen entvölkert, das abgeschlachtete Vieh in Verwesung dazwischen liegend. Wiederholt hörte er den Namen Emich, Graf Emich von

Leiningen, ein Krüppel, der als Brandstiftermeister des hessischen Landgrafen, auch eines der Gegner Philipps, ganze Arbeit geleistet hatte. Ein Krüppel als Todesengel, ein vom Schicksal Gegeißelter, der sich zur Geißel des Landes aufschwang! Meister Brun schauderte, wenn er an verkohlten Resten vorbeikam und zerlumpte Gestalten Flüche auf den Leininger ausstießen.

Dann endlich war es so weit. Schon lange hatte ihm jeder Auskunft geben können, wo das berühmte Kloster Sponheim lag. Zuerst war er trotzdem glatt vorbeigeritten, weil er den Kirchturm im Tal übersah, wo die Benediktiner ihrer Tradition gemäß fernab vom Weltgetriebe ihre Abtei errichtet hatten. Aber dann war die Beschreibung der Bauern klar genug ausgefallen. In der Dämmerung ereichte er die Klosterpforte, zog die Glocke, bis sich ein Fenster öffnete und ein Kopf heraussah. Der Pförtner war Besuche gewöhnt, hörte nur das Wort »Bibliothek« aus Meister Bruns Rede heraus und beeilte sich, die Tür zu öffnen und den Gast ins Kloster zu führen.

Meister Brun erlebte ein Reich für sich, mit Scheunen und Stallungen, mit Wohnhäusern und Kirche, aber all dies nicht von gewöhnlichen Menschen besiedelt, sondern von höheren Wesen, die in ihrem Schwarz an Schatten gemahnten, als seien sie schon hinübergegangen, herausgetreten aus dem Land der Kümmernisse ins Paradies. Eine seltsame Ordnung herrschte an diesem Ort, nirgends stapelte sich der Müll, kein Weg war verschlammt oder sonst wie beschwerlich. Ein Ort zwischen Himmel und Erde, ging es Meister Brun durch den Sinn, vielleicht wirklich ein Vorhof des Paradieses.

Und dann handfester Streit. Auf dem Weg zum Gästehaus kamen der Pförtner und Meister Brun an einer Scheune vorbei, in der Wagen repariert wurden, laute Hammerschläge ertönten, aber noch lauteres Schimpfen eines Mönchs, der irgendwelche Arbeiten überwachte, die wohl falsch ausgeführt worden waren. Eben ging das Schimpfen in Ohrfeigen, ja Prügel für einen jungen Burschen über, ehe sich das Ganze beruhigte, als der Mönch den Gast sah. Ein Kopfnicken als Gruß, was der Bursche ausnutzte, um zu entweichen. Dann trat Meister Brun in ein flaches Gebäude mit mehreren Zimmern oder Klausen, von denen der Pförtner eine auswählte, die Tür öffnete und zurücktrat. Kälte schlug Meister Brun entgegen, auch Modergeruch, ein Zeichen, dass hier wohl länger keiner mehr gewohnt hatte. Der Pförtner wies auf ein Bett und einen Schrank, in dem der Gast alles finden würde, erkundigte sich, ob er noch Nahrungsmittel bei sich habe, da im Refektorium das Essen schon vorüber sei, versprach, frisches Wasser zu bringen, und ließ Meister Brun allein zurück. An diesem Abend also kein Treffen mehr, am nächsten Morgen dafür gewiss.

Meister Brun hatte das Fenster leicht offen gelassen, um nur ja die Glocke zu hören, hörte sie auch wirklich, war jedoch zu erschöpft, um aufzustehen. Erst als sie zum zweiten Mal erklang, warf er einen Blick aus dem Fenster, nahm wahr, dass heller Tag war, und sprang trotz der Körperfülle aus seinem Bett, um sich anzukleiden. Ein Biss ins mitgebrachte Brot, ein Schluck Wasser, das er tatsächlich noch erhalten hatte, dann machte er sich auf die Suche nach dem Abt, nach Johannes Trithemius.

Die Messe war schon vorbei, wie er beim Betreten der Kirche feststellte, aber er traf noch den Küster, der ihm den Weg wies. In der Kirche ging es im Süden zum Kreuzgang, in diesem, direkt neben dem Bild der Kreuzigungsgruppe, befanden sich die Räume des Abtes. Meister Brun pochte an die Tür. Er war sich nicht sicher, ob ein »Herein!« erklungen war, trat trotzdem ein und stand alsbald einem Mann gegenüber, den er sich völlig anders vorgestellt hatte. Meister Brun war von einem Gelehrten ausgegangen, von einer hageren Gestalt, asketisch, mit papierener Haut. Aber Trithemius war von allem das Gegenteil: eine kräftige Figur, nicht ganz wie er selbst, aber durchaus beleibt, wie man trotz des schwarzen Ordensgewands sehen konnte. Der Kopf war annähernd kugelig, das Gesicht fleischig, mit betontem Doppelkinn, kräftigen Backen, alles in allem ein Bauern- oder auch ein Winzerkopf, was eigentlich gut zu seiner Herkunft aus Trittenheim an der Mosel passte, jedenfalls ein Naturbursche, bei dem lediglich ein Element ganz und gar störend wirkte: die ausgeprägte Tonsur, die dieser so irdischen Gestalt doch einen überirdischen Zug verlieh. Und gerade dies fiel besonders auf, weil das übrig gebliebene Haar über der Stirn und an den Seiten sich in Locken kräuselte, wie Meister Brun sie noch nie bei einem Mann gesehen hatte, es sei denn bei den Darstellungen von Engeln.

»Aus Brühl seid Ihr also, kommt vom Kölner Erzbischof, der sich mit unserm Mainzer Herrn immerhin besser versteht als mit dem Trierer«, sagte der Abt und unterbrach die Betrachtung von Meister Brun, der sich beeilte, eine Antwort zu geben.

»Ja, vom Kurfürsten und Erzbischof. Ich bin Schreiber in seiner Brühler Residenz, der Augustusburg.«

Damit brach er ab, weil Trithemius Anstalten machte, das Wort wieder zu ergreifen.

»Und die Reise habt Ihr, wie ich sehe, gut überstanden, wenn man davon absieht, dass Ihr heute Morgen wohl nicht recht aus den Federn gekommen seid, was auf einige Anstrengungen deutet.«

Trithemius hatte es freundlich gesagt und fuhr fort, ohne sich selbst zu setzen oder seinem Gast einen Stuhl anzubieten:

»Ihr wollt die Bibliothek sehen, wie man mir sagte. Dafür ist sie schließlich da. Darf ich fragen, wonach Ihr sucht?«

Meister Brun korrigierte gerade seinen ersten Eindruck vom Abt, in dem das ›bäurische‹ Element so stark dominiert hatte, fand die Gesichtszüge mittlerweile vornehmer, wobei das rege Mienenspiel eine Rolle spielen mochte. Dann sagte er:

»Ich bitte um Entschuldigung, wenn ich mich an der Klosterpforte etwas allgemein ausgedrückt habe. Ich suche kein gedrucktes Werk, auch keine Handschrift, wofür Euer Kloster ja berühmt ist. Ich habe vielmehr von Eurer Beschäftigung mit der Kunst der Geheimschrift gehört ...«

»Ach, siehe da«, unterbrach ihn Trithemius, »der Erzbischof beschäftigt jemanden, der seine Briefe verschlüsselt. Oder steht Ihr auf der anderen Seite: als Entschlüsseler?«

Meister Brun war verblüfft, wie direkt sein Gegenüber das heikle Thema ansprach, aber auch erleichtert, so rasch zum Ziel zu kommen.

»Genauso ist es. Auch mein eigenes Interesse liegt tatsächlich eher bei der Entschlüsselung.«

Die Miene des Abtes heiterte sich zusehends auf.

»Ja, wer wird am Ende siegen, die Verschlüsseler oder die Entschlüsseler? Ich nehme an, Ihr habt darüber eine eigene Meinung. Aber sagt sie mir nicht, noch nicht. Sagt mir lieber, woran Ihr arbeitet.«

»Es gibt eigentlich keine besonderen Schwierigkeiten. Der Kölner Rat, den der Erzbischof gelegentlich überwacht, benutzt sogar noch harmlose Cäsar-Verschiebung. Neuerdings hat man sich auf Schlüssel eingestellt, die mit den Mitteln der Häufigkeitsverteilung der Buchstaben ziemlich leicht zu enttarnen sind. Ich konnte jedenfalls bislang den Schlüssel immer finden.«

Trithemius lachte. »Ja, so ist das. Aber Ihr könnt von Glück reden. Ich weiß aus Verbindungen mit der königlichen Kanzlei, die selbst wieder mit Italien Kontakt hat, dass die Dinge sehr in Bewegung sind. Ihr müsst Euch demnächst mit Schwierigerem herumschlagen. Sie arbeiten mittlerweile polyalphabetisch, wechseln also den Schlüssel mitten im Text, und das gleich mehrfach hintereinander. Dann funktioniert das Auszählen nach Häufigkeiten nicht mehr wie gewohnt. Ihr wisst, was das bedeutet.«

Meister Brun nickte. »Ihr selbst scheint doch einen ganz anderen Weg zu gehen, wie man hört. Ihr betreibt doch statt Verschiebung oder Vertauschung Verheimlichung, statt Kryptographie Steganographie.«

Die Miene des Abtes verdüsterte sich, als wäre ihm das Thema nicht recht.

»Und da habt Ihr auch gehört, dass es bei mir nicht mit rechten Dingen zugeht, sondern mit schwarzer Magie und dergleichen.«

Meister Brun wehrte ab.

»Um Gottes willen, wer glaubt das denn? Ja, es wird so geredet, aber das ist sogar bei mir der Fall. Wer mit Geheimnissen umgeht, lebt gefährlich.«

Trithemius musterte sein Gegenüber genau, ehe er zögernd begann:

»Ihr interessiert Euch also für Steganographie. Ich könnte Euch da etwas zu lesen geben. Ich habe tatsächlich darüber geschrieben und bin immer wieder einmal dabei, es fortzuführen. Aber gehen wir doch zuerst einmal in die Bibliothek. Ich will Euch etwas zeigen.«

Damit erhob er sich, ohne eine Antwort abzuwarten, und schritt voran. Vom Zimmer des Abtes aus ging es wieder in den Kreuzgang, vorbei am Kapitelsaal und einigen anderen Räumen, dann zweigte vom Kreuzgang ein geräumiges Treppenhaus ab, in dem die beiden Männer über ausgetretene Stufen das nächste Stockwerk erreichten. Über dem Kreuzgang befand sich ein Flur mit hübschen Arkaden zum Innenhof hin. Wieder zweigten überall Türen ab, eine davon in einen großen Raum, offenbar den größten in diesem oberen Teil. Es war die Bibliothek. An den Wänden befanden sich schöne Holzregale mit viel Zierrat, die Regale selbst waren prall gefüllt mit Büchern aller Art: großen und kleinen Codices, auch Gedrucktem. Der Aufbau der Bibliothek schien der gewohnte, wie Meister Brun ihn schon wiederholt in Klöstern kennen gelernt hatte: Theologisches stand zusammen, Historisches, Geographisches, Medizinisches – im Überfliegen konnte er nur das Gröbste erkennen. An zwei Tischen aber saßen Mönche, die gerade Bücher kopierten. Als Trithemius das Erstaunen von Meister Brun wahrnahm, ergriff er das Wort:

»Ich weiß, damit habt Ihr nicht gerechnet. Wir kopieren hier noch, als sei der Buchdruck nicht erfunden. Aber bei uns liegt darin kein Widerspruch. Ich bin ebenso ein Anhänger des Drucks wie des Kopierens. Abgesehen davon, dass es in benediktinischer Tradition liegt und der Zucht dient, ist ein handgeschriebener Codex immer etwas anderes als ein gedrucktes Buch. Wir schreiben auf Pergament, das wesentlich länger hält als das Papier beim Druck. Deshalb geben wir uns auch mehr Mühe mit Schrift und Schmuck, ja sogar mit der Orthographie, was alles bei gedruckten Werken der Eile wegen sehr leidet. Und schließlich brauchen wir uns nicht um die Frage zu kümmern, ob ein Buch verkaufbar ist wie die Drucker. Wir erhalten das, was wir erhaltens*wert* finden. Man wird noch einmal erkennen, dass Qualität wichtiger ist als Quantität.«

Und mit leiserer Stimme, um von den Mönchen nicht verstanden zu werden, fügte er hinzu:

»Aber die Zucht ist mir das Wichtigste. Ihr glaubt gar nicht, welche Versuchungen es in unserer Welt gibt.«

Dann schritt Trithemius auf ein Regal zu und griff ein Buch heraus, dessen Alter ungeheuer sein musste. Der Einband zerbröselte an den Rändern beim bloßen Berühren, das Aufschlagen erzeugte einen leicht knarrenden Ton, als hätte sich das Pergament bereits in dünne Brettchen verwandelt. Liebevoll schlug Trithemius die ersten beiden Seiten auf und hielt mit der Hand das Buch geöffnet. Dann wandte er sich an Meister Brun:

»Ich nehme an, Ihr kennt den Text nicht. Ihr werdet vermutlich große Schwierigkeiten haben, ihn zu verstehen. Vielleicht merkt Ihr nicht einmal, in welcher Sprache er geschrieben ist.«

Meister Brun buchstabierte tatsächlich ergebnislos einige Zeilen, ehe er ausrief:

»Das ist Deutsch, sehr altes Deutsch – aus karolingischen Zeiten etwa? Hier lese ich: ›Ludouuig ther snello, thes uuisduames follo‹ und so weiter, was irgendetwas mit einem Ludwig zu tun hat, der«, damit zeigte er auf die nächste Zeile im Text, »›Francono kunig‹, also wohl König der Franken sein wird – Ludwig der Fromme etwa? Dann wären wir im 9. Jahrhundert, ist denn der Codex tatsächlich aus dieser Zeit?«

Trithemius ließ die Frage im Raum stehen und sagte:

»Lest einmal weiter – Ihr habt es übrigens richtig erkannt – und dann sagt mir, wo statt Deutsch Latein zu finden ist, und zwar der Gruß: *Luthouuico orientalium regnorum regi sit salus aeterna*, ›Ludwig, dem König des Ostreiches, sei ewiges Heil‹.«

Meister Brun beugte sich über die Seite, suchte eine Weile und rief dann triumphierend aus:

»Ihr meint dieses Akrostichon. Natürlich, die Anfangsbuchstaben jeder ungeraden Zeile sind ja rot hervorgehoben und ergeben genau die Worte, die Ihr gerade ausgesprochen habt.«

»Schön, Ihr seid nicht ganz ungebildet. Ihr habt gesehen, dass dieses geistliche Werk, das übrigens eine freie Wiedergabe der vier Evangelien darstellt, ein Akrostichon hat. Der Mönch, der das im 9. Jahrhundert schrieb – er hieß Otfrid und wirkte im Kloster Weißenburg im Elsass –, hat in einem deutschen Text eine lateinische Botschaft verborgen. Was ihr noch nicht gemerkt habt und vielleicht auch nie herausfinden würdet, weil es nicht diese schönen roten Buchstaben gibt, wie Ihr richtig bemerkt, ist die Tatsache, dass auch noch ein Telestichon vorhanden ist. Schaut her!«

Damit wies Trithemius mit dem Finger auf den Endbuchstaben der ersten geraden Zeile, nannte laut seinen Namen und sprang so von Zeile zu Zeile. Meister Brun stutzte zunächst, verstand dann und sagte fast jubelnd:

»Die Endbuchstaben der geraden Zeilen ergeben ja denselben Text wie die Anfangsbuchstaben der ungeraden: ›*Luthouuico orientalium regnorum*‹ und so fort. Ein unglaubliches Kunststück!«

»Ja, ein unglaubliches Kunststück«, echote Trithemius, »jedenfalls dann, wenn man sich in der Tradition nicht besonders gut auskennt – so wie Ihr offenbar. Sonst wüsstet Ihr nämlich, dass man schon in der Antike Akrosticha und auch Telesticha dieser Art kannte. Cicero erklärt, damit könne erstens der Verfasser seinen Namen nennen, was ja sonst nicht üblich war. Und zweitens bewahre diese Kunst davor, dass Texte verstümmelt würden. Man merkt eben, wenn ein Schreiber keine Lust hatte und etwas fehlt. Unser großer Kirchenlehrer Augustinus hat hinzugefügt, Akrosticha hülfen beim

Auswendiglernen von Texten – ich weiß nicht recht, mein Gedächtnis ist da wohl nicht besonders vorbildlich. Warum übrigens die Juden im Alten Testament, in Gebeten, Klageliedern wie denen des Jeremia und Psalmen Akrosticha verwendet haben, weiß ich auch nicht. Bei den antiken Orakeln, den Sibyllinischen zum Beispiel, wird wohl die Vorsorge gegen Verstümmelung eine Rolle gespielt haben. Aber«, Trithemius schlug den Codex zu und wandte sich abrupt an Meister Brun, »ich komme wohl ins Plaudern und langweile Euch.«

Indem er den Protest abwehrte, der sich in der Miene von Meister Brun abzeichnete, fuhr Trithemius fort:

»Ich arbeite tatsächlich an Steganographie, an der Kunst des Verbergens von Texten in Texten. Ich wollte Euch einmal zeigen, wie ich darauf gekommen bin. Man muss Texte nicht unbedingt verzerren, nicht Buchstaben verschieben oder vertauschen, man kann Buchstaben vielmehr zweimal benutzen: einmal für eine Erzählung, das andere Mal für eine Widmung. Sehr praktisch, nicht wahr? Nur hat der arme Otfrid in seinem vermutlich noch ärmeren Kloster nicht daran gedacht, die Widmung geheim zu halten, sondern ganz im Gegenteil: Er wollte, dass sie verstanden wird – verstanden als ganz besonders würdige, weil ganz besonders kunstvolle Widmung. Heute gibt es natürlich andere Probleme. Wir haben vermutlich bessere Klöster, aber schlechtere Zeiten – selbst unser armes dürfte besser sein als Otfrids vor sechshundert Jahren. Wir *müssen* unsere Gedanken manchmal verbergen. Aber wem sage ich das? Also machen wir es wie Otfrid, verbergen wir sie!«

»Doch nicht mehr als Akrosticha«, erwiderte Meister Brun, obwohl ihm dämmerte, dass es lediglich aufs Prinzip ankomme.

»Nein, natürlich nicht. Ich wollte Euch das nur einmal als Beispiel vorführen. Nicht ganz, aber so ähnlich. Ich bin den Weg einfach weitergegangen. Aber eben denselben Weg: geheime Texte in offenen Texten verbergen. Das Gute ist, dass man es den Texten nicht ansieht, dass Texte in ihnen verborgen sind – jedenfalls dann, wenn man es nicht so macht wie Otfrid und Buchstaben rot malt. Ich habe Wege gefunden, wie man so vorgeht, dass die unbefugten Mitleser getäuscht werden. Sie werfen die Briefe weg, weil sie glauben, es steht nichts Interessantes in ihnen.«

»Und wenn sie doch etwas merken?«

»Wie sollten sie?«

»Daran, dass die Texte irgendwie gequält klingen, so wie Dichter ja auch die Sprache foltern, um ihre Verse hinzubekommen.«

»Das ist nicht die Schuld der Steganographie, das ist dann die Schuld des Steganographen. Und wie kommt Ihr darauf, wenn ich fragen darf?«

Meister Brun griff in eine Tasche seines Mantels und zog einen Brief hervor. Er faltete das Papier auseinander.

»Hier dieser Brief kommt mir merkwürdig vor. Ich glaube, in ihm steckt eine verborgene Botschaft. Nur fehlt mir die Erfahrung, nach welchen Prinzipien sie hineingekommen sein könnte. Deshalb bin ich hier.«

Trithemius gab sich überrascht, aber auch ungläubig, streckte jedoch seine Hand aus.

»Dann zeigt einmal her.«

Meister Brun reichte Trithemius das Blatt, der es sorgfältig betrachtete und nach einer Weile sagte:

»Gebt Ihr mir das einmal mit? Ich möchte es etwas genauer prüfen. Wir können ja einen Tausch machen. Ich überlasse Euch dafür meine Aufzeichnungen über Steganographie. Dann sehen wir weiter. Für Euer leibliches Wohl ist in der nächsten Zeit gesorgt. Hört auf die Glocken. Die kurzen Schläge rufen zu den Mahlzeiten. Falls Ihr Euch einmal in die Kirche verirrt, macht das auch nichts.«

Damit ging Trithemius an einen Schreibtisch, öffnete die Schublade mit einem Schlüssel, den er an seinem Gürtel trug, und zog ein Manuskript heraus. Er ordnete die Blätter, wählte dabei offenbar besondere aus und reichte sie Meister Brun. Der nahm sie unter Dank entgegen und verließ nach kurzem Abschied die Bibliothek, während sich Trithemius den Mönchen zuwandte, die während seines Gesprächs mit Meister Brun unentwegt an ihren Manuskripten weitergearbeitet hatten.

SIEBTES KAPITEL *In dem Meister Brun verzweifelt einen Text studiert, der ihm wie ein Hexenalphabet vorkommt, ehe es ihm wie Schuppen von den Augen fällt*

Voller Erwartung hatte sich Meister Brun in sein Gästezimmer zurückgezogen, ja fast konnte er es nicht glauben, dass Trithemius ihm das Manuskript seiner sagenumwitterten *Steganographia* mitgegeben hatte. So las er nun die Seiten, in flüssigem Latein geschrieben, auch in einer bemerkenswert klaren Handschrift, die in einem seltsamen Kontrast stand zu all den in ihr ausgedrückten Geheimnissen. Zuerst hatte er die Einleitung überschlagen wollen, als er sah, dass von den alten Griechen, von Moses, von Hieronymus die Rede war, die in ihren Berichten über die Schöpfung unbeschreibliche Mysterien verborgen hätten. Bei Johannes, in seiner Apokalypse, enthalte jedes Wort neben seinem wörtlichen Sinn einen geheimen, was die Juden in der Kabbala fortgesetzt hätten, wo bekanntlich alle Buchstaben neben den Lauten auch Zahlen bezeichneten und entsprechend jeder Text zweimal gelesen werden könne: als Buchstabenfolge und als Zahlenfolge.

Meister Brun kannte all dies, konnte aus seinem eigenen Wissen das berühmte Beispiel anführen, wo im ersten Buch Mose davon die Rede ist, dass Abraham den bedrängten Lot mit 318 Dienern gerettet habe, wobei jeder Eingeweihte wusste, dass die 318 den Buchstabenwert des Namens Eliezer darstellte. Meister Brun ging auch die berühmte Zahl 666 aus der Apokalypse durch den Kopf, deren Deutung freilich bislang umstritten geblieben war – nach dem Buchstabenwert kam »Kaiser Nero«, und mit ihm natürlich der Hinweis auf die damals bevorstehende Christenverfolgung, als Auflösung in Frage. So wollte Meister Brun ein paar Seiten überspringen, als er las, dass alles im Folgenden Abgehandelte ebenfalls von einer Verhüllung Gebrauch mache, dass die Kunst, seine Gedanken auf geheime Weise mitzuteilen, selbst nicht ohne Geheimnisse abgefasst sei. Ärgerlich blickte Meister Brun aus seinem kleinen mit Butzenscheiben versehenen Fenster, durch das er die Kirche mehr ahnen als sehen konnte, stellte sich vor, dass Trithemius gerade beim Chorgebet war, und sandte ihm einen sehr geheimen wütenden Blick zu. Also doch kein rasches Weiterblättern, sondern sorgfältiges Lesen, um sich nichts entgehen zu lassen!

Aber wie entsetzt war Meister Brun, als er dann die nächsten Seiten durcharbeitete. Jedes Kapitel war einem Geist gewidmet, der wieder andere Geister unter sich habe, für jede Art von Botschaft gab es einen speziellen: für Staatsangelegenheiten einen anderen als für Botschaften in Liebesdingen. In den ersten sechzehn Kapiteln entsprächen die Geister den verschiedenen Richtungen der Windrose, hieß es. Der Absender der geheimen Botschaft solle sich genau in die Himmelsrichtung stellen, die der betreffende Geist bewohne beziehungsweise die er beherrsche. Dann solle der gleiche Absender die angegebenen Beschwörungsworte sprechen, worauf der Geist erscheine und die Botschaft annehme. Der Empfänger bekomme diese Botschaft, erkenne am Geisternamen die Himmelsrichtung, nach der auch er sich zu wenden habe, nehme diese Himmelsrichtung ein und empfange dann nicht ohne Beschwörungsformel vom erscheinenden Geist den geheimen Sinn der Botschaft. Da der Geist schon einmal da sei, könne er sogleich die Rückantwort empfangen und mitnehmen.

Meister Brun sprang von seinem Stuhl auf und wollte auf der Stelle zu Trithemius. Er rannte aus dem Gästehaus des Klosters, ließ unterwegs Mönche grußlos stehen und klopfte dann, ja hämmerte gegen die Tür von Trithemius' Zimmer. Aber niemand machte auf. Meister Brun eilte durch den Kreuzgang, versuchte es immer wieder an den abzweigenden Türen, traf gelegentlich auf Mönche, die ihm keinerlei Auskunft geben konnten, wo sich der Abt im Augenblick befinde, und ging endlich erschöpft zurück in sein Zimmer. Ganz zuletzt war ihm eine Wendung aus der Einleitung von Trithemius' *Steganographia* in den Sinn gekommen, in der davon die Rede war, dass er kein Magier sei, nichts mit Magie zu tun habe, nicht mit weißer und schon gar nicht mit schwarzer, auch keinen Dämonenpakt geschlossen habe. Schon wollte Meister Brun laut das Wort »Lügner!« ausrufen, als er stutzte. Es war doch in der Einleitung die Rede davon gewesen, dass Trithemius seine Lehren in der Form von Geheimnissen offenbaren wolle. Und wenn es mit diesen Geistern etwas ganz anderes auf sich hätte? Der Empfänger sollte doch anhand des Geisternamens etwas merken. Er sollte sich in eine bestimmte Richtung der Windrose stellen. Und wenn es so war, wie er es in seinem ›Verlies‹ in der Augustusburg machte? Wenn das ganze Brimborium der Geister und Himmelsrichtungen so ablief, wie er auf seiner Drehscheibe die Buchstaben des Alphabets auf eine bestimmte Stelle einstellte? Wenn die Geisternamen nichts anderes bedeuteten als den Hinweis auf die Art des Schlüssels, ja wenn die Geisternamen gewissermaßen die Schlüssel zum Schlüssel darstellten und in den Beschwörungsformeln lediglich angegeben war, nach welchem Muster Buchstaben aus Texten herausgelesen werden mussten?

Meister Brun triumphierte. Dieser schlaue Kerl! Schreibt eine Abhandlung über Geheimschrift, die nur diejenigen verstehen können, die das Geheimnis ihrer Abfassung aufdecken. Daher also die Gerüchte über den Magier, den Teufelsbündler! Leser der *Steganographia*, die genau wie er vorhin die Geister ernst nahmen, waren schlicht hereingefallen. Aber ihm selbst war rechtzeitig die Erleuchtung gekommen, er hatte das Geheimnis entdeckt. Also noch einmal lesen!

Und so nahm sich Meister Brun den ersten Beispieltext für eine geheime Botschaft vor, der unter dem Geist Pamersiel stand. Er lautete:

Lucidum iubar eternae beatitudinis excellentissime rex gubernator et tutor robustissime universorum virtuose viventium, exulum refugium debitum, virtus, unanimitas, vinculum omnium, laetitia lugentium, exultatio sancta tristium, virtus fragilium, nutritor egentium, salusque tribulatorum, miserorum adjutor, nobilium triumphator, administrator gratiarum, guberna et rege vitam servorum tuorum sanans infirmitates nostras, salvator omnium, decus viventium, animarum lucidissimum lumen, esurientium refugium, benignissime amator servorum tuorum, virtutum eterne remunerator, mitis animarum glorificator servientium tibi. Vivifica nos domine ut moribus bonis decorati iugiter exultemus. Fortitudo vera nos fortifica, ut nitore sanctitatis efficiamur renovati. Adjuva nos domine eterne redemptor, libera amatores nominis tui, peccatum omnibus remitte, tentationes extingue nocentibus, vitam virtuosam amoremque rectitudinis tribue exorantibus nobis, deus altisseme vere vivificator infirmantium, lumen lugentium exaudi nosu ut vitam iustam rectamque meramur iugiter tenere, vivifica nos salvator et rex misericordissime zelantes veritatem gaudeamusque eterni regis sublimati, conserva humiles indulge noxas, extermina nocentes.

Meister Brun wunderte sich zuerst über den hölzernen Text, ein Gebet voller Wiederholungen, das er ohne große Mühe verstand:

Leuchtendes Licht der ewigen Glückseligkeit, erhabenster König und Schöpfer, der Du auf das Kräftigste sämtliche tugendhaft Lebenden unterstütztest, eine schuldige Zuflucht der Verbannten, die Tugend, Eintracht und das Band aller, die Freude der Gebeugten, die heilige Erhörung der Trauernden, die Tugend der Schiffbrüchigen, der Ernährer der Bedürftigen, das Heil der Spitzfindigen, der Helfer der Elenden, der Triumphator der Edlen, der Verwalter der Gnade, beherrsche und lenke das Leben Deiner Knechte, indem Du unsere Schwächen heilst, o Erhalter aller, eine Zierde für die Lebenden, hell erleuchtetes Licht der Seelen, eine Zuflucht der Hungernden, der Du auf das Wohlwollendste Deine Knechte liebst, die Tugend ewig vergiltst und ein gütiger Aufrichter der Seelen derer, die Dir dienen, bist. Mache uns wieder lebendig, o Herr, damit wir mit guten Sitten geziert immer während aufjauchzen. Hilf uns, o ewiger Erlöser, befreie die, die Deinen Namen lieben. Tilge die Sünde allen, lösche aus die Versuchungen der Missetäter, erteile ein tugendhaftes Leben und die Liebe zur Rechtschaffenheit uns, die wir darum bitten, o höchster Gott, der Du in Wahrheit die Schwachen stütztest, Du Licht der Traurigen, erhöre uns, damit wir ein gerechtes und rechtschaffenes Leben verdienen. Mache uns fortwährend lenksam, mache uns lebendig, o Retter und König, die wir auf das Erbärmlichste auf die Wahrheit eifersüchtig sind und uns freuen, der Du das Ewige, hoch Erhabene regierst, erhalte die Niedrigen, habe Nachsicht mit den Schuldigen und lösche aus die Missetäter.

Keine Cäsar-Verschiebung natürlich, ging es ihm durch den Kopf. Bei Cäsar-Verschiebungen traten immer chaotische Buchstabenbündel auf, hier aber lag ein völlig verstehbarer Text vor. Es geht ja auch gar nicht um Kryptographie, sondern um Steganographie, sagte sich Meister Brun. Die geheime Botschaft ist nicht verwürfelt, sondern nur verborgen. Und dann sah er es. Ich Dummkopf, schimpfte er, warum habe ich so lange gebraucht? Er hat es mir in der Bibliothek doch gezeigt: Es handelt sich lediglich um ein Akrostichon. Man musste nur die Anfangsbuchstaben der einzelnen Wörter heraustrennen und hintereinander lesen. Dann entstand, in etwas eigenartiger Sprache, aber ansonsten klar, die Botschaft:

Lieber Getruvver, dv uvollest vf nest Mantag gervst sin, so dv aller bast vermagst, vnd umb die fvnf unser an der Lantporten vvarten, da vvillen vvir mit vnserm Zvg erschinen.

Voller Tatendrang stürzte Meister Brun sich wieder auf das Manuskript. Unter Lächeln prüfte er noch einmal das letzte Beispiel für den Geist Pamersiel. Er stellte sich vor, dass sich jemand in Richtung Nord-Nord-Ost stellte, wie es für diesen Geist angegeben war, dass er die Beschwörungsformel las und darauf wartete, dass der Geist erscheine, um die Botschaft anzunehmen. Fast hätte er laut gelacht beim Gedanken an den armen Wicht, der wartete und wartete, ohne dass Pamersiel erschien. Dann blätterte Meister Brun weiter und blieb bei einem Text unter dem Geisternamen Padiel hängen. Wieder ein lateinisches Gebet, bei dem jedoch die jeweils ersten Buchstaben keinen Sinn ergaben:

Libera nos Iesu christe eterne salvator bonorum omnium, et indulge reorum delicta gemitusque nostros exaudi mitigans tempestates vitiorum, renovansque conscientiae vetustatem, ad eternum nos reducito paradysum. Bone jesu remitte nobis exorantibus peccata nostra, quoniam graviter offendimus, et saepe relapsi sumus. Dulcissime salvator infirmitates nostras sana quaesumus benignus esto rogantibus te iesu piissime et nos famulos tuos supplicantes exaudi. Homines sumus assiduis miseriis involuti, maximisque tempestatibus immersi, erue nos tribulatorum consolator victoriosissime, quoniam vita nostra assidua felicitate sepulta corrumpitur. Miserere tantum clementissime salvator, respice humilitatem te amantium et non permittas demergi nos exules in luto et turpitudine vitiorum. In amore saeculi hucusque torpentes jacuimus vitiisque inundati nostram parvipendimus salutem, futurique examinis minime recordati sumus. Benignissime creator esto propitius famulis tuis et salva lachrymantes quos decepit miserrima vanitas mundi, viam (pro dolori) veritatis neglexîmus omnes, sed libera nos luto infixos exulesque, quoniam salvator noster tu es iesu, qui neminem despicis gaudi-

um indeficiens et sempiterna felicitas functorum et spes nostra, christianorum gloria, angelorum lumen, remunerator invictorum martyrum, corona virginum, honestas viduarum, bene jesu exaudi nos humiles clamantes ad te, libera nos de praesenti exilio, concedens nobis gratiam ut sine fine vivamus, vivifica quaesumus nos miseros servos tuos exules, quos redmisti, ut zelum justitiae verum consequamur. Conserva nos omnipotens deus, majestas infinita, misericordia incircumscripta, eterna salus nobilium animorum. Amen.

Meister Brun brauchte auch diesmal nicht lange, um den Schlüssel herauszufinden. Es musste lediglich jeweils ein Wort übersprungen werden. Die Anfangsbuchstaben des ersten, dritten, fünften Wortes und so fort ergaben:

Lieber Getreuer. Bringer diß Briefs hait etwas mißhandelt. Ist unser Befel, du wollest in gefänglich behalden uf unser Zukommen.

Mit den weiteren Beispielen kam Meister Brun jedoch nicht mehr zurecht. Er übersprang Buchstaben in allen möglichen Varianten, aber es kam kein Sinn heraus. Da machte er sich an die *Coniurationes*, die Beschwörungsformeln, die jedem neuen Schlüssel beigegeben waren. Zuerst wunderte er sich, dass immer zwei solcher Formeln existierten, beide in wirrsten Wörtern abgefasst, denen man die Verwürfelung sofort ansah. Wenn er hinter das Geheimnis dieser Verwürfelung käme, würde er alle Schlüssel lesen können. Nur war schon die erste *Coniuratio* für den Geist Pamersiel so schwierig, dass er verzweifelte:

Pamersiel oshurmi delmuson thafloyn peano charustrea melany lyamunto colchan, paroys madyn moerlay bulre atleor don melcoue peloin, ibutsyl meon mysbreath alini diaco person. Crisolnay lemon asosle mydar icoriel peanthalmo, asophiel ilnotreon baniel ocrimos esteuor naelma besrona thulaomor fronian beldodrayn bon otalmesgo merofas elnathyn bosramoth.

Irgendwie musste hier stehen, dass man im Text immer nur den ersten Buchstaben jedes Wortes herauslesen solle – das hatte er ja durch bloßes Probieren herausgefunden. Aber wie steckte diese Anweisung in den Worten? Diesmal ergaben die ersten Buchstaben keinerlei Sinn. Wenn man den Geisternamen Pamersiel wegließ, der auf keinen Fall zum Text gehörte, ergab sich:

odtpcmecmmbadmpimmadpclamipaiboenbtfbbomeb

Er versuchte es mit dem jeweils zweiten Buchstaben und kam bis:

seheheyoat

Meister Brun brach enttäuscht ab. Genauso ging es ihm mit den dritten und allen weiteren Buchstaben. Dann schaute er sich das erste Wort des Textes genauer an:

oshurmi

Und wenn in ihm *mehrere* Buchstaben zur geheimen Bedeutung beitrugen? Der erste, dritte und fünfte Buchstabe ergab das deutsche Wort »Ohr«, der zweite, vierte und sechste Buchstabe das lateinische Wort *sum* für »ich bin«. Seine übliche Methode, einen deutschen und lateinischen Geheimtext zu unterscheiden, war nicht anwendbar, weil es sich um keine Cäsar-Verschiebung handelte. Meister Brun prüfte das zweite Wort:

delmuson

Nach dem Muster des ersten Wortes kam weder auf Deutsch noch auf Latein etwas Sinnvolles heraus. Der Schlüssel musste komplizierter sein.

Aber es gab noch eine zweite *Coniuratio*, also Gebrauchsanweisung, unter dem Geisternamen Lamarton. Dort war zu lesen:

Lamarton anoyr bulon madrinel traschon ebrasothea panthenon nabrulges camery itrasbiel rubanthy nadres calmosi ormenulan, ytulesrabion hamorphin.

Meister Brun schrieb sich auch zu diesem Fall immer neue Buchstabenfolgen heraus, versuchte es mit Latein und Deutsch – kein Ergebnis. Es gibt eine Falle, sagte er sich, eine einfache Falle. Und wenn nicht nur Buchstaben übersprungen werden, sondern auch Wörter? Er versuchte es mit den jeweils geradzahligen Wörtern, ließ also das erste, dritte, fünfte Wort und so fort jeweils fallen. Dies ergab:

anoyr madrinel ebrasothea nabrulges itrasbiel nadres ormenu ytules hamorphin

Dann machte er es genauso bei den Buchstaben, las wieder nur die geradzahligen heraus, wobei er zur Verdeutlichung die Buchstaben *mit* Bedeutung als Lettern markierte. Das Ergebnis versetzte Meister Brun in Verzückung. Sein feistes Gesicht strahlte mit allen Falten, als sich der Text abzeichnete:

aNoYrMaDrInElEbRaSoThEaNaBrVlGeSiTrAsBiElNa DrEsOrMeNuItVlEsRaBiOn

Er musste nur noch das Y als I und das V als U lesen, um einen flüssigen Text zu bekommen:

Nim die ersten Bugstaben de omni verbo,

ein deutsch-lateinischer Mischtext also mit der Bedeutung: »Nimm die ersten Buchstaben von jedem Wort«. Genau das, was er bereits gefunden hatte! Die Beschwörungsformel enthielt also tatsächlich die Anweisung für die Verschlüsselung nach dem Geist Lamarton. Statt sich nach Nord-Nord-West zu wenden und auf einen Geist zu warten, gab es eine Formel, wie aus einem scheinbaren Gebet die geheime Botschaft herauszulesen war. Der Empfänger wusste, falls er vorher entsprechend informiert war, beim Stichwort Lamarton also Bescheid, und konnte im selben Schlüssel antworten. Alles funktionierte genau so, wie Trithemius es mit seinen Anrufungen der Geister beschrieben hatte – nur dass diese Geister lediglich Schlüssel bezeichneten! Und irgendwie stimmte es ja auch: Wie mit Geisterhand verwandelte sich der Geheimtext, wenn man den Schlüssel kannte! Meister Brun bewunderte den Einfallsreichtum dieser Verschlüsselung, unter der er den ganzen Vormittag so gelitten hatte.

Vor allem konnte er nun jede Art der Verschlüsselung, jeden Geister-Schlüssel, verstehen. Mühelos wandte er sich noch einmal der Beschwörungsformel für den Geist Pamersiel zu, an der er zuvor gescheitert war. Aus dem Text las er nun, indem er die ungeraden Wörter übersprang, die Anweisung heraus:

Sum tali cautela ut primae literae cujuslibet dictionis secretam intentionem tuam reddant legenti. »Ich habe die Eigenart, dass die ersten Buchstaben jedes Wortes dem Lesenden deine geheime Information geben.«

Genau die gleiche Anweisung, diesmal also auf Latein erläutert! Jetzt wusste er, warum es zu jedem Geist nicht eine, sondern zwei Beschwörungsformeln gab: die eine auf Deutsch oder jedenfalls einem Deutsch-Latein-Gemisch, die andere auf Latein. Meister Brun hatte geschmunzelt, als sich das *sum* abzeichnete, das er vor Stunden immerhin schon halb herausgefunden hatte. Nur war ihm damals nicht klar gewesen, dass er immer ein Wort überschlagen musste. Und so entzifferte er nun Beschwörung für Beschwörung, Schlüssel für Schlüssel. *Una vacat, duae solvunt*, »einer bedeutet nichts, zwei zählen«, hieß es beim Geist Camuel. Entzückt machte Meister Brun die Probe mit einem Text, der in diesem Schlüssel abgefasst war. Sein Anfang lautete:

Mors Jesu Christi genus humanum vivificavit … »Der Tod Christi hat das menschliche Geschlecht erlöst …«

Meister Brun schlug sich auf die Schenkel. Der Satz bedeutete nichts weiter als das Wörtchen »Ich«. Auch alle weiteren Proben brachten sinnvolle Ergebnisse. »Nach zwei nicht-bedeutenden zwei bedeutende«, lautete die Anweisung beim Geist Gediel. Weiter hinten im Text wurde es allerdings komplizierter und komplizierter, wie etwa beim Geist Malcharas: »Nach drei nicht-bedeutenden gelten drei, nach zwei nicht-bedeutenden zwei, nach einem nicht-bedeutenden einer«, lautete der Schlüssel. Beim Geist Menachiel mussten die bedeutenden Buchstaben gar rückwärts herausgezählt werden. Aber immer war das Ergebnis das gleiche: Aus Gebeten oder Bitten, ein Buch zurückzugeben, entstanden auf diese Weise Botschaften, dass man dann und dann bereit sein solle, um gegen einen Feind zu kämpfen. Meister Brun konnte sich nicht satt lesen, merkte nicht, dass der Tag vorrückte, dass die Glocke schon zur Mahlzeit gerufen hatte. Im Übermut erfand er selbst Verschlüsselungsmöglichkeiten, stellte sich die Frage, wie viele dieser Möglichkeiten es wohl geben würde, wenn man die Grenzen der praktischen Anwendung nicht überschreiten wollte.

Endlich erhob sich Meister Brun. Leicht wankend verließ er sein Zimmer, fasste sich jedoch und ging diesmal langsam und bedächtig auf den Kreuzgang zu. Wieder traf er unterwegs auf Mönche, die er anders als zuvor mit ausgesuchter Höflichkeit grüßte. Dann stand er zum zweiten Mal an diesem Tag vor dem Zimmer des Abtes. Er klopfte, hörte ein deutliches »Herein!« und betrat den Raum.

»Ihr seid schon einmal vergeblich hier gewesen, wie ich höre«, empfing ihn Trithemius und musterte ihn. »Das erste Mal sollt Ihr recht aufgebracht gewesen sein. Deute ich Euren jetzigen Auftritt richtig, wenn ich aus Eurem Gesicht Zufriedenheit herauslese?«

Meister Brun strahlte statt einer Antwort, wusste nicht, wie er beginnen sollte. Trithemius bemerkte es mit einer Mischung von Bewunderung und Zweifel.

»Ihr habt also verstanden, seid nicht auf die Einkleidung hereingefallen wie so mancher Vorgänger von Euch. Das freut mich. Leider muss ich schon morgen fort von hier. Wir können nur noch kurz miteinander sprechen. Vermutlich wollt Ihr jedoch noch wissen, was ich von dem Brief halte, den Ihr mir vorgelegt habt.«

Meister Brun dachte zum ersten Mal wieder an diesen Brief, dessentwegen er überhaupt hergekommen war.

»Ach ja, der Brief. Nein, er ist nicht so wichtig. Viel, viel wichtiger ist Eure *Steganographia*. Ich bin begeistert, auch wenn es ja nur der Anfang des Werkes zu sein scheint – als Überschrift steht ja »erstes Buch« darüber. Das System ist wirklich perfekt, es ist viel besser als Kryptographie …«

»Ach, mein Freund, übertreibt nicht. Die Steganographie ist nur gut, solange niemand mit ihr rechnet. Ihr habt ja selbst schon einiges herausbekommen.«

Trithemius lehnte sich in seinem Stuhl zurück und dachte offenbar nach.

»Vorläufig habt Ihr tatsächlich nur das erste der drei Bücher meiner *Steganographia* gelesen. Für das zweite Buch braucht man viel

Zeit. Die Methode des Verstehens ist dort ergänzt durch andere Formen des Verschlüsselns, in der Eile kann ich das nicht erklären. Und im dritten Buch – es ist noch gar nicht fertig – geht es noch viel komplizierter zu.«

»Arbeitet Ihr etwa mit mehreren Alphabeten, die sich mitten im Text abwechseln?«, fragte Meister Brun.

Trithemius setzte ein gequältes Lächeln auf, das deutlich signalisierte, dass er keine Feinheiten verraten wollte.

»Ja, das auch. Ihr scheint mir wirklich gut eingearbeitet. Allerdings kann ich mir nicht denken, dass Kanzleien heutzutage meine Vorschläge übernehmen. Sie sind zu kompliziert, auch für Spezialisten. Ihr scheint mir eine Ausnahme zu sein. Euch macht Kompliziertes offenbar Spaß.«

»O ja, aber Ihr habt Recht. Ich wüsste nicht, wer im Kölner Rat für so etwas zu gewinnen wäre. Und es bleibt ja immer das Problem des Verrats. Das beste steganographische und kryptographische System funktioniert nur, wenn es geheim bleibt. In unseren Zeiten, wo Geld eine so große Rolle spielt, ist das überaus schwierig. Aber«, Meister Brun unterbrach das Thema offenbar nur ungern, »wie steht es denn mit meinem Brief? Habt Ihr herausgefunden, ob ihm etwas Geheimes zugrunde liegt?«

Trithemius zog das Blatt aus seiner Manteltasche und reichte es Meister Brun.

»Nein, das scheint mir nichts mit Steganographie zu tun zu haben. Es tut mir Leid. Vielleicht ist es wirklich nur ein etwas absonderlicher Liebesbrief. Liebende sollen ja absonderlich sein.«

Meister Brun nahm den Brief an sich und steckte ihn seinerseits in die Tasche.

»Nicht so wichtig«, sagte er, »es gibt überhaupt von uns nicht viel Wichtiges zu berichten. Die Kölner korrespondieren mit den Niederlanden noch in bloßer Cäsar-Verschiebung. Und mit Maximilian verkehren sie seit neuestem in einem Schlüssel, den ich noch brechen muss. Aber es wird sich um ein bloßes Geheimalphabet handeln, das man schnell ausrechnen kann. Von Steganographie hat dort wohl noch nie jemand etwas gehört.«

Trithemius lächelte, als er antwortete:

»Möglich, ja wahrscheinlich ist es so, mein Ruf ist zu schlecht. Ich lasse das Werk deshalb nicht drucken, es hat schon genug Unglück angerichtet. Und behaltet als Dank dafür, dass ich es Euch zu lesen gegeben habe, alles für Euch – ich kann mich doch darauf verlassen?«

Meister Brun nickte.

»Ich werde Euch heute Abend noch einmal nach der Komplet empfangen und Näheres zum zweiten und dritten Buch sagen. Nur müsst Ihr mich jetzt entschuldigen, ich warte auf einen Mitbruder, mit dem ich vor meiner Abreise noch etwas zu besprechen habe. Lest bis dahin noch etwas weiter, vielleicht versucht Ihr es noch einmal mit den schwierigen Schlüsseln am Ende des ersten Buches.«

*

Als Meister Brun gegangen war, schritt Trithemius tief in Gedanken hin und her. Dann setzte er sich an seinen Schreibtisch, als sich die Tür öffnete und ein Mönch eintrat.

»Habt Ihr noch den Gast gesehen, Bruder Andreas, der mich gerade verlassen hat?«, fragte Trithemius.

»Den Dicken?«

»Genau den, er gehört der kurfürstlichen Kanzlei in Brühl an. Wie würdet Ihr ihn einschätzen: schlau, dumm, mittelmäßig?«

»Vielleicht mittelmäßig – bei dieser Körperfülle.«

»Nein, Ihr irrt. Er ist schlau, sehr schlau. Er ist auf Anhieb mit meiner *Steganographia* zurechtgekommen, jedenfalls mit dem ersten Buch. Zwar hat er, wie mir berichtet wurde, zuerst eine Art Wutanfall gehabt, wohl als er von den Beschwörungen der Geister las. Aber dann hat er es begriffen. Ich werde trotzdem das Buch nicht drucken lassen können. Die meisten begreifen eben *nicht*, mein Ruf leidet schon viel zu viel.«

Der Mitbruder legte die Briefe auf den Schreibtisch, von dem Trithemius gerade aufgestanden und ans Fenster getreten war.

»Viel interessanter aber ist etwas anderes«, begann er, ohne seinen Mitbruder anzusehen. »Er hat einen Brief von unserem ehemaligen Novizen Volkmar bei sich.«

»Der uns vor zwei Jahren fluchtartig verlassen hat?«

»Genau von dem.«

»Und was will er von Euch?«

»Von mir nichts. Es ist ein Brief an seine Geliebte.«

»An seine was?«

»Ihr habt richtig gehört: an seine Geliebte. Die sitzt in ihrem Vaterhaus in Neuss, und unser Volkmar schreibt ihr glühende Liebesbriefe.«

»So ist das doch in der Welt.«

»Wenn es dabei bliebe. Aber Volkmar bekennt nicht nur seine Liebe, er will seine Auserwählte auch entführen – jedenfalls einem Nebenbuhler wegschnappen.«

Bruder Andreas grinste und machte nicht den Eindruck, dass er dieses Verhalten besonders tadelnswert fand. Trithemius bemerkte es und fuhr in energischerem Ton fort:

»Ihr findet das offenbar ganz in Ordnung. Bleibt Ihr bei Eurer Meinung, wenn Ihr hört, dass unser Volkmar all dies seiner Geliebten in Geheimschrift mitteilt – in unserer Geheimschrift, und zwar in einer ihrer fortschrittlichsten Formen, nämlich nach dem zweiten Buch der *Steganographia*, das ich diesem Meister Brun nicht gegeben habe und auch nicht geben werde. Ich hatte das damals gerade entwickelt und Volkmar teilnehmen lassen. Ich hatte nicht damit gerechnet, dass er uns verlässt und sein Wissen in alle Welt trägt.«

»Und wie kommt dieser Dicke daran?«, fragte Pater Andreas nach, der den Fall offenbar immer noch nicht für besonders aufregend hielt.

»Der Brief lag in einem Bündel der Kölner Ratspost. Irgendwie ist er hineingeschmuggelt worden. Und dann kamen die Brühler und haben es weggeschnappt und alles unserem Meister Brun – so heißt er nämlich – auf den Tisch gelegt. Meister Brun hat brav entschlüsselt und ist bei diesem Liebesbrief hängen geblieben, genau genommen, beim Postskriptum, denn nur dieses hat Volkmar steganographisch verfasst. Dass Meister Brun es gemerkt hat, wundert mich nicht, denn es ist nicht besonders gut gemacht. Er hat zwar nicht den Schlüssel entdeckt, aber er hat etwas gemerkt. Und ich dachte schon, das sei sehr unwahrscheinlich.«

»Aber Ihr sagtet doch, dass dieser Dicke schlau ist.«

»Ja, schlau, aber doch nicht so schlau.«

Trithemius drehte sich damit vom Fenster weg und ging ein paar Schritte auf seinen Mitbruder zu.

»Er will heute Abend noch einmal zu mir kommen, aber er ist mir irgendwie unheimlich geworden. Ich habe ihm natürlich nicht gesagt, dass ich den Brief verstehe. Vielleicht merkt er mir jedoch etwas an. Vertröstet ihn, sagt ihm, ich sei verhindert – Unaufschiebbares, Ihr wisst schon. Und passt auf ihn auf. Er kann das erste Buch der *Steganographia* weiter studieren, aber die weiteren soll er nicht mehr erhalten. Falls er auch das zweite Buch verstehen würde, könnte er den Brief entziffern, den unser Volkmar geschrieben hat. Das möchte ich unter keinen Umständen. Ich meine, ich bin es Volkmar schuldig, auch wenn ich mich sehr über ihn geärgert habe.«

Bruder Andreas war schon im Hinausgehen begriffen, als Trithemius ihn noch einmal ansprach:

»Und sagt ihm auch nicht, dass ich demnächst ganz in seiner Nähe bin, auf dem Kölner Reichstag, den König Maximilian abhält, um endlich diesen Krieg hier bei uns im letzten Jahr abzuschließen. Markgraf Albrecht hat mich eingeladen, den Kölner Kurfürsten werde ich wohl auch sehen, vermutlich sogar in Brühl. Er hat schon nach mir schicken lassen. Dieser Meister Brun wird es schon früh genug erfahren.«

ACHTES KAPITEL *In dem auf dem Neusser Marktplatz vor dem Quirinus-Münster ein Schausteller für Abwechslung sorgt, es jedoch auch zu einer für Else mehr als unangenehmen Begegnung kommt*

Regen, starker, lang anhaltender Regen über Neuss, der der Welt ein graues Aussehen verlieh, als wäre sie aus Asche. Dazu das Prasseln, ein immer währendes Trommeln gegen Fensterscheiben, auf die Dachschindeln, auf Bleiverkleidungen. Eigentlich war schon der Sommer da, aber der Regen brachte die Kälte der Wintertage zurück. Wer konnte, suchte die Feuerstellen auf, die Küchen, die Wohnstuben, falls ein Kamin vorhanden war. Ansonsten kroch die feuchte Kälte durch die Häuser, machte Bettlaken klamm, erzeugte einen Modergeruch, der sogar Bratenduft verdrängen konnte. Alles Leben erstarrte, lief zumindest langsamer ab als gewöhnlich. Im Winter war Kälte das Normale, hielt man Nässe und Moder aus in Vorfreude auf den Sommer. Dann musste der Sommer aber auch kommen, musste das Gebälk ebenso trocknen wie die Glieder. Diesmal hatte er sich im Frühling schon kurz gezeigt und war dann wieder gegangen. Zu allem äußeren Elend gesellte sich schließlich noch die Angst, die Angst vor der Pest. Schon einmal war sie unter solchen Umständen ausgebrochen, hatte binnen ein, zwei Monaten weite Teile der Bevölkerung ausgelöscht.

Else schob es auf dieses Wetter, auf die Lähmung allen Lebens, dass kein Brief kam, seit Wochen nicht. Ob in Köln schon die Pest ausgebrochen war, ob Volkmar noch lebte? Else schauderte bei diesen Gedanken, sie ließ ihre Nähsachen fallen und sprang zum Fenster, durch das sich auch bei hellem Wetter die Straße nur verschwommen abbildete. In diesem Regen sah sie rein gar nichts. Die Aussteuer! Sie hatte Volkmar davon geschrieben, wie gern sie daran saß, wie froh sie über jedes fertig gewordene Teil war: die Laken, die Tischdecken, die Schürzen und was alles sonst notwendig war. Er wird sich gefreut haben, als er es las, wird ein Zeichen darin gesehen haben: das Zeichen der nahen Hochzeit, der baldigen Ehe. Dann verdüsterten sich ihre Gedanken: Daher das Gespräch mit dem Vater! Sie hatte mit der Mutter besprochen, dass es Zeit sei, an der Aussteuer zu arbeiten. Die Mutter hatte es wohl dem Vater weitergesagt, und der führte daraufhin einen schon lange gehegten Plan aus. Nicht, dass auch Volkmar auf den Gedanken kam, dass der Vater sie verheiraten wollte! Sie musste ihm unbedingt schreiben, dass kein Nebenbuhler existierte. Aber es erschien kein Bote, der einen Brief hätte mitnehmen können.

Else wollte sich gerade wieder an ihre Arbeit setzen, als sie Lärm im Hauseingang hörte. Ihr Bruder Dieter war aus der Schule zurückgekommen, in der er Lesen und Rechnen lernte, um einst den Beruf des Vaters ausüben zu können. Die jüngeren Geschwister hatten sich wie sonst auf ihn gestürzt, um etwas aus der Stadt zu erfahren oder ihn nur der Abwechslung halber zu necken. Aber der Lärm war größer als sonst. Else wurde neugierig, ging zur Tür und öffnete sie, um Genaueres mitzubekommen. Da sah sie Dieter in der Diele, an ihm die jüngeren Geschwister, die mit ihm rauften. Gerade war ihm Wolf auf den Rücken gesprungen, hatte sich mit Armen und Beinen um ihn gekrallt, während Hedwig an seinem Arm zerrte, ihn zu Boden zu ziehen versuchte. Schon wollte Else zu Hilfe eilen, um die Balgerei zu beenden, als Dieter energisch wurde:

»So lasst mich doch los, ich habe etwas zu erzählen.«

»Was denn, was denn?«, rief Hildchen, die Kleinste.

»Ein Puppenspieler ist auf dem Markt angekommen, macht seinen Wagen fertig. Wenn der Regen aufhört, will er ein Stück spielen.«

Mit Freudenschreien ließen die Kinder ihren Bruder los, der sich schüttelte und seine Kleider zurechtzupfte, vor allem sein Wams, das noch nass war und am Hemd klebte. Dann sah er seine ältere Schwester und lachte ihr zu, um anzudeuten, dass nichts passiert, also kein Tadel vonnöten sei. Als Else jedoch keine Anstalten machte, irgendetwas zu sagen, und die Tür schon wieder schließen wollte, trat ihr Bruder auf sie zu.

»Else, ehe ich's vergesse: Der Puppenspieler verkauft auch allerhand Sachen, die sonst nicht angeboten werden. Vor allem hat er Nachrichten aus Köln. Er hat angekündigt, dass er heute Nachmittag erzählen werde. Von Westen her wird es immer heller, vielleicht hört der Regen wirklich einmal auf. Du bist ja so empfindlich gegen Nässe.«

»Neuigkeiten aus Köln? Welche denn?«

»Woher soll ich das wissen? Er hat es ja nur angekündigt.«

Else nickte.

»Hast du Mutter gesehen?«

»Die ist schon da, sie scheut den Regen nicht wie du. Und Vater wird kaum kommen, er hat viel zu viel zu tun. Wir können ihm ja heute Abend alles erzählen. Kannst du den Kindern mitnehmen? Sie wollen doch ganz bestimmt zum Puppenspiel.«

Der letzte Satz ging im Jubel unter. Else ließ die Geschwister alles Notwendige beschaffen, ging selbst in die Kammer, um sich ihren Mantel zu holen, zog feste Schuhe an, sorgte dafür, dass die Geschwister dasselbe taten. Dann sagte sie der Magd Bescheid, dass sie aufs Feuer achten solle, und schon ging es mit Getöse aus dem Haus. Else war stolz auf ihre Familie, stolz darauf, dass sie die Mutter vertreten konnte, wenn diese fort war. Und sie dachte an die Zukunft, an eine Zukunft, in der sie selbst einmal einen solchen kleinen Staat leiten würde. Else dachte an Volkmar.

*

Auf dem Marktplatz war halb Neuss versammelt. Der Regen hatte tatsächlich aufgehört, nur noch vereinzelte Tropfen fielen. Der Puppenspieler führte von einem Wagen herab ein kleines Stück auf, das für die Kinder bestimmt war, die mit großen Augen zuschauten, wie kleine Figuren mit Armen und Beinen schlenkerten und hölzerne Münder Worte formten. Die Erwachsenen gingen währenddessen zu einem zweiten Wagen, in dem eine stämmige Frau mit einer ebenso stämmigen Gehilfin allerhand Dinge für den Haushalt anbot. Feine Knöpfe waren dabei, Bänder in vielen Farben und Verzierungen, die man in Neuss nicht kannte, auch Töpferwaren aller Art. Es wurde gefeilscht, um jeden Pfennig gerungen. Zank entstand, wenn jemand etwas einem anderen weggeschnappt hatte. Else sah ihre Mutter, die etwas abseits stand und mit Nachbarinnen in ein Gespräch vertieft war.

Gerade wollte sie zum Wagen gehen, als ihr ein junger Mann in den Weg trat. Sie wusste sofort, wer er war, weil in Neuss jeder jeden kannte, wenigstens vom sonntäglichen Kirchgang her. Diesen jungen

Mann aber kannte sie viel besser, hatte in Kindheitstagen mit ihm auf der Straße und auf den Dachböden der elterlichen Häuser gespielt, ehe sie in das Alter gekommen waren, wo sich die Begegnungen verloren. Auf dem Quirinusfest im letzten Jahr hatte es einen letzten, eisigen Blickwechsel gegeben, als sie Volkmar an der Hand hatte. Danach war keine Begegnung mehr zustande gekommen, selbst in der Pfarrkirche richtete Else es so ein, dass sie mit ihrer Mutter unter den Nachbarinnen blieb, sich regelrecht versteckte. Und nun war er da, stand vor ihr. Dieser junge Mann in tadellosem, ja auffällig vornehmem Wams aus blauem Drucksamt mit Borten, mit breitem Hut aus gleichem Stoff und langen rostroten Strümpfen, die in Schuhen mit hübschen Riegeln endeten – dieser Mann war Tilman Ruter. Else erschrak bis ins Innerste, sah jedoch keine Möglichkeit eines Ausweichens. In dieser Umgebung, auf einem Platz voller Menschen, auf Rufweite entfernt die Mutter, wäre eine Flucht übertrieben gewesen.

»Jungfer Else«, begann Tilman und verbeugte sich, wobei er seinen Hut zog. Zur strahlenden Erscheinung kam das untadelige Gebaren, Else sah es in einem einzigen Augenblick. Sie deutete einen Knicks als Gruß an, nahm sich vor, nicht zu erröten, auch sonst keine Bewegung zu zeigen. Ruter fuhr fort:

»Euer Vater hat meinen Vater gesprochen. Ich bedaure sehr, dass ...«

»Ich weiß nicht, ob das hier auf die Straße gehört«, ging Else dazwischen, indem sie alle Energie aufwandte.

»Darf ich trotzdem eine Bitte aussprechen?«

»Ja.«

»Lässt sich nicht einmal ein Gespräch einrichten, ich meine: in meinem Elternhaus, anlässlich einer Feier. Ihr könntet vielleicht mit Eurer Frau Mutter kommen.«

»Nein.«

Ruter war sichtlich betroffen, nachdem er in so ausgesuchter Höflichkeit gefragt hatte und mit so abweisenden Worten bedacht worden war. Er fasste Else scharf in den Blick.

»Ich glaube nicht, dass Ihr das so alleine entscheiden könnt. Es gibt eine Werbung, und es gibt ein Angebot, das Euer Vater kaum ausschlagen kann. Es wäre besser, Ihr würdet etwas höflicher damit umgehen.«

»Und ich glaube, es wäre besser, Ihr würdet mit mir höflicher umgehen und mich in Ruhe lassen.«

Ruter hatte gehört, dass Frauen den Männern untertan seien und bei seiner Mutter dem Vater gegenüber niemals irgendeine Form von Auflehnung kennen gelernt. So schrieb er die Reaktion von Else seiner mangelnden Männlichkeit zu und glaubte, andere Worte wählen zu müssen.

»Ihr werdet diese Absage noch bereuen. Vor allem aber werdet Ihr sie zurücknehmen. Euer und mein Vater sind sich einig. Und Ihr werdet gehorchen.«

Else sah in diesem Augenblick ihren Vater vor sich. Sie wusste, dass Tilman Ruter etwas angesprochen hatte, was der Wahrheit nahe kam. Aber sie wusste auch, dass ihr Vater sie niemals zwingen würde. Dass Ruter sich erdreistete, ein völlig falsches Bild von ihrem Vater zu zeichnen, erboste sie fast mehr als alles andere. Sie wollte auf keinen Fall das Gespräch fortführen, aber auch nicht weglaufen. Ruter sollte weglaufen, und zwar für immer. Formulierungen jagten ihr durch den Kopf, sie rang mit sich. Da setzte Ruter seine Rede fort, weil er Elses Zögern falsch deutete:

»Ihr werdet *mir* gehorchen.«

»Und Ihr werdet zum Teufel gehen«, lautete die Antwort, die sie fest aussprach und mit einem Lächeln begleitete, mit einem überlegenen Lächeln, in dem sich der Abscheu ausdrückte. Es sollte vernichtend sein, es sollte diesem Mann zeigen, dass er bei ihr nichts verloren habe. Und so wirkte es auch. Nur dass Ruter seine Vernichtung nicht ertrug, sondern mit einem letzten Aufbäumen in einen Sieg verwandeln wollte:

»Ich werde Euren Verehrer zum Teufel schicken.«

Damit drehte er sich um und verschwand in der Menge. Else stand noch eine Weile wie angewurzelt da. Der Wagen des Schaustellers hatte sich mittlerweile verwandelt. Die Vorhänge waren verschwunden, eine offene Bühne entstand, von der herab der Schausteller mit bewegten Gesten zu sprechen begann. Else hörte hin und wieder Sprachfetzen, doch sie trat nicht näher. So erfuhr sie nichts aus der großen Stadt, nicht, dass der Rat mit den Bürgern wieder einmal im Streit liege, dass es um Geld gehe, um Steuererhöhungen, um der Schulden Herr zu werden, die aus dem Krieg stammten, der hier in Neuss einst stattgefunden hatte. Und auch nicht davon, dass man sich über den Kurfürsten beschwere, der sich für seine eigenen Schulden an den Kölnern schadlos hielt und dafür sogar nach Rom gegangen sei oder jedenfalls ständig Briefe mit der Kurie wechsele, in denen es darum gehe, seine angeblich alten Rechte wiederzuerlangen. Nur das Wort »Briefe« nahm sie wahr, es ließ sie sofort an die vergangenen Briefe denken, an all die Bekenntnisse der Liebe, an die Schwüre, und dass noch Briefe kämen, wenn endlich dieser Regen vorbei sein würde, der ja heute schon nachgelassen hatte.

»Else, was stehst du so verloren?«, hörte sie plötzlich. Es war ihre Mutter, die allerhand Sachen gekauft hatte.

»Ach, Mutter, ich bin gar nicht verloren, es sieht nur so aus.«

»Dir ist nicht wohl, wir gehen jetzt sofort nach Hause. Ich weiß, was dich bewegt. Du wirst diesen Volkmar schon bekommen. Du kennst doch deinen Vater. Er hatte sich zwar mit dem alten Ruter geeinigt, aber er ist ein Kaufmann, weiß, wie man sich auch wieder neu einig wird. Der Sohn weiß längst Bescheid. Er war übrigens eben hier auf dem Markt. Hast du ihn nicht gesehen? So übel ist er nicht.«

»Ach, Mutter, er war nicht nur da, er hat mich furchtbar beleidigt. Vater muss etwas unternehmen. Ich will diesen Kerl nie mehr sehen. Und nun lass uns rasch nach Hause gehen, ich friere auch ohne Regen.«

NEUNTES KAPITEL *In dem Meister Brun nach einem heiteren Gespräch ein großer Triumph zuteil wird und er darauf eine fast teuflische Idee hat*

Meister Brun saß vor seinem Schreibtisch und triumphierte. Gerade hatte er den neuen Schlüssel aufgedeckt, in dem die Kölner ihre Briefe an Maximilian verfassten. Er hätte schreien mögen, aufspringen oder seine Freude sonst wie bekunden und wusste doch, dass niemand seine Gefühle teilte. Die Räte würden den Text lesen, sie würden auch wissen, dass er verschlüsselt war, aber niemand ahnte, was es bedeutete, hinter sein Geheimnis zu kommen. Ihm war es wieder einmal gelungen, er hatte sich als der Stärkere erwiesen, auch wenn nur er allein um diese Stärke wusste. So blies er nur leicht in Richtung der Kerzen, um sie zum Flackern zu bringen, was den höchsten Papierstoß auf seinem Schreibtisch einen tanzenden Schatten an die Wand werfen ließ, dem er versonnen zuschaute. Merkwürdige Figuren ergaben sich, manchmal konnte man Gestalten hineinlesen, Kobolde, die aber so rasch verstoben, wie sie sich gebildet hatten.

Da hörte er erfreut Schritte nahen. Die Tür öffnete sich, und Reginald trat ein. Als dieser nur meldete, dass keine neue Post eingegangen sei, war Meister Brun enttäuscht, wollte schon den armen Überbringer der Nachricht für deren Inhalt strafen, als ihm etwas Besseres einfiel. Reginald war ein einfältiger Mensch, aber er widersprach nicht und machte auch sonst keine Schwierigkeiten. So begann Meister Brun ein Gespräch, von dem er selbst noch nicht wusste, worauf es eigentlich hinauslaufen sollte.

»Die Kölner sind wirklich einfallslos, aber irgendwie ist Einfallslosigkeit ein guter Schutz. Man rechnet eben nicht damit. Man denkt immer, die anderen sind schlau, sie täuschen die Einfallslosigkeit nur vor. Man kommt einfach nicht darauf, dass sie wirklich einfallslos sind.«

Meister Brun schaute Reginald mit breitem Lächeln an, merkte dann, dass der nicht verstand, nur nicht zu fragen wagte. Aber Meister Brun wollte eine Seele teilhaben lassen an dem, was ihn bewegte. So begann er noch einmal.

»Reginald, du weißt doch, worum es geht. Die Kölner schreiben Briefe in Geheimschrift. Sie ersetzen die Buchstaben durch andere Buchstaben. Wo liegt nun das Problem?«

Reginald schaute verzweifelt drein, doch Meister Brun fuhr fort:

»Stell dir doch einfach deinen Namen vor. Ich will jemandem mitteilen, dass Reginald ein kluger Mann ist. Aber niemand soll wissen, dass von Reginald die Rede ist. Also schreibe ich für das R, sagen wir: ein A, für das E ein B, für das G ein C und so weiter, sodass herauskommt: ABCDEFG. Ich schreibe also, der ›ABCDEFG‹ ist ein kluger Mann. Was ist jetzt das Problem?«

»Der Empfänger muss wissen, was die Buchstaben bedeuten.«

»Herrlich, Reginald, genau so ist es. Sie müssen es wissen. Und wie macht man das?«

»Ich nehme an, man vereinbart es.«

»Genau, genau, man vereinbart es. Und weißt du, was die Kölner mit ihren Empfängern vor allem in der königlichen Kanzlei vereinbart haben? Sie haben das ›Salve Regina‹ genommen. Statt ABCDEFGHI und so fort benutzen sie die Buchstaben aus dem Lied *Salve Regina*, genauer gesagt: SALVE RGIN, denn sie müssen das E und das A aus *Regina* streichen, weil es schon im *Salve* vorkommt. Die Buchstaben SALVE RGIN stehen also für die Buchstaben ABCDEFGHI. Dann machen sie bei KLMN und so fort weiter mit den anderen Buchstaben, die noch nicht in *Salve Regina* vorgekommen sind, also mit BCDF und so fort. Insgesamt ergibt das diese Reihe hier.«

Meister Brun schrieb mit flinker Hand die Buchstaben auf:

A	B	C	D	E	F	G	H	I	K	L	M	N	O	P	Q	R	S	T	U	V	W	X	Y	Z
S	A	L	V	E	R	G	I	N	B	C	D	F	H	K	M	O	P	Q	T	U	W	X	Y	Z

Dann fuhr er fort, noch ehe er die letzten Buchstaben notiert hatte:

»All das hört sich ja ganz gut an, ist es aber nicht, weil man es sehr schnell errät. Als ich die Texte prüfte, habe ich als Erstes die Buchstaben ausgezählt. Dabei kam heraus, dass das E am häufigsten vorkommt. Im Deutschen kommt das E immer am häufigsten vor. Wenn es aber auch in einem Geheimalphabet am häufigsten vorkommt, was schließt du dann daraus?«

Reginald zögerte.

»Ach, Reginald, wenn du doch etwas mehr Mut hättest! Natürlich, dass das E des Geheimalphabets auch in Wirklichkeit ein E ist. Gott im Himmel: Der häufigste Buchstabe ist überhaupt kein geheimer Buchstabe. Und woran liegt das? Weil im Wort *salve* der fünfte Buchstabe ein E ist – wie im Alphabet: ABCDE.«

Meister Brun wies auf den Zettel vor ihm, deutete mit dem Finger auf die beiden Es und lachte.

»Vielleicht haben sie sich gedacht, darauf kommt keiner. Dass ein E ein E ist, glauben sie nicht. Na ja, ich habe es zuerst fast auch nicht geglaubt. Aber als ich dann einige weitere Buchstaben herausbekommen habe, sah ich sehr schnell, dass es auf dieses *Salve Regina* hinausläuft. Und dann braucht man nicht mehr weiter herumzuraten. Dann hat man das Geheimalphabet heraus. Kannst du dir denken, warum sie gerade dieses gewählt haben?«

»Weil jemand ein Marienverehrer ist?«

Meister Brun quiekte vor Vergnügen, schlug sich auf die Schenkel.

»Ja, das vielleicht auch. Aber Reginald, du hast es doch eben selbst gesagt: Man muss das Geheimalphabet vereinbaren. Und was lässt sich leicht vereinbaren?«

Meister Brun verlor die Geduld, auf eine Antwort zu warten. »Etwas, was man sich gut merken kann, zum Beispiel ein Gebet, zum Beispiel eben dieses vermaledeite *Salve Regina*. Nur ist das *Salve Regina* gar kein besonders schöner Einfall, weil man ja, wie ich schon bemerkt habe, Buchstaben, die sich wiederholen, streichen muss. Es ist eben nicht so schön wie etwa bei deinem Namen. Bei ›Reginald‹ wiederholt sich kein Buchstabe, was ziemlich selten vorkommt bei Wörtern solcher Länge. Übrigens kann man in Geheimtexten manchmal anhand solcher Wörter den Schlüssel herausfinden. Wenn ich ein Wort von acht Buchstaben fände, in dem sich kein einziger Buchstabe wiederholt, würde ich sofort einmal versuchen, ob es nicht ›Reginald‹ bedeutet. Du lebst also gefährlich, Reginald. Sieh zu, dass dein Name nicht in geheimen Botschaften auftaucht. Jeder gute Entschlüsseler würde ihn sehr schnell enttarnen.«

Dabei lachte Meister Brun in noch höherer Stimmlage als zuvor und zeigte keinerlei Mitleid mit Reginald, der sich zusehends unwohler dabei fühlte, an solchen Geheimnissen teilzuhaben. Er machte Anstalten zu gehen.

»Ach, Reginald, mir war heute nach etwas Spaß zumute, denn ich habe den Schlüssel der Kölner gefunden. Allerdings wartet dort ein noch viel härterer Brocken auf mich.«

Er verwies auf einen Zettel, der wie ein Brief aussah.

»Erinnerst du dich noch? Das ist der Liebesbrief mit dem merkwürdigen Postskriptum, den du mir vor vier Wochen gebracht hast. Damit bin ich noch nicht weitergekommen. Aber ich will es heute versuchen. Haben wir nicht Nachmittag? Ich gehe jetzt gleich oben noch etwas essen, dann habe ich die Nacht vor mir. Hier unten merkt man es eigentlich nicht, es ist hier immer Nacht. Aber irgendwie kann ich nachts besser denken. Vielleicht merkt es mein Kopf. Ja, so muss es sein. Aber zuerst werde ich den Kopf zum Essen benutzen, dann soll er denken, nur noch denken. Und besuche mich morgen einmal, Reginald, auch wenn du mir wieder nichts Neues bringen musst wie eben. Morgen sage ich dir, was in diesem Liebesbrief drin steht. Ich ahne es schon. Und ich ahne noch mehr. Ach, Reginald, ich gehe mit dir nach oben, warte einen Augenblick.«

*

»Von weißen Armen fangen neue Seelen lange Wörter jeder Ordnung an Jahren von Völkern auf unserm Zelt ...« So lautete der Beginn des Postskriptums, das Meister Brun längst auswendig konnte, ja zu dem er beinahe eine Melodie erfunden hatte, um es sich vorzusummen in der Einsamkeit der Nacht, tief unten im Keller von Schloss Augustusburg, der Brühler Residenz des Kurfürsten und Erzbischofs. Kein Flackern von Kerzen hier unten, wenn man sie nicht gerade anblies, sondern stechender Schein, wenn man direkt ins Licht schaute, nur hin und wieder ein leichtes Tänzeln der Flammen, wenn Meister Brun zu tief Atem geholt hatte und die Luft pfeifend ausstieß. Der das geschrieben hatte, war kein Anfänger, kein lustloser Schreiber wie die in Köln. Der hier verstand etwas von seiner Kunst. Und diese Kunst musste aus Sponheim stammen. Er hatte Trithemius genau ins Auge gefasst, als der über den Brief sprach. Nein, er verstehe ihn nicht, war seine Aussage gewesen. Aber diese Aussage klang eine Spur zu hastig, zu uninteressiert. Er wusste genau, was da stand, denn es kam von ihm, aus seiner Schule, bestimmt aus dem zweiten Buch der *Steganographia*, über die er ihm noch etwas sagen wollte. Und dann die überstürzte Abreise, das gebrochene Versprechen, noch einmal mit ihm zusammenzutreffen. Alles deutete darauf hin, dass Trithemius irgendetwas peinlich war. Er *wollte* nicht, dass er, Meister Brun, den Brief verstünde. Und er verließ sich offenbar darauf, dass er ihn ohne seine Hilfe nicht verstehen werde. Aber darin würde er sich geirrt, sich gründlich geirrt haben!

Meister Brun hatte längst alle Mittel ausgeschöpft, die er aus dem ersten Buch der *Steganographia* kannte. Er hatte die jeweils ersten Buchstaben der Wörter herausgelesen und alle möglichen Arten des Überspringens und Rückwärtslesens erprobt – niemals gab das Ergebnis auch nur die Spur einer sinnvollen Bedeutung. Aber in der letzten Nacht, als er stundenlang wach dalag, war ihm ein Gedanke gekommen: Warum unterscheidet er das erste vom zweiten Buch? Doch deshalb, weil er etwas Neues einführt. Das hat er selbst gesagt. Und was ist dieses Neue? Könnte es nicht sein, dass die Anfangsbuchstaben der Wörter nicht als solche Bedeutung haben, sondern in verschobener Form. Könnte nicht ein A zum Beispiel ein B bedeuten und so fort? Könnte Trithemius mit anderen Worten vielleicht die Steganographie mit der Kryptographie, das Verstecken mit dem Verschieben, kombiniert haben?

Genau das wollte er in dieser Nacht ausprobieren. Vermutlich musste er vieles versuchen. Es kamen die ersten Buchstaben in jedem Wort infrage, aber auch die jeweils zweiten oder dritten. Es konnten Wörter übersprungen worden sein oder es war alles von hinten zu lesen. Da dachte Meister Brun an den Schreiber und die Empfängerin. Wenn es wirklich ein Liebesbrief war, konnte der Schlüssel nicht zu kompliziert sein. Der Schreiber musste seiner Geliebten das Geheimnis offenbart haben, aber ganz sicher in mündlicher, nicht schriftlicher Form. Die Empfängerin musste sich also den Schlüssel merken können. Dann aber konnte er nur einfach sein.

Meister Brun griff nach einem Zettel, auf dem er die Anfangsbuchstaben der Worte säuberlich hintereinander notiert hatte:

VWAF NSLWJ OAJV VAUZ NWJZWAJSLWF XDAWZW RME
TMUZVJMUCWJ IMWFLWD

Zwei lange Wörter gab es, und zwar mit elf Buchstaben. Im ersten wiederholten sich zwei Buchstaben, einer davon sogar dreifach. Er griff nach einer Liste von langen Wörtern, die er sich in den letzten Jahren angelegt hatte. Aber diese Liste enthielt nur Wörter ohne Wiederholung – so kam er nicht weiter.

Welches Wort wird in einem Liebesbrief auf jeden Fall vorkommen?, fragte er sich als Nächstes und notierte: Ehe, Liebe, Sehnsucht. Dann suchte er nach einem Wort mit drei Buchstaben, fand RME. Es konnte nicht ›Ehe‹ bedeuten, weil der erste und letzte Buchstabe nicht gleich waren. Fünf Buchstaben kamen bei NSKWJ vor. Aber das konnte nicht ›Liebe‹ bedeuten, weil sonst der dritte und fünfte Buchstabe hätten gleich lauten müssen. Und Sehnsucht? Neun Buchstaben kamen überhaupt nicht vor.

Meister Brun lehnte sich in seinem Stuhl zurück und las wieder den Text. Welcher Buchstabe kam überhaupt nicht vor? Es war das Y. Merkwürdig, dachte er, so ist es doch auch sonst in der deutschen Sprache. Bedeutete das Y etwa ein richtiges Y, so wie die Kölner das E mit E wiedergaben? Aber dies schied rasch aus, weil das ebenso seltene X einmal, das Z sogar viermal vorkam. Oder war es vielleicht noch ganz anders, nämlich viel einfacher – handelte es sich lediglich um eine Cäsar-Verschiebung?

Sofort machte sich Meister Brun an die Arbeit. Er griff nach seiner Scheibe und stellte zunächst das drehbare A auf das feststehende B. Aus VWAF wurde UVZE – nichts Sinnvolles. Dann drehte er das A auf das C – Ergebnis: TUYD. Es blieb nichts übrig, als alle Möglichkeiten durchzuprobieren. So entstanden die folgenden Auflösungen:

STXC
RSWB
QRVA
PQUZ
OPTY
NOSX
MNRW
LMQV
KLPU
JKOT

IJNS
HIMR
GHLQ
FGKP
EFJO
DEIN

»Dein!«, rief Meister Brun so laut, dass das Gewölbe widerhallte. Wenn es kein Zufall ist, arbeitet er mit einer Verschiebung um achtzehn Buchstaben! Sofort prüfte Meister Brun die zwei kurzen Wörter RME und VAUZ. Sie ergaben »zum« und »dich«. Das war die Lösung! Das Postskriptum enthielt also wirklich eine Botschaft, verborgen und verschoben, verborgen in den ersten Buchstaben der Wörter und diese Buchstaben verschoben um achtzehn Stellen im Alphabet. Die Geliebte musste sich nur zwei Papierstreifen anfertigen, auf die sie das Alphabet aufschrieb, dann das A unter das R schieben – und sie konnte die Botschaften lesen. Vielleicht vernichtete sie die Papierstreifen nach jedem Gebrauch, damit ihr niemand auf die Schliche kommen konnte. Aber noch wahrscheinlicher war, dass sie sie aufhob, weil ein Finder kaum herausbekommen würde, wozu sie bestimmt waren. Aber nicht er, nicht Meister Brun! Er *hatte* es herausgefunden. Und nicht nur das. Die Methode konnte nur von Trithemius stammen. Trithemius hatte ihn also belogen, hinters Licht geführt. Warum nur? Hing es vielleicht mit dem Inhalt des Postskriptums zusammen?

Meister Brun gab sich an die Entzifferung, die jetzt nicht mehr lange dauerte. Dann stand der Geheimtext auf einem Blatt Papier:

Dein Vater wird dich verheiraten. Fliehe zum Buchdrucker Quentel.

Donnerwetter! Nach dem Liebesgesäusel des Hauptteils diese Botschaft! Eine glatte Entführung. Diese Else aus Neuss sollte also nach Köln kommen, weil ihr Volkmar eine standesgemäße Ehe verhindern wollte. Und weil dieser Volkmar einmal bei Trithemius gelernt hat, wie Steganographie funktioniert, hat er die Botschaft in der sichersten Form ausgeschickt, die sich denken ließ. Else war eingeweiht, ja angelernt und kannte sich aus. Während die Kölner mit ihren niederländischen Handelspartnern in Cäsar-Verschiebung verkehrten und dem König Briefe im *Salve-Regina*-Schlüssel schickten, unterhielten sich zwei Liebende im ausgefeiltesten Schlüssel der Zeit, vermutlich im Stil der päpstlichen Kurie oder der Botschafter von Venedig. Und er, der kleine Schreiber des Kurfürsten, war dahinter gekommen.

Meister Brun triumphierte. Er führte einen regelrechten Tanz auf in seinem Zimmer unter der Erde. Mit seiner ganzen Körperfülle umkreiste er von einem aufs andere Bein hüpfend den Tisch, während die vielen Kerzen seinen Schatten an den Wänden tanzen ließen. Erst als er erschöpft war, ließ er sich noch einmal auf seinem Stuhl nieder. Mehrmals las er den entzifferten Text: »Dein Vater wird dich verheiraten ...«

Dieser Volkmar ist ein schlauer Kerl, ging es ihm endlich durch den Kopf. Er wird noch mehr wissen von den Künsten des Trithemius. Vor allem wird er mittlerweile vor Ungeduld vergangen sein, denn Else hat den Brief nie bekommen, weil er abgefangen wurde. Und Else? Vielleicht ist sie mittlerweile längst versprochen und für immer ihrem Volkmar entzogen. Nur einer könnte vielleicht im letzten Moment helfen, nämlich er, Meister Brun. Er könnte den Brief noch immer hinbringen lassen. Oder er könnte einen anderen Brief schreiben, steganographisch und mit einer Verschiebung von achtzehn Buchstaben abgefasst. Einen Brief, auf den Else antworten würde und der ihm in die Hände fiele wie der erste. Damit könnte er zu Volkmar gehen und ihm sagen: Lieber Volkmar, du bist mit deinem Vorhaben entdeckt. Aber ich kann den Mund halten, vielleicht sogar helfen. Wenn du mir hilfst. Ich möchte mehr über die *Steganographia* des Trithemius wissen. Wir machen einen ehrlichen Tausch, bei dem jeder nur gewinnt. Du bekommst deine Else, und ich bekomme die Geheimnisse des zweiten und dritten Buchs.

ZEHNTES KAPITEL *In dem Else endlich Post erhält, auf die sie sogleich antworten soll und dabei in arge Nöte gerät*

Der Regen war zurückgekehrt. Nur zwei, drei Tage hatte es Hoffnung auf den Sommer gegeben, geringe Hoffnung, denn die Sonne war nur für Augenblicke durch die Wolken gedrungen. Damit war auch die Angst zurückgekehrt, die Angst vor der Pest, mindestens aber vor Missernte, vor Teuerung, vor Hunger. Zum kommenden Sonntag sollte eine Bittprozession durch die Felder vor der Stadt ziehen, in Sankt Quirin brannten mehr Kerzen denn je. Noch aber lebte die Stadt, noch waren die Menschen in den Straßen nass, aber sie gingen ihrer Arbeit nach, schleppten Körbe, zogen Karren, die gelegentlich im Schlamm stecken blieben und mit vereinten Kräften herausgezogen werden mussten. Nur den Pferden schienen das Wetter und der Dreck wenig auszumachen, auch wenn die Reiter mit hängenden Köpfen triefnass im Sattel saßen und so schnell wie möglich ihr Ziel zu erreichen suchten.

Da fiel Else ein eiliges Getrappel von der Straße her auf, das genau vor ihrem Haus verstummte. Sie war gerade dabei gewesen, in der Küche Gemüse zu putzen, während ihre Mutter mit dem Fleisch beschäftigt war und die Magd mit allerlei Kesseln hantierte. Die drei Frauen waren dabei, das Abendessen für einen größeren Kreis als gewöhnlich vorzubereiten, weil der Vater zwei Gesellen mitbringen wollte, die sich eine Belohnung verdient hatten. Else ließ den Kohl samt dem Messer liegen, mit dem sie ihn gerade geschnitten hatte, und trat ans Fenster. Schemenhaft erkannte sie einen Reiter, der dabei war abzusteigen und dann sein Pferd am Ring neben der Haustür festband. Dann klopfte es schon an der Tür. Else hatte Hoffnung geschöpft, sprang aus der Küche in die Diele und öffnete. Sie hatte sich nicht getäuscht.

»Jungfer Else?«, fragte die Gestalt vor ihr, die in langem Reitermantel vor ihr stand und unter dem nur wenig vorspringenden Dach endlich Schutz vor dem Regen suchte.

»Ja, ich bin es.«

»Ich habe einen Brief für Euch.«

Else wusste sich vor Glück kaum zu fassen, nahm den Brief, den der Mann vor ihr erfolgreich trocken gehalten hatte, blickte diesen dankend an und war doch verwirrt:

»Aber sonst kam doch immer jemand vom Stift, dem Azzo den Brief gab. Ist ihm etwas geschehen?«

Else öffnete den Brief, wobei sie ihre Frage völlig vergaß und überrascht war, als der Überbringer antwortete:

»Azzo ist krank. Ich befördere heute die Post, bin auch schon auf dem Rückweg. Ihr könnt mir, wenn Ihr wollt, eine Antwort gleich mitgeben. Ich habe mich in der Herberge beim Blutturm einquartiert und werde morgen beim Öffnen der Stadttore in aller Frühe nach Köln reiten. Am Abend könnt Ihr die Antwort vorbeibringen – entweder selbst oder durch einen Boten. Fragt einfach nach dem eiligen Reiter.«

Er band das Pferd los, schwang sich in den Sattel, wendete das Pferd elegant auf der Hinterhand und ritt davon.

Else hüpfte vor Freude, als sie gerührt die ersten Zeilen las, in denen Volkmar seine Liebe bekannte wie immer. Dann nahm sie das Postskriptum wahr, lächelte und lief zur Mutter in die Küche.

»Du kannst den Kohl liegen lassen«, empfing diese ihre Tochter. »Ich habe alles mitbekommen. Lies in Ruhe den Brief auf deiner Stube und komm dann herunter. Ich bin auch neugierig.«

Else drückte ihre Mutter dankbar an sich und war mit einem Wort des Dankes verschwunden.

In ihrer Kammer griff Else zu Feder und Tintenfass, legte sich ein Blatt Papier zurecht und entnahm einer Schachtel zwei zusammengedrehte Papierstreifen, die sie glatt strich. Auf beiden waren in gleicher Schrift die Großbuchstaben des Alphabets aufgeschrieben. Dann vertiefte sie sich ins Postskriptum, das sie verunsicherte, weil es so lang geraten war wie noch nie. Der Text lautete:

Xaver denkt an welke Zähne, wovon riesige Mengen entstehen. Trockene Mandeln und zarte Veilchen jagen mit uns cholerische Wärter Jupiters. Im März werden frohe Leute wieder dankbar. Ochsen wollen jammern. Angst kann lesen. Viele wollen jagen. Freitags wollen Tauben wie freie Tiere mit zehn dürren Wärtern jubeln.

Else verzog keine Miene, sondern machte sich an die Arbeit. Rasch flogen die Buchstaben auf das Papier, bis zu lesen war:

XDAWZW RME TMUZVJMUCWJ IMWFLWD OWJ AKL VWJ FWTWFTMZDWJ

Dann kam sie langsamer voran, las Buchstabe für Buchstabe von ihren Streifen ab, bis der Text entstand:

Fliehe zum Buchdrucker Quentel. Wer ist der Nebenbuhler?

Schon beim Wort »Fliehe« war Else bis ins Innerste erschüttert. Und mit jedem weiteren Wort nahm ihre Angst zu. Was konnte geschehen sein? Wie konnte Volkmar wissen, dass es diesen Nebenbuhler gab? Und warum sollte sie fliehen?

Else erhob sich von ihrem Stuhl. Sie musste in die Küche zurück. Was sollte sie ihrer Mutter sagen? Auf keinen Fall etwas von der Aufforderung zur Flucht. Ihre Mutter hatte sie doch unterstützt, sogar ihr Vater wollte sie zu nichts zwingen. Und dann dieses »Fliehe!«. Aber Volkmar wusste von dem jungen Ruter. Das war das Rätselhafteste am Brief überhaupt. Ob Vater doch hinter ihrem Rücken etwas eingefädelt hatte? Beruhten darauf die Drohungen dieses schrecklichen Tilman? Und wenn sie wirklich fliehen würde? Der Buchdrucker Quentel konnte nur in Köln wohnen. Wie sollte sie dorthin kommen? Und wer würde sie in Empfang nehmen? Volkmar arbeitete in der Kanzlei des Erzbischofs, wohnte im ehemaligen, nun leer stehenden elterlichen Haus Auf dem Malzbühel in der Nähe des Heumarkts, wie er ihr erzählt hatte. Beim Buchdrucker würde sie auf jeden Fall völlig fremde Menschen antreffen, denen sie sich anvertrauen sollte. Aber Volkmar hätte es nicht geschrieben, wenn es nicht nötig gewesen wäre. Und in jedem Fall war der Brief echt. Er konnte nur von Volkmar sein. Niemand wusste um das Geheimnis. Und selbst wenn doch: Niemand konnte die Postskripta lesen. Wie hatte sie gestaunt, als Volkmar es ihr einst erklärte! Gejauchzt hatte sie angesichts der Aussicht, in ihrer Liebe unbelauschbar zu sein, sich alle Wünsche, Hoffnungen, Sehnsüchte mitteilen zu können – und auch alle Gefahren. Nun war eine Gefahr aufgetaucht. Sie begriff sie nicht, sie war unerklärbar. Aber sie musste existieren.

Else schwankte auf der Treppe. Langsam schritt sie Stufe für Stufe hinab. Kein Plan tauchte auf, was sie der Mutter sagen könnte. Dann stand sie in der Tür.

»Else, was ist geschehen?«, rief die Mutter, als sie ihre Tochter kreidebleich und wortlos in die Küche treten sah. Sie schickte die Magd zu Arbeiten in die Hinterstube und wandte sich dann wieder an ihre Tochter.

»Es ist doch nichts Schreckliches passiert?«

»Nein, Mutter, nichts Schreckliches, es kommt nur so plötzlich.«

Elses Mutter beruhigte sich, ja ihr Gesicht heiterte sich auf.

»Du bist so betroffen, weil es jetzt Ernst wird?«

»Ja, Mutter, es wird jetzt Ernst.«

»Kind, ich brauche dich hier nicht unbedingt. Geh auf deine Kammer, ruhe dich aus und denke nach. Und mach vor allem ein glücklicheres Gesicht. Du hast doch Grund dazu!«

»Ja, Mutter, eigentlich schon. Aber so habe ich es mir nicht gedacht.«

Damit drehte Else sich um und ging langsam die Treppe hinauf in ihr Zimmer. Sie warf sich auf ihr Bett und schluchzte. Dann stand sie auf und setzte sich an ihren Tisch. Noch lagen Feder und Tinte bereit. Sie nahm ein Blatt und schrieb plötzlich beherzt:

Lieber Volkmar!
Alles, wie du willst! Bis bald.
Deine Else

Dann schrieb sie die beiden Buchstaben »P.S.« für Postskriptum, drehte den Brief von Volkmar auf die Rückseite und notierte in kleinen und schwachen Buchstaben:

Tilman Ruter

Mit Tränen in den Augen blickte sie auf ihre Alphabetstreifen und las Buchstaben für Buchstaben ab, bis auf dem Zettel stand:

LADESF JMLWJ

Dann legte sie ihren linken Zeigefinger auf den ersten Buchstaben und schrieb das Wort »Leicht«. Zu jedem folgenden Buchstaben ersann sie ein weiteres Wort, bis zu lesen war:

Leicht arbeitet der Engel sich fort, jeder Mensch liebt wieder Junge.

Sie übertrug den Satz in ihren eigenen Brief, verwischte mit der angefeuchteten Hand die Schrift auf der Rückseite von Volkmars Brief und faltete das neue Blatt sorgfältig zusammen. Zum Schluss entzündete sie eine Kerze, nahm den Siegelstab, hielt ihn in die Kerze, bis er am Ende weich wurde. Dann strich sie etwas Lack auf und drückte ihr Siegel hinein. Als sie den großen Buchstaben E für Else sah, schossen ihr die Tränen in die Augen. Benommen löschte sie die Kerze und legte sich wieder auf ihr Bett.

*

Else schrak hoch. Sie hatte die Turmglocke zum Angelus läuten gehört und musste den Brief in die Herberge bringen – wenn sie sich denn endgültig dazu entschloss. Sollte sie sich doch noch der Mutter anvertrauen? Sie brachte es nicht übers Herz. Dann machte sie sich ausgehfertig und ging mit dem Brief in der Hand die Treppe hinab. Sie hörte die Mutter in der Küche. In einem Winkel des Hauses stritten sich die jüngeren Geschwister. Der Vater war noch nicht da. Else griff nach ihrem Mantel, zog ihn an, ging zur Tür. Sie öffnete sie so leise wie möglich, hörte laute Geräusche in der Küche, die das Knarren der Tür übertönen mussten, und stand im strömenden Regen auf der Straße.

Die Straße war fast menschenleer. Am Blutturm, hatte der Reiter gesagt, und sein Gesicht trat Else noch einmal vor Augen: ein hageres, lang gezogenes Gesicht mit einem verächtlichen Ausdruck, nicht nur, als er ihr gesagt hatte, sie solle nach dem eiligen Reiter fragen, der Herbergswirt würde schon wissen, wer gemeint war. Erschöpft hatte er nicht ausgesehen, als er ihr den Brief gab. Woher war er gekommen? Von Köln war das Wahrscheinlichste, so wie er aussah, aber Post von Köln nach Neuss und sofort wieder zurück? Ob er schon bei den Stiftsdamen war? Und wieso hatte er den Brief nicht bei ihnen abgegeben, wie es Azzo machte? Für einen Moment zweifelte Else, ob alles wirklich mit rechten Dingen zuging. Aber sie verscheuchte die Gedanken. Das Postskriptum war eindeutig. Und alles andere passte eigentlich auch. Nur eben diese merkwürdige Unstimmigkeit: das Wissen um den Nebenbuhler. Und die Frage nach seinem Namen. Was wollte Volkmar denn mit dem Namen?

Während Else noch überlegte, in immer neuen Anläufen diese entscheidenden Fragen umkreiste, erreichte sie die Stadtmauer im Westen, ging zum Blutturm und erkannte am Schild die Herberge direkt gegenüber. Sie trat in die Tür. Im Eingang zur Küche fand sie eine alte Frau, die sich wohl ums Essen kümmerte. Sie fragte sie nach dem eiligen Reiter.

»Der muss zu denen gehören, die hinten in der Stube zusammen sitzen, mein Kind«, antwortete die Frau, sah Else ihre Ängstlichkeit an und fügte hinzu: »Was wollt Ihr denn von ihm?«

»Nur einen Brief übergeben«, antwortete Else.

Die Alte musterte noch einmal die junge Frau und sagte:

»Bleibt besser hier stehen und wartet. Ich hole ihn Euch her.«

Dann verschwand sie und kehrte im nächsten Augenblick zurück.

»Sie würfeln gerade und fluchen fürchterlich. Aber Euer Reiter wird gleich kommen.«

Else war froh, wenigstens nicht im Regen zu stehen. Sie presste ihr immer noch nasses Tuch aus, legte es wieder an und zog es so dicht wie möglich um sich. Ihr Haar war fest von einem anderen Tuch umschlungen, fast nur die Augen und die Nasenspitze ragten heraus, selbst das Kinn war bedeckt. Dann öffnete sich eine Tür, und die Gestalt, die ihr den Brief gebracht hatte, kam auf sie zu.

»Ach, Jungfer Else. Sie hat also zurückgeschrieben. Da wird sich der Empfänger freuen.«

Mit anzüglichem Blick trat er näher, aber Else streckte ihm den Brief entgegen und sagte nur:

»Hier, bitte, ich muss sofort zurück.«

Schon halb im Umdrehen spürte sie, dass der Mann den Brief annahm, und rannte davon. Sie hörte ein lautes Lachen hinter sich. Den Regen, der sie auf der Straße empfing, empfand sie als Wohltat: als eine Hülle, die sie der Welt entzog und dafür sorgte, dass sie unbehelligt blieb. Rasch erreichte sie ihr Elternhaus.

Dort war ihr Fortgehen nicht bemerkt worden. Else hängte den Mantel auf, ging die Treppe nach oben, um sich umzuziehen, endlich wieder etwas Trockenes am Leib zu spüren. Sie griff nach ihrem

Lieblingskleid, einem hellroten mit geschlitzten Puffärmeln und bestickten Bändern, das sie sonst nur an Festtagen trug. Als sie fertig war, hörte sie schon das Rufen der Mutter. Else ging langsam die Treppe hinunter. In der Stube war die Familie versammelt. Vater hatte die angekündigten Gesellen mitgebracht. Es war eine heitere Runde. Else setzte sich dazu und war froh, dass das Gespräch bereits im Gange war. Sie brauchte nicht zu antworten. Die Mutter bemerkte das Kleid und ihre Unruhe, sagte aber nichts. Der Vater war beschäftigt. Der Abend verging quälend langsam.

Dann lag Else in Tränen aufgelöst auf ihrem Bett. Die Mutter war kurz bei ihr gewesen, hatte sich abweisen lassen. Else dachte über ihre Flucht nach. Allmählich wurde ihr klar, wie sie es anstellen könnte.

ELFTES KAPITEL *In dem sich in einer Weinstube in Zons Bürger über Politik streiten, was ein schlimmes Ende nimmt*

Wenn der Regen seit Tagen alles Land in graue Schwaden gehüllt hatte, so war er mittlerweile sintflutartig angewachsen. Seit dem frühen Morgen goss es wie aus Kübeln, der Regen verwandelte die Straßen in Seen, in denen selbst die Schlammberge untergingen. Wer konnte, blieb zu Hause. Wer fort musste, kam nicht weit. Noch mehr als die Stadt traf es das umliegende Land. Feldwege verschwanden förmlich, selbst auf den Fernstraßen fiel die Orientierung schwer. In der Feste Zons bildete sich um die Mittagszeit ein Auffanglager für Reisende aus dem Norden, von Neuss her, und aus dem Süden, aus Köln. Sämtliche Herbergen waren überfüllt, in den Gaststuben drängten sich immer neue Gäste, die immer neue Nässe in Räume trugen, in denen man ohnehin kaum noch atmen konnte. Mit gedämpftem Hallo wurden Bekannte empfangen, Fremde widerwillig in Runden aufgenommen, bis ein weiteres Zusammenrücken nicht mehr möglich war.

So hatte es ein vornehmer junger Mann schwer, einen Platz zu finden, war mehrfach abgewiesen worden und kam endlich im »Schwert« unter, einer Weinschänke, in der ein Wirt mit Konzession den Betrieb führte. Der junge Mann kam aus Neuss, wollte eigentlich nach Köln, war aber ebenso stecken geblieben wie all die anderen, stecken geblieben im Schlamm, in dem auch sein Pferd nach einigen Ausrutschern zuletzt nicht mehr weiter wollte. Er wurde mit der bloßen Andeutung eines Kopfnickens aufgenommen, scheel angesehen, als er seinen Mantel ausschlug. Dann fragte ihn der Wirt erst, woher er komme, wohin er wolle und schließlich, was er begehre. Es fiel kaum auf, dass der Fremde sich beim Wein die Herkunft nennen ließ und mit der Zunge schnalzte, als er »Elsass« hörte.

»Es geht alles mit rechten Dingen zu«, fügte der Wirt hinzu, »sämtliche Zölle sind bezahlt.«

Beim Wort »Zoll« blickten drei Männer in gesetztem Alter auf, die in ein Gespräch vertieft waren, musterten den feinen Herrn, bis einer von ihnen anfing:

»Ja, die Zölle! Früher hatten wir es einfacher. Da sind wir mit unseren Wagen vom Süden her über die Berge gezogen und haben den Rhein mit seinen Zollstationen links liegen lassen. Denn wo mussten wir nicht alles zahlen! Bei Andernach, dann vor allem in Bonn, Bonn war immer am teuersten. Jetzt hat der Kurfürst den Weg über Land verboten, und wir können nicht mehr ausweichen.«

»Dafür zahlst du aber nur noch ein einziges Mal auf kurfürstlichem Gebiet«, wandte ein anderer ein. »Außerdem war es der Kölner Rat, der die Zölle hochgetrieben hat, denn der Kurfürst musste sie in seinen Nöten der Stadt verpachten. Daher kommt ja auch der ganze Streit zwischen den Kampfhähnen. Zuerst hat der Kurfürst den Kölner Rat bei seiner Zollpolitik unterstützt, dann hat er sich plötzlich mit den anderen rheinischen Kurfürsten geeinigt und die Stadt zum Einlenken gezwungen. Jetzt haben wir immerhin geordnete Verhältnisse. Wer Mainzer oder pfälzisches Gebiet passiert, weiß genau, was er wo zahlen muss. Und das gilt auch die Mosel hinauf ins Trierer Erzbistum.«

»Ja, wir wissen es genau«, fiel ein anderer ein, »und vor allem wissen wir, dass es viel zu viel ist. Weißt du, was ich zahle, wenn …«

»Ach, du mit deinen ewigen Klagen. Dafür waren früher die Wege immer völlig unsicher. Jetzt zahlen wir, kommen aber mit unseren Fässern glücklich an. Das ist letztlich das bessere Geschäft.«

Ein älterer Mann in verschlissenem Aufzug mischte sich ein:

»Wenn es nur beim Wegezoll bliebe. Habt ihr einmal mit Mehl zu tun gehabt? Da geht es schon an den Kölner Rheinmühlen mit den Mahlgebühren, dem Molter, los. Und versuch einmal, das Mehl mit Handmühlen zu mahlen. Sobald sie dich erwischen, sitzt du im Turm. Da ist der Erzbischof unerbittlicher als bei jedem anderen Zollvergehen.«

»Was soll der Kurfürst denn machen, wenn die Kölner mit ihm jeden Tag im Streit liegen? Bekäme er endlich die Grutsteuer wieder, die ihm zusteht …«

»Zusteht?«, warf ein anderer ein, »die Grutsteuer soll ihm zustehen, weil man früher das Bier mit diesem Kräuterzeug gebraut hat, ohne das es nicht haltbar und vor allem nicht transportfähig war?

Heute brauen sie doch ohne Grut, sie haben doch Hopfen, womit alles viel besser geht. Und da rennt der Erzbischof nach Rom, um die alte Grutsteuer einzuklagen, wo es eigentlich überhaupt keine Grut mehr gibt. Er will eben immer nur Recht haben.«

»Aber die Kölner verweigern ihm doch jedes Recht. Deshalb hat er sich die Grutsteuer ausgesucht, weil sie seit ältesten Zeiten ihm zustand.«

»Ja, seit ältesten Zeiten«, warf einer der besser Gekleideten ein, der sich noch nicht zu Wort gemeldet hatte. »Wo Konrad von Hochstaden sie vor einem viertel Jahrtausend schon den Kölnern verpfändet hat, weil dem auch schon das Geld ausgegangen war. Seither ist das Recht auf Seiten der Kölner.«

»Zusteht? Recht?«, antwortete sein Gegenüber, ein knorriger Mann mit gurgelnder Stimme. »Was verstehst du von Recht? Weil vor hundert und mehr Jahren einmal irgendein König eine Urkunde ausgestellt hat, die längst von sämtlichen Nachfolgern widerrufen ist, soll blanker Raub Recht sein? Köln ist eine freie Stadt im Reich, freier als die Reichsstädte im Süden, weil wir zwar den König als einzigen Herrn haben, ihm aber nicht jährlich zahlen müssen.«

Während des Gesprächs hatten immer mehr Personen, froh über die Abwechslung, mitgeredet, wenn sie es denn schafften, zu Wort zu kommen. Alle möglichen Ansichten schwirrten durch den Raum, wobei sich nach und nach die Vertreter Kölns von den Kurfürstlichen abhoben. Die überall bekannten Streitereien zwischen der Stadt, die ihre Privilegien verteidigte, und dem Kurfürsten, der die Stellung seiner Vorgänger wiedererlangen wollte, fand auch in diesem Wirtshaus seine Fortsetzung, als könne man hier erreichen, was die hohen Herren in einem ganzen Jahrzehnt nicht erreicht hatten. Eben waren wieder abfällige Worte über den Kurfürsten gefallen, als der feine Herr sich einschaltete.

»Die Kölner sollten sich schämen. Sie sollten froh sein, einen solchen Erzbischof zu haben, der sein geistliches Amt noch ernst nimmt, selbst die Messen liest, um das Wenigste zu sagen. Uns Neussern hat er einst tapfer beigestanden, sich ein ganzes Jahr lang in unsern Mauern einschließen lassen, als Karl von Burgund herkam und unsere Stadt erobern wollte, um sich anschließend das ganze Erzbistum einzuverleiben. Mein Vater hat täglich auf den Mauern gestanden und den jungen Hermann von Hessen gesehen, der damals Beschützer des Erzbistums und übrigens auch Kölns war, gegen den amtierenden Kurfürsten Ruprecht von der Pfalz. Der hatte sich mit dem Burgunder verbündet, hätte ihm das Kurfürstentum in den Rachen geworfen, nur um Köln kleinzukriegen. Gerettet aber hat uns alle der junge Hermann von Hessen, der dann mit Recht Kurfürst und Erzbischof geworden ist. Sogar rohes Pferdefleisch hat er damals wie alle anderen gegessen, als die Kölner bloße Versprechungen ablieferten, während wir Neusser gotterbärmlich hungerten. Und dann noch die berühmte Geschichte, als kurz vor dem Ende der Belagerung die Verteidiger aufgeben wollten, während Hermann die Glocken Sturm läuten ließ, als führe der Feind einen Angriff aus. Damals sind alle wieder in ihre Stellungen gelaufen und haben Neuss weiter verteidigt bis zum glücklichen Ende. Und das danken ihm die Kölner mit ewigen Prozessen.«

So lange hatte zuvor niemand geredet, sogar der Wirt war mit seiner großen Kanne zum Nachschenken stehen geblieben. Nicht, dass es neu gewesen wäre, was dieser Herr sagte, aber es waren wohl gesetzte Worte in klangvoller Sprache, die in dieser Runde überraschten, ja mundtot machten. So erklärte sich die Zurückhaltung, die dann aber nach einer Weile überwunden war. Ein kräftiger Kerl im Winkel schlug plötzlich mit der Faust auf den Tisch, dass die Krüge hüpften, und machte der Rede ein Ende:

»Lasst uns mit diesem Kurfürsten in Ruhe, der nicht besser ist als die anderen. Er ist und bleibt ein Despot. Wir Kölner sind frei, wir wollen selbst entscheiden.«

»Und brauchen deshalb selbst Geld, um uns nach niemandem richten zu müssen«, kam es aus einer anderen Ecke.

»Wer organisiert denn den Handel, wer schlägt sich mit der Hanse herum? Der Kurfürst oder unser Rat?«, tönte es weiter.

Der feine Herr aus Neuss ließ noch einige wilde Äußerungen vorbeiziehen, ehe er noch einmal das Wort ergriff und tatsächlich wieder Ruhe fand:

»Der Rat soll die Geschicke besser leiten als der Kurfürst? Wer kommt denn in den Rat? Doch nur die Reichen, die dort Wege suchen und finden, immer reicher zu werden. Was ist denn mit den Aufständen der Bürger gegen die ewigen Steuererhöhungen? Habt ihr von solchen Aufständen im Kurfürstentum gehört? Uns Landstädten geht es gut, weil wir eine Regierung haben, die nichts anderes will, als dass wir arbeiten und unsere Familien versorgen. In eurer angeblich freien Stadt sind einige Herren so frei, ihren Bürgern das letzte Hemd zu nehmen. *Dafür* bieten sie dem Kurfürsten die Stirn, denn bei einem gerechten Regiment, das sich am Nutzen aller ausrichtet, können sie ihre Winkelzüge nicht durchführen. Seht sie euch doch an, diese fetten …«

In diesem Augenblick platzte dem ersten Zuhörer der Kragen:

»Verfluchtes Bürschchen, woher nimmst du das Maul so voll? Noch ein Wort, und ich schlage dich krumm.«

»Eitler Affe!«

»Immer diese verdammten Neusser Stutzer!«

»Und woher hast du das feine Tuch am Leib?«

»Geraubt hat er es oder von seinem noch vornehmeren Vater bekommen«, antwortete statt des Angesprochenen ein anderer.

Der feine Herr saß in einer Ecke, die sich bislang mit Worten zurückgehalten hatte. Aber auf der gegenüberliegenden Seite ballten sich bedrohlich Fäuste. Der Wirt merkte es und versuchte zu schlichten, weil er um sein Mobiliar bangte.

»Wer raufen will, geht in den Regen«, donnerte er, indem er den lautesten Sprecher an der Schulter packte. »Hier hört jetzt der Streit auf. Ich bediene Kurfürstliche und Kölner gleichermaßen, solange sie nur zahlen.«

»Aber es will doch überhaupt keiner zahlen«, sagte ein junges Bürschchen, worüber die Runde in ein brüllendes Lachen ausbrach, das mehr bewirkte als die drohende Haltung des Wirtes.

Wie auf Verabredung rutschten die Männer auf ihren Bänken so zusammen, dass sich kleinere Gruppen bildeten, in denen das Gespräch andere Bahnen einschlug. In der äußersten Ecke packte jemand Würfel und Becher aus. Der feine Herr trank aus seinem Becher, während sich seine Nachbarn zur Linken und Rechten von ihm abwandten. Als sei nichts vorgefallen, hörte man nur noch Durcheinanderreden, unterbrochen von lautem Lachen, hin und wieder einen Fluch. Gelegentlich stand jemand auf, um zur Hofseite hin den Raum zu verlassen, ehe er durchnässt zurückkehrte.

Dann kam die Zeit des Abendessens. Viel stand nicht zur Wahl, weil der Wirt mit einer so großen Gesellschaft nicht gerechnet hatte. Es gab Salmklöße mit saurem Kappes für die betuchteren Gäste, Kohlsuppe für die weniger Zahlungskräftigen, eine Wasserbrühe mit

Speckgrieben für die ganz Sparsamen. Dazu wurde für alle Fladenbrot gereicht, gutes, nicht zu dunkles Brot, das sich die Ärmeren in riesigen Stücken in den Mund schoben und endlos kauten. Die Preise standen auf einem Brett an der Wand. Schon als die Magd die Schüsseln hereingebracht hatte, hatte es anzügliche Bemerkungen und Späße gegeben. Beim Abtragen griffen einige der Magd nach den Röcken, was diese mit einem derben Tritt und einer schallenden Ohrfeige bedachte, die nur der Anlass zu schadenfrohem Gelächter und anschließenden neuen Attacken war. Die Laune wurde zusehends besser, das Streitgespräch am Nachmittag schien vergessen. Als jemand vom Hof zurückkehrte und meldete, der Regen habe deutlich nachgelassen, setzte ein Jubelsturm ein.

Der feine Herr war um diese Zeit bereits auf sein Zimmer gegangen, auf das kleinste Zimmer im Hause, das dennoch das teuerste war, weil es nur eine einzige Schlafstelle enthielt. Er hatte sich eine Zeit lang mit Abrechnungen befasst, Preise studiert für die Stoffe, die er bestellen beziehungsweise für die er Bestellungen aufnehmen sollte. Dann griff er nach einem Buch, das seines kleinen Formats wegen ins Reisegepäck gepasst hatte. Es war ein schöner Druck des *Reinke de Vos* mit etlichen Holzschnitten, die von Hand koloriert waren. Er hatte das Buch schon früher gelesen, murmelte mittlerweile die Zeilen halblaut vor sich hin, konnte die eine oder andere Stelle auswendig. Gerade zog er die Kerze etwas näher, um ein Bild genauer betrachten zu können, als er auf dem Flur Schritte hörte. Dann klopfte es. Aufmachen oder nicht aufmachen?, überlegte er, als er schon eine Stimme hörte:

»Es geht um den Kurfürsten, unseren gnädigen Herrn. Kann ich Euch noch einmal sprechen?«

Die Stimme klang verbindlich, nicht fordernd, schon gar nicht drohend. Der feine Herr überlegte einen Augenblick, stand dann auf und schob den Riegel zurück. In der Tür stand eine Gestalt, die er in der Schankstube gesehen, aber nicht weiter beachtet hatte. Ganz im Gegensatz zur leisen, harmlosen Stimme handelte es sich um einen kräftigen Mann, dem selbst unter dem Wams die Muskeln anzusehen waren. Auch Gesicht und Körperbewegungen sprachen für jemanden, mit dem man besser keine Händel begann.

»Ihr habt Euch eben für den Kurfürsten und Erzbischof eingesetzt, gegen dieses Pack da unten, das den hinterlistigen Kölner Rat verteidigt. Wir wollen es ihnen diese Nacht eintränken. Sie sollen nicht umsonst unseren gnädigen Herrn beleidigt haben. Macht Ihr mit?«

Der feine Herr war für einen Moment sprachlos, hob dann abwehrend die Hände und sagte:

»Um Gottes willen, ich bin ein friedlicher Mensch. Außerdem habe ich keinerlei Übung in solchen Raufereien.«

»Raufereien?«, gab der andere zurück, »nicht Raufereien, wir schlagen ihnen die Schädel ein.«

Als er die Verblüffung des feinen Herrn wahrnahm, fügte er hinzu: »Ich bin nur etwas allein, ich könnte noch jemanden gebrauchen, der mir wenigstens den Rücken freihält.«

»Ich werde Euch nicht den Rücken freihalten, sondern den Wirt holen«, antwortete der feine Herr, der sich mittlerweile gefangen hatte. Dabei trat er einen Schritt zurück und versuchte die Tür zuzuschieben, in der der Bursche immer noch abwartend stand. Aber er hatte nicht damit gerechnet, dass es sein Besucher offenbar Ernst meinte. Der genossene Wein mochte eine zusätzliche Rolle spielen, jedenfalls stieß der Bursche die Tür wieder voll auf, griff den feinen Herrn mit der linken Hand am Hals und erhob drohend die Rechte zum Schlag.

»Wen willst du holen?«

Der feine Herr schwieg, versuchte aber, sich zu wehren, und trat seinen Gegner mit aller Wucht, zu der er fähig war, gegen das Schienbein. Der schrie auf, ließ sein Opfer für einen Augenblick los, aber nur, um im nächsten Moment sein Messer zu ziehen und augenblicklich zuzustoßen. Der feine Herr blickte seinen Gegner ungläubig an und sackte langsam zusammen, ohne einen Schmerzenslaut von sich zu geben. Auf dem Boden erst krümmte er sich unter Stöhnen, ehe er regungslos liegen blieb. Langsam bildete sich eine Blutlache.

Der Bursche sah es, kniete vorsichtig neben der Lache nieder und fühlte dem Liegenden mit der Hand den Puls am Hals. Er wartete eine Weile, erhob sich dann und zog sich aus dem Zimmer zurück. Man hörte keine Stufen knarren, auch keine Tür schlagen, als er in seinem Zimmer seine Sachen packte und schließlich die Herberge verließ.

Wenig später stiegen andere Gäste lärmend die Stufen hoch. Einer wunderte sich darüber, dass eine Tür offen stand, murmelte etwas über den verlogenen Wirt, der viel mehr Zimmer hätte, als er zugeben wollte. Dann stieß er die Tür vollends auf, sah zuerst die Kerze, dann das leere Bett und erst ganz zuletzt die am Boden liegende Gestalt. Obwohl er reichlich betrunken war, stieß er einen markerschütternden Schrei aus, der zuerst die in seiner Nähe befindlichen Besucher, dann das ganze Haus zusammenlaufen ließ.

Es war schließlich der Wirt, der die Wunde entdeckte, sie genauer prüfte, indem er Wams und Hemd hochzog, um anschließend den Tod festzustellen. Er fragte die Umstehenden, ob jemand den Namen des unglücklichen Opfers kenne. Als sich niemand meldete, begann er in den Habseligkeiten des Toten zu suchen. Obwohl viele Papiere vorlagen, fand sich nirgends ein Name. Einer der Gäste, der ausgeharrt hatte, sah das Buch neben der Kerze, blätterte zunächst darin, schlug dann die erste Seite auf und fand tatsächlich den Eintrag des Besitzers. Er lautete: Tilman Ruter.

ZWÖLFTES KAPITEL *In dem Meister Brun einen Brief bekommt, mit dem er zu Volkmar geht und bei diesem für Bestürzung sorgt*

Meister Brun drohte an seinem Tisch einzuschlafen. Immer wieder richtete er seinen massigen Körper auf, und immer wieder sank der Kopf tiefer. Er las in einem dicken Buch, in der *Chronik der heiligen Stadt Köln*, die vor ein paar Jahren in der Koelhoffschen Druckerei erschienen war. Es war eigentlich ein abwechslungsreiches Buch, voller Anekdoten besonders über Festlichkeiten, die ein Autor beschrieb, der selbst gerne an Festlichkeiten teilnahm und nach eigenem Zeugnis drei Flaschen Wein an einem Abend trinken konnte. Es lag auch nicht an dem besonders trockenen Stoff, den er gerade vor sich hatte, an einer Beschreibung des Buchdrucks, dessen Erfindung der Autor selbst in jungen Jahren miterlebt hatte. Es lag einfach daran, dass Meister Brun den Text nicht als Text las, sondern nach Wörtern absuchte: nach langen Wörtern besonders. Obwohl er schon eine ansehnliche Liste davon besaß, war er auf Vollständigkeit aus, wollte alle deutschen Wörter kennen, in denen sich kein Buchstabe wiederholt.

Zuletzt war ihm ein Wort mit elf Buchstaben dieser Art in die Hände gefallen, wenn auch nur ein Fremdwort: »Exkulpation«, was so viel wie Entschuldigung bedeutet. Würde er in einem Geheimtext ein Wort mit elf Buchstaben finden, in dem sich kein Buchstabe wiederholt, könnte es so verschlüsselt sein, wie es wollte – es gab nicht allzu viele Alternativen. Und wenn »Exkulpation« zutraf, waren damit elf Buchstaben aufgedeckt, kannte er schon fast das halbe Geheimalphabet, das der Verschlüsseler benutzte. Je mehr Buchstaben ohne Wiederholung, desto besser natürlich. Selbst bei neun Buchstaben war die Liste noch viel zu lang. Er fand immer neue Exemplare, die seine Hoffnung auf Ausnahmen widerlegten. In Frage kamen etwa:

entsprach
dienstbar
gutmachen
nachspürt
abendlich
Abkürzung
abschießt
abschirmt
Fischauge

Bei mehr Buchstaben war die Liste schon deutlich kürzer. Für zehn Buchstaben hatte er gefunden:

abschätzig
Grünspecht

Für elf Buchstaben:

abgrundtief
Erzählkunst

Auch »wirkungsvoll« gehörte noch dazu, weil bei der Verschlüsselung Doppelbuchstaben meist vereinfacht wurden. Einmal war er auf »Vorteilsnahme« gestoßen, glaubte schon, ein Wort mit dreizehn Buchstaben entdeckt zu haben, als ihm auffiel, dass sich der allerletzte Buchstabe, das E, eben doch wiederholte.

Meister Brun arbeitete sich auf diese Weise unverdrossen vorwärts, interessierte sich für alles, was in der Sprache selten vorkommt. So war ihm einmal das Wort »Wintermeister« aufgefallen, das für den Beruf des Gärtners stand, der im Winter die Wege von Schnee frei zu halten hatte. In »Wintermeister« folgten die ersten sieben Buchstaben ohne Wiederholung, aber etwas anders kam hinzu: Es gab eine Art Reim, das »ter« kam ja zweimal vor. In einer Darstellung, in der die Buchstaben mit fortlaufenden Zahlen bezeichnet werden, sah dies folgendermaßen aus:

W i n t e r m e i s t e r
1 2 3 4 5 6 7 5 2 8 4 5 6

In diesem Fall bildete sich eben ein Muster, zweimal die Abfolge 456 im selben Wort. So etwas fällt auf, das Wort »Wintermeister« würde er in jeder Verschlüsselung sofort erkennen.

Aber auch kleine Schritte lohnen sich. Meister Brun hatte herausgefunden, dass es bei der Abfolge von Buchstaben Besonderheiten gab. Für »Seele« ergab sich zum Beispiel die Folge: 12232, für »gebeten« genauso wie für »gegeben« 1212324. Aber dies schien ihm zu isoliert, er suchte nach Systematischerem. So stellte er fest, dass Wörter nach dem Muster 1221 verhältnismäßig selten waren. In »Kabbala« tauchte das Muster in Verbindung mit dem A auf und wird ergänzt durch das B. Weitere Ergänzungen ergaben sich mit C, L, M, N, P, S und Z. Die Beispiele lauteten:

K*abba*la
S*abba*t
B*acca*laureus
st*acca*to
B*alla*st
P*alla*dium
gr*amma*tisch
*Anna*list
Hos*anna*
M*anna*
Pi*azza*

Mit E waren die Kombinationen noch seltener. Meister Brun hatte gefunden:

Int*elle*kt
T*elle*r
Int*erre*gnum
Adr*esse*
Quint*esse*nz
F*esse*l
Ros*ette*

Sehr selten war offenbar die Kombination mit O:

*Oppo*nent
*oppo*rtun

Immer also, wenn in einem Wort die Abfolge 1221 vorkam, konnte Meister Brun auf seine Listen zurückgreifen. Er konnte seine Beispiele einsetzen und hoffen, dass einmal das richtige Wort dabei war.

Aber er musste weiter suchen, und er suchte weiter. So prüfte der Blick die alphabetischen Verhältnisse, mitten in einem Satz etwa über die verheerende Pest zählte er mitleidlos Vokale und Konsonanten aus, bei der Schilderung von Ausschweifungen aller Arten genauso. Schon lange aber hatte er nichts Interessantes mehr gefunden – deshalb die Müdigkeit. Als Meister Brun nach einem besonders tiefen Kopfnicker fast eingeschlafen wäre, weckte ihn lautes Pochen an der Tür. Es war Reginald, der mit einem einzelnen Brief kam. Mit einem Schlag war Meister Brun hellwach.

»Von unserm Jäger?«, fragte er nur.

»Ja, gerade eben.«

»Gib her und warte einen Augenblick, aber sprich kein Wort.«

Reginald war keineswegs betrübt, dass er schweigen sollte, und trat einen Schritt zurück. Meister Brun strich das Papier glatt und las. Den Brieftext nahm er kaum wahr:

Lieber Volkmar!
Alles, wie du willst! Bis bald.
Deine Else

Stattdessen stürzte er sich förmlich auf das Postskriptum:

P.S.: Leicht arbeitet der Engel sich fort, jeder Mensch liebt wieder Junge.

Rasch löste er die Anfangsbuchstaben heraus:

LADESF JMLWJ

Mit dem Blick auf die Scheibe verwandelten sich die Buchstaben in Wörter.

»Tilman Ruter«, murmelte er schließlich, »klingt irgendwie komisch.«

Dann drehte er sich um und wandte sich an Reginald:

»Du holst mir jetzt den alten Haase, der in der Kölner Residenz des Erzbischofs jeden Schreiber kennt. Und sag den Herren oben Bescheid, dass ich selbst nach Köln reite und heute nicht mehr zurückkehre. Ich bin also nicht beim Abendmahl. Die Erlaubnis ist schon ausgesprochen.«

Kurz nachdem Reginald das Zimmer verlassen hatte, klopfte es wieder an die Tür. Diesmal stand auf das »Herein!« ein älterer Mann im Zimmer, der sich verwirrt in dieser höhlenartigen Umgebung umschaute. Meister Brun stand von seinem Stuhl auf, begrüßte ihn freundlich, indem er ihm die Hand reichte.

»Wie Ihr seht, Meister Haase, kann ich Euch keinen Stuhl anbieten – ich habe nur den einen. Aber es wird ja auch nicht lange dauern. Ihr kennt doch die Schreiber, die in der Kölner Residenz arbeiten. Ich suche einen, der regelmäßig Briefe in die Kölner Post nach den Niederlanden einschmuggelt. Er heißt Volkmar. Wisst Ihr etwas über ihn?«

Der Alte nickte. »Ja, durchaus. Ich weiß auch, dass dieser Volkmar mit Nachnamen von Linn heißt, er ist also von Adel. Und ich weiß zuverlässig, dass er einmal Novize war, wo genau, spielt ja wohl keine Rolle.«

Er stutzte, als sei ihm etwas eingefallen, und fuhr dann fort: »Er muss bei den Benediktinern in Sponheim gewesen sein, bei diesem sagenumwobenen Abt Johannes, den alle Trithemius nennen, weil er aus Trittenheim an der Mosel stammt. Er hat dort sicher Bücher kopieren müssen und ist wohl deshalb geflohen – warum auch abschreiben, wenn man drucken kann?«

Als der Alte eine Pause machte, fragte Meister Brun unvermittelt: »Eine Verwechslung, den Zufall, dass zwei denselben Namen haben und so fort, schließt Ihr aus.«

»Ganz und gar.«

»Und ich treffe ihn dort auch heute Nachmittag an?«

»Ja, selbstverständlich, alle Schreiber sind täglich an ihrem Platz. Ihr werdet keine Schwierigkeiten haben, es sei denn, irgendetwas muss in Eile fertig werden.«

Damit wandte er sich zur Tür, drehte sich aber im letzten Moment noch einmal um.

»Und was wollt Ihr von diesem Volkmar, wenn ich fragen darf?«

»Ach, nichts von Bedeutung«, antwortete Meister Brun, merkte aber, dass dies wenig glaubhaft klang, und fügte hinzu: »Ich habe gehört, er versteht etwas von Geheimschrift. Vielleicht kann man sich ja einmal austauschen.«

»Wo wir ständig die verschlüsselte Post der Kölner lesen?«

Meister Brun schrak förmlich hoch, wollte noch etwas sagen, aber die Tür schlug schon ins Schloss.

*

Von Brühl nach Köln war für einen geübten Reiter ein kurzer Weg, für Meister Brun schon ein längerer. Aber er nutzte die Zeit auf dem Pferderücken, um sich vorzubereiten. Er würde mit diesem Bürschchen schon zurechtkommen, alles aus ihm herausholen, wenn er erst einmal in Panik geraten war. Dass sich aber auch jeder Verschlüsseler sicher fühlte, sich eine *Ent*schlüsselung schlicht nicht vorstellen konnte! Und dabei gab es immer einen Weg, fand sich immer eine Spur zum Geheimnis. Irgendwie sind die Entschlüsseler doch im Vorteil, ging es ihm durch den Kopf. Denn eines steht fest: Die Verschlüsseler müssen die Sprache benutzen, wenn sie etwas mitteilen wollen. Und so viele Verstecke gibt es darin nicht. Er musste an seine Kindheit denken, als er Verstecken spielte und immer derjenige war, den sie zuletzt fanden, obwohl er schon damals der Dickste war. Er hatte immer gute Verstecke gewählt, indem er sich vorstellte, wonach die anderen zuerst suchen würden. Manchmal war das Naheliegende das Sicherste gewesen. Aber gefunden wurde auch er zuletzt immer. Weil Verstecke eben begrenzt sind. Man konnte sich schließlich nicht hinterm Mond verstecken, musste die Umgebung nutzen. So war das eben.

Als Meister Brun die Türme der Stadt sah und schon die Mauer erkennen konnte, hatte er sich seinen Plan zurechtgelegt. Er erreichte die Stadt beim Severinstor, ritt die schnurgerade Straße entlang, die auch innerhalb der Mauer teilweise durch Felder führte, und näherte sich endlich dem Dom. Zuletzt stieg er ab, weil ihm das Gedränge der Menschen zu dicht wurde, sein Pferd ständig scheute. Dann war er im Domhof, gab sein Pferd im Marstall ab und wandte sich der Residenz des Erzbischofs direkt gegenüber der Kathedrale zu. Ein Pförtner wies ihm den Weg zu den Schreibern, dann betrat er einen Raum, in dem er Volkmar antreffen sollte. Unter vier Personen hielt er einen hübschen Burschen für den Richtigen und sprach ihn an.

»Ihr seid Volkmar, Volkmar von Linn?«

Nickend bejahte dieser.

»Ich bin Bruno Thannen, man nennt mich aber Meister Brun, weil das besser zur Tradition des Kölner Erzbistums passt – mit Brun, dem Bruder Kaiser Ottos des Großen, beginnt ja die Stadtherrschaft der Erzbischöfe. Allerdings glaube ich, man nennt mich letztlich deshalb so, weil ich aussehe wie ein Bär.«

Meister Brun lachte, während Volkmar angesichts des Altersunterschieds nicht wagte, darin einzustimmen. So fuhr Meister Brun fort:

»Ich wollte Euch sprechen. Aber wir brauchen ein ruhiges Plätzchen. Können wir uns irgendwohin zurückziehen?«

Volkmar ging statt einer Antwort zu einem vornehm gekleideten älteren Herrn in schwarzem Talar, der zuerst zu Meister Brun hinüberschaute, dann nickte. Volkmar kehrte zurück und wies den Weg. Sie gelangten in ein geräumiges Treppenhaus, in dem in einem Winkel eine Bank stand.

»Ist es hier recht?«, fragte Volkmar.

»Ganz und gar«, antwortete Meister Brun. »Wir werden jetzt ein sehr ungewöhnliches Gespräch führen, Ihr werdet wahrscheinlich entsetzt sein. Ich möchte deshalb vorausschicken, dass ich Euch helfen will.«

Volkmar schaute zuerst ungläubig drein und fragte dann:

»Ist etwas mit meiner Mutter?«

»Nein, mit Else«, antwortete Meister Brun und beobachtete jede Regung seines Gegenübers.

Der sprang erschrocken auf und schrie:

»Woher kennt Ihr sie? Wer seid Ihr eigentlich?«

Meister Brun zog Volkmar auf eine Weise auf die Bank, der dieser nicht widerstehen konnte. »Ich kann es nicht mehr ändern, aber ich weiß über Euren Briefverkehr Bescheid, ich habe einen Brief gelesen.« Damit legte er Volkmar den Arm auf die Schulter, um ihn am erneuten Aufspringen zu hindern. »Ich gehöre wie Ihr der kurfürstlichen Kanzlei an, nur eben derjenigen in Brühl. Wir überprüfen gelegentlich die Kölner Post. Da fiel uns rein zufällig Euer Brief an Else in die Hände.«

Volkmar hatte nicht nur begriffen, sondern augenblicklich Mut geschöpft, weil er sich sicher glaubte, im entscheidenden Punkt unentdeckt geblieben zu sein. Meister Brun machte eine kurze Pause, um seinen letzten Angriff umso unwiderlegbarer vorzutragen.

»Ich habe ihn gelesen, denn ich muss die Briefe lesen.«

Ein leichtes Lächeln flog über Volkmars Gesicht.

»Ich meine, ich habe das Postskriptum gelesen ...«

Volkmar lächelte immer noch.

»... und entziffert. Entziffern gehört zu meiner Aufgabe.«

Diesmal sprang Volkmar nicht auf, im Gegenteil. Er war reglos und stumm. Erst nach einer Weile schaute er Meister Brun betroffen an und stammelte:

»Das glaube ich nicht.«

»Ich weiß«, antwortete Meister Brun, »es handelt sich um Steganographie, die Ihr bei Johannes Trithemius gelernt habt. Ich war beim Abt von Sponheim. Soll ich Euch sagen, was Ihr Eurer Else geschrieben habt?«

Volkmar sackte endgültig in sich zusammen, weil eine Welt für ihn eingestürzt war, die Welt des Verschlüsselns. Erst allmählich besann er sich darauf, was denn überhaupt in seinem letzten Brief gestanden hatte, und erschrak zum zweiten Mal bis ins Innerste.

»Aber dann weiß sie ja nichts von meinen Vermutungen, glaubt vielleicht, ich hätte nicht mehr geschrieben.«

»Lieber Volkmar, es ist leider noch schlimmer, als Ihr denkt. Ihr werdet mich vermutlich hassen oder umbringen wollen, wenn Ihr erfahrt, wie es wirklich steht. Aber bedenkt, dass ich zuständig bin für Entzifferungen. Ich musste etwas versuchen.«

»Was denn versuchen?«

»Ich wollte ganz sicher gehen, wie Euer System funktioniert. Ich habe den Brief noch einmal abgeschrieben und mit Sonderpost hingeschickt. Ich habe mittlerweile Elses Antwort.«

»Und was schreibt sie? Gebt her!«

»Einen Augenblick noch. Es tut mir Leid, aber ich muss Euch noch mehr quälen. Ihr bekommt den Brief, aber nicht umsonst.«

»Ich bin nicht reich.«

»Das weiß ich, ich will kein Geld, ich will etwas wissen.«

»Über Else? Niemals!«

Diesmal lächelte Meister Brun zum ersten Mal in diesem Gespräch, ehe er antwortete:

»Doch nicht über Else, über Trithemius.«

»Aber Ihr wart doch bei ihm. Stimmt das etwa nicht?«

»Doch, es stimmt. Aber dieser Abt hat mich nicht sehr freundlich behandelt. Er hat mir zwar seine *Steganographia* gegeben, ich konnte sie studieren, aber mehr als das erste Buch hat er nicht herausgerückt. Ich wüsste gerne etwas über das zweite und dritte.«

Volkmar wirkte verzweifelt. Dieser dicke Kerl kannte die Antwort seiner Braut und behielt sie für sich. Informationen über das zweite und dritte Buch würden Stunden dauern, es ging unmöglich in diesem Winkel, ohne Schreibzeug. Und überhaupt: War das Ganze nicht vielleicht eine Falle? Kam sein Gegenüber wirklich vom Kurfürsten? Die Gedanken überschlugen sich in seinem Kopf. Dann bemerkte er einen Widerspruch:

»Aber was wollt Ihr denn aus dem zweiten Buch wissen? Ihr habt es doch begriffen, wenn Ihr das Postskriptum verstanden habt. Was stand überhaupt drin?«

Für einen Augenblick hatte Volkmar seine Fassung zurückerlangt, glaubte zum letzten Mal an eine Möglichkeit, dass vielleicht doch alles erlogen sein könnte. Aber Meister Brun fuhr wie mit Donner dazwischen.

»Im Postskriptum stand, dass Else zum Buchdrucker Quentel fliehen soll. Ich bin ja froh, dass Ihr mir bestätigt, dass Trithemius im zweiten Buch die Steganographie mit der Kryptographie vereint hat. Aber es geht mir um die Einzelheiten. Und außerdem gibt es noch das dritte Buch. Bei all dem sollt Ihr mir helfen.«

Volkmar fühlte, dass die letzte Hoffnung zerstob. Zugleich wurde ihm klar, dass er schon viel zu lange von seinem Schreibtisch weggeblieben war. Er würde auch beim Sekretarius in Nöte kommen, in Erklärungsnöte. So besann er sich auf eine Absprache.

»Ich habe hier noch etwa zwei Stunden zu tun, wir enden mit dem Angelusläuten vom Dom. Dann stehe ich Euch Rede und Antwort. Und woher weiß ich, dass Ihr Euer Versprechen haltet?«

Meister Brun griff in sein Wams und zog einen Brief ein Stück weit hervor, ohne ein Wort zu sagen.

»Wir treffen uns wieder hier, aber unten, vor der Tür. Dann suchen wir uns eine Gaststube, wo wir ungestört sind. Nur noch diese eine Frage: Wie geht es Else?«

»Gut«, antwortete Meister Brun und erhob sich.

DREIZEHNTES KAPITEL *In dem zwei unglückliche Väter ein tröstliches Gespräch führen, das für beide völlig überraschend mit einer bösen Nachricht endet*

Vater Ruter war ein großer, schlanker Mann, dem man das Alter nicht angesehen hätte, wenn er nicht kahlköpfig gewesen wäre. Freilich trug er stets einen Hut, einen Filzhut ohne Krempe, von denen er mehrere zur Auswahl hatte, um immer den Passenden zu seinen Schauben zu haben. Als Tuchhändler glaubte er, seinen Kunden ein Vorbild sein zu müssen. Und tatsächlich fand sich in Neuss kein besser gekleideter Herr, auch nicht unter den wesentlich Wohlhabenderen, von denen es freilich so viele nicht gab. Der städtische Rat legte Wert auf sein Schwarz, wobei höchstens die feinen Strümpfe und Schuhe kostbare Utensilien bildeten, mit denen man auftrumpfen konnte. Hier hielt sich Ruter jedoch wohlweislich zurück, um keine Missstimmung aufkommen zu lassen. Abstufung in der Gesellschaft musste seiner Meinung nach nun einmal sein, und mit den feinen und feinsten Zeichen dieser Abstufung kannte er sich bestens aus.

Aber Ruter trug im Augenblick Trauer, kleidete sich in ein Schwarz, dem jedes Auftrumpfen fehlte, was auch bei der schwarzen Farbe möglich gewesen wäre. Zudem hatte ihn der Schicksalsschlag regelrecht gebeugt. Der kernige Schädel, von einem braunen Hut bedeckt, war zwischen die Schultern gesunken, die selbst leicht nach vorn fielen, als fehle ihnen zur Haltung die Kraft. Immer musste man in diesem irdischen Leben mit Schicksalsschlägen rechnen, immer stand der Tod irgendwo nicht weit vor der Tür. Nur hatte Ruter gerade am allerwenigsten damit gerechnet. Schon die Ankündigung von Moers, dass es mit der lange geplanten Ehe ihrer Kinder wohl doch nichts werden könne, hatte ihn hart getroffen. Und nun noch schlimmer als eine nicht zustande gekommene Ehe, noch viel schlimmer – gleich der Verzicht auf jede Ehe, gleich der Tod.

Moers wusste dies. Er saß seinem alten Freund an einem Tisch gegenüber, in dunkelstem Braun gekleidet, das dem Schwarz nahe kam und ganz offensichtlich die Teilnahme ausdrücken sollte. Eine Kerze flackerte, weil die Tür nicht ganz geschlossen war und immer wieder Zugluft in die Stube drang. Es war früher Abend, draußen noch heller Tag zu dieser Jahreszeit, aber trübe, und die Fenster waren klein, die Butzenscheiben nahmen viel Licht weg.

»Du weißt, wie ich es bedaure«, sagte Moers gerade zum wiederholten Male, weil er schlicht nicht wusste, was er sonst sagen sollte. »Erst diese unbegreifliche Absage von Else, und nun das – ich kann es nicht fassen, wir können es alle nicht fassen.«

Es verging eine Weile ohne Worte, dann fuhr Moers fort:

»Wie gefährlich haben wir beide damals während des Neusser Kriegs gelebt, jeden Tag dem Tod nahe. Im Pfeilregen haben wir auf der Stadtmauer gestanden, wenn die Wallonen und wer sonst alles auf ihren Sturmwagen so nahe heranrückten, dass wir ihnen in die Augen sehen konnten. Die Kanonenkugeln aus den Brummern und Feldschlangen sind uns am Kopf nur so vorbeigeflogen. Wir haben uns beide mehrfach im letzten Augenblick niedergerissen, um nicht getroffen zu werden. Und die Brände kamen noch dazu. Als damals fast die ganze Stadt in Flammen stand, weil die Brandpfeile endlich erreichten, was sie erreichen sollten, da sind wir in unsere Häuser und haben das Wichtigste gerettet, bis die brennenden Balken fast über uns zusammenbrachen. Alles haben wir überlebt, das meiste gemeinsam. Und dann sagen unsere Kinder zuerst nein zueinander, und deiner wird in einer Herberge erstochen, weil er den Kurfürsten mit ein paar Worten verteidigt hat. Wir haben ihn einst ein ganzes Jahr lang mit Waffen verteidigt.«

Ruter hörte zu, wohl auch dankbar, fühlte sich aber dennoch nicht getröstet. Erst als sein Gegenüber längere Zeit schwieg, raffte er sich zu einer Fortführung des Gesprächs auf.

»Wir haben es den Kindern vielleicht zu spät gesagt, dass wir uns die Verbindung wünschten. Wir haben uns immer nur um unsere Tuche gekümmert – da warst du nicht besser als ich. Wir dachten, es wäre kein Problem. Wer konnte ahnen, dass deine Tochter einen anderen hatte, einen Kölner, weit weg von hier. Und dann beruht alles auch noch lediglich auf Briefen. Ich glaube, das wäre nie etwas geworden, unsere Kinder hätten doch noch zusammengefunden, wenn nicht …«

»Hör auf, quäle dich nicht. Es gibt kein Zurück, wir werden nie erfahren, was geschehen wäre, wenn ... Auf jeden Fall haben sie sich noch getroffen und gestritten. Ich weiß, meine Else hat angefangen, dein Sohn hat sie nur höflich zu einer Feier eingeladen. Ich weiß das von meiner Frau.«

Moers merkte, dass er den Freund so nicht aufmuntern konnte. Er schwieg. Draußen hatte wohl die Dämmerung eingesetzt, oder es war trüber geworden, jedenfalls erfasste die Kerze nur noch den allernächsten Bereich am Tisch. Außerdem flackerte sie immer stärker. Moers stand auf, wollte die Tür schließen, um wenigstens die Zugluft abzuhalten, als er draußen eine Bewegung wahrnahm. Es war jemand ins Haus gekommen, man hörte weibliche Stimmen in großer Aufregung. Dann erschien Frau Ruter an der Tür, erschrak leicht, als sie unvermittelt so dicht vor Moers stand, und sprach ihn dann an:

»Ich glaube, Ihr werdet gebraucht, in Eurem Haus gebraucht. Eure Frau ist in heller Aufregung, Else ist verschwunden.«

Moers trat einen Schritt zurück, begriff nicht recht und fragte beinahe unwirsch zurück:

»Wie verschwunden? Wo soll sie denn sein?«

»Aber das weiß ja keiner«, gab Frau Ruter zur Antwort, »ihre Kleider sind nicht mehr im Schrank. Sie ist wirklich weg. Ihre Frau ist ganz aufgebracht, weiß sich nicht zu helfen. Ich glaube, Ihr geht am besten sofort hin.«

Moers schaute fragend seinen Freund an. Der stand auf.

»Sie hat Recht«, sagte er, »und ich gehe mit dir. Das Unheil verfolgt uns offenbar gemeinsam, wir wollen ihm gemeinsam entgegentreten.«

*

Es war nicht weit. Am massigen Westwerk von Sankt Quirin vorbei, dessen Turm sich im Dämmer verlor, ging es in die Oberstraße, dann in Richtung Obertor, wo das Moers'sche Haus stand. Als sie es erreichten, schloss Moers die Tür auf. Seine Frau hörte es und stürzte ihm entgegen. Im ersten Wortschwall waren nur die schlimmsten Befürchtungen zu hören, vom Raub bis zum Verlassen auf immer, ehe sich Einzelheiten herausschälten.

»Nein, sie hat keinen Brief geschrieben«, sagte Frau Moers gerade zum zweiten Mal, nachdem sie Ruter begrüßt und sich dafür entschuldigt hatte, dass sie zu keinem vernünftigen Handeln fähig sei.

Als Moers das Wort »Brief« hörte, kam ihm ein Gedanke. Er wandte sich an seine Frau:

»Ein Brief! Hast du an der richtigen Stelle gesucht? Else hat doch ein ganzes Bündel von Briefen. Hast du auch bei diesem Bündel gesucht?«

»Natürlich, schau doch selbst nach«, sagte Frau Moers.

»Das werde ich auch tun«, antwortete ihr Mann. Dann lud er mit einer Handbewegung seinen Freund ein mitzukommen. Zusammen stiegen sie die Treppe hinauf und gelangten in Elses Zimmer. Tatsächlich sah alles verlassen aus, eine Schranktür stand halb offen und zeigte, was Frau Moers schon berichtet hatte: Die Kleider fehlten. Moers zog eine Schublade auf, sah das Bündel Briefe und nahm es heraus, nicht ohne rechts und links nach allem zu suchen, was nach Papier aussah.

»Sie hat mir diese Briefe gezeigt«, wandte er sich an seinen Freund. »Ich meine: nicht zum Lesen. Sie wollte mir nur damit beweisen, dass es diesen Briefverkehr mit einem Mann gab.«

Damit blätterte er das Bündel durch, indem er jeweils lediglich nach Anrede und Gruß sah.

»Alle von diesem Volkmar«, sagte Moers an seinen Freund gewandt. »Es gibt also wirklich diesen Bewerber, dessentwegen sie deinen Sohn ausschlug. Es ist übrigens ein sehr seltsamer Briefverkehr gewesen, sieh nur hier!«

Damit hielt er seinem Freund ein Blatt hin.

»Jeder Brief hat ein Postskriptum, als ginge es um Handelspost.«

Dann betrachtete Moers den Brief näher und schüttelte den Kopf.

»Ob er nicht ganz bei Trost war? Ein reines Kauderwelsch! Hier ist von ›welken Zähnen‹ und ›Tauben‹, die ›mit dürren Wächtern jubeln‹, die Rede.«

Moers murmelte einen völlig wirren Text vor sich hin, auf den Ruter ebenso wenig einging wie auf die zuvor gestellte Frage. Ihm war ein ganz anderer Gedanke gekommen, ein fürchterlicher Gedanke. Er sprach mitten ins Vorlesen hinein:

»Und wenn es einen Zusammenhang gäbe?«

»Was für einen Zusammenhang?«

»Ich meine, es wäre doch nicht unmöglich: Mein Sohn wird von deiner Tochter abgewiesen. Sie schreibt ihrem Verehrer, dass sie bedrängt wird, denn du hast sie ja wohl bedrängt, das hat deine Frau gesagt. Und dann kommt dieser Verehrer, stellt meinen Sohn zur Rede, einer beginnt mit Handgreiflichkeiten, und dann passiert es.«

»Das glaubst du doch selbst nicht.«

Wieder hörte Ruter kaum hin, sondern fuhr fort:

»Und deine Tochter erfährt es, gerät in Panik und flieht mit ihrem Verehrer, dem vielleicht schon irgendwer auf der Spur ist. Aus Liebe entsteht Tod, ich will ja gar nicht sagen: Mord. Es kann ein Unfall gewesen sein. Der Wirt in Zons hat bestätigt, dass hinterher ein Mann geflohen ist, ohne zu bezahlen. Wenn es der Verehrer war?«

Moers ließ das Briefbündel in der Hand sinken, weil er erkannte, dass sein Freund es offenbar wirklich ernst meinte. Er bot alle Kräfte auf, um den schrecklichen Verdacht zu zerstreuen.

»Meine Tochter flieht doch nicht mit einem Mörder. Du spinnst dir etwas aus, ohne jeden Anhaltspunkt, ja ohne jede Wahrscheinlichkeit. Woher soll denn dieser Volkmar überhaupt von deinem Sohn wissen, woher soll er ihn kennen? Und wieso konnte sich das alles in Zons abgespielt haben?«

»Alles möglich! Wir gehen beide in unserer Arbeit auf. Und wenn unsere Frauen geredet haben? Wenn unsere Kinder längst wussten, was wir vorhatten – denn sag nicht, dass du nie mit deiner Frau darüber geredet hast, ich habe es auch. Wenn sie es also wussten, dann können sie auch reagiert haben. Vielleicht hat ja auch mein Sohn diesen Verehrer gekannt, hat ihn bedroht. Er war zwar kein Hitzkopf …«

»Eben, überhaupt nicht.«

»… hat sich aber manchmal überschätzt. Du weißt, was ich meine: Ich habe ihn selbst immer dafür getadelt. Er hat immer gedacht, seine feine Kleidung, seine gute Ausbildung machten ihn unangreifbar, höben ihn hinweg über alle anderen Menschen. Er war in diesem Punkt sehr unvorsichtig.«

»Trotzdem, alles hätte sich auch ganz anders abspielen können, es hat sich ganz sicher ganz anders abgespielt.«

Für eine Weile trat Stille ein. Die beiden Männer sahen sich nicht an, blickten ins Leere.

Da drang Unruhe, Durcheinanderreden hinauf. Moers trat aus dem Zimmer ins Treppenhaus, blickte in die Diele hinab und hörte seine Frau in einem aufgeregten Gespräch mit einer Nachbarin.

»Was ist denn los?«, rief er.

»Else ist mit deinem Bruder, mit Ulrich, auf dessen Schiff nach Köln gefahren.«

Moers ging die Treppe hinunter und stand vor den Frauen, die fast gleichzeitig auf ihn einredeten.

»So beruhigt euch doch und immer der Reihe nach. Else hat also alles genau geplant, es sich überlegt. Das ist doch wenigstens eine gute Botschaft. Sie ist nicht überstürzt, nicht in Panik weggegangen.«

Moers hatte dies gleichzeitig in Richtung seines Freundes gesagt, der jetzt erst das Erdgeschoss erreicht hatte. Aber ihm kam noch ein weiterer Gedanke, mit dem er sich an seine Frau wandte.

»Und warum hat uns Ulrich das nicht gesagt?«

Seine Frau schien die Frage erwartet zu haben.

»Das ist es ja! Sie muss es so angelegt haben, dass Ulrich nicht den geringsten Verdacht geschöpft hat. Mit Ulrich haben wir kaum Kontakt seit der Erbschaft, bei der er sich übervorteilt gefühlt hat. Ausgerechnet an Ulrich hat sie sich gewendet. Sie muss wirklich in größten Ängsten geschwebt haben.«

Frau Moers brach in Tränen aus, war nicht zu beruhigen.

Ruter sah es ärgerlich, weil ihm die Logik des Handelns immer deutlicher wurde und auch die Hoffnung, die in dieser Logik lag. So sprach er noch einmal seine Frau an.

»Merkst du denn nicht, dass sie es sich genau überlegt haben muss? Wer hätte sie sonst mitnehmen sollen? Ein Fremder etwa? Über Ulrich kannst du denken, was du willst. Aber Ulrich ist ihr Onkel und wird auf sie aufpassen. Bis Köln kann ihr schon einmal nichts passiert sein.«

Mit einer Blickwendung zu seinem Freund fuhr er fort:

»Dein Verdacht erledigt sich damit eigentlich auch. Von Überstürzung kann keine Rede sein. Was ich nicht verstehe, ist, dass die Briefe nichts von einer Aufforderung enthalten, nach Köln zu kommen. In diesem letzten Brief, den wir eben in der Hand hatten, angekommen genau einen Tag vor dem Mord, findet sich kein Wort davon. Oder hat sie dir irgendetwas gesagt, was die Flucht erklärt?«

Moers hatte sich zuletzt an seine Frau gewandt, die nur den Kopf schüttelte, weil sie sich immer noch nicht beruhigen konnte.

»Und du, verstehst du es?«, fragte er seinen Freund.

Der antwortete auf der Stelle: »Dann gibt es nur eine Möglichkeit: Dieser Volkmar muss hier gewesen sein.«

Moers schien nur auf diese Antwort gewartet zu haben.

»Aber das ist doch völlig unmöglich. Am Tag nach dem Brief hat es so geregnet, dass kein einziger Reiter aus Köln hier angekommen ist. Das haben die Wachen an den Stadttoren erzählt, die so etwas noch nie erlebt hatten. Nein, auch das scheidet aus. Else ist nicht überstürzt verschwunden, sondern ganz im Gegenteil. Sie hat es von langer Hand vorbereitet und lediglich den Termin wahrgenommen, den Ulrich mit seiner Fahrt gesetzt hat. Ich glaube, ich verstehe, wie all dies zustande kam. Ich selbst bin der Grund, sie hatte Angst, dass ich sie zwingen würde. Aber« – damit schaute er seinen Freund fest an – »mit dem Mord hat es nichts zu tun. Der Mord war ein schrecklicher Zufall.«

Ruter hatte während der Selbstbeschuldigung seines Freundes heftig den Kopf geschüttelt, aber geschwiegen. Erst als dieser geendigt hatte, nahm er das Wort.

»Wir sind beide vom Schicksal geschlagen, ich fühle es. Wir beide retten uns als junge Männer das Leben. Und unsere Kinder sorgen dafür, dass sie es sich gegenseitig rauben.«

Moers wagte diesmal keine Widerrede. Er ging ins Haus und suchte nach einem Stuhl.

VIERZEHNTES KAPITEL *In dem das Gespräch zwischen Meister Brun und Volkmar zustande kommt, worin sich alles um Trithemius dreht*

Meister Brun hatte sich hinter eine Säule des Kölner Doms geflüchtet, weil gerade eine Prozession an ihm vorüberschritt, die den Schrein der Heiligen Drei Könige umkreiste. Ein kleines Heer von Menschen, Vornehme und Zerlumpte, hatten den gleichen Choral auf den Lippen und waren wohl auch vereint im Wunsch nach Hilfe, nach Hilfe von diesen großen Heiligen im hoch aufragenden Chorhaupt der Kathedrale. Staub wurde aufgewirbelt, ein feiner, aber unangenehmer Geruch nach Schweiß vermischte sich mit sonstigen Ausdünstungen zu einem ekelerregenden Gestank. Meister Brun versuchte vergeblich, sich abzuwenden. Als die Prozession vorüber war, ging er erleichtert in den Chorumgang, blieb schließlich unterhalb des Bibelfensters über der Kapelle im äußersten Osten stehen, wo er wieder atmen konnte. Die Bilder frischten seinen Geist auf, diese herrlichen Glasgemälde, ein Rätsel schon von ihrem Material her, wo dichter Stoff von Licht durchflutet wurde. Er erinnerte sich daran, einmal ein Alabasterfenster gesehen zu haben, bei dem das Wunder noch gesteigert war: ein Stein, der Licht durch sich hindurchfließen ließ.

Für einen Augenblick sah Meister Brun nur dieses Wunder, suchte die leuchtendsten Stellen, versenkte sich in einzelne Grün- und Rottöne, ehe er die Bilder selbst wahrnahm, die einige Szenen des Alten und Neuen Testaments wiedergaben, wobei die des Alten auf die des Neuen verwiesen. Besonders gelungen schien ihm die Darstellung Abrahams, der schon das Messer erhoben hatte, um seinen Sohn Isaak auf dem Altar zu opfern, während gegenüber Christus als Opfer tatsächlich am Kreuz starb. Auch die Abbildung des Gastmahls Abrahams gleich darunter stand in schönem Kontrast zum letzten Abendmahl Christi und seiner Jünger. Siehe da, ging es ihm durch den Kopf, auch dort verweist etwas auf etwas anderes – wie bei einer Geheimschrift. Warum hatte Gott sein Wort nicht klar verkündet, sondern in Geschichten verborgen, die der Auslegung bedurften? Ja, er wusste die Antwort, hatte es als Schüler einst gelernt: In der Dunkelheit der Andeutung liege ein Anreiz, hatte es geheißen. Das Rätsel beflügele das Denken. Wer eine Wahrheit unter Mühen finde, liebe sie auch, ganz anders, als wenn sie einem in den Schoß falle. Genau wie die Mutter das Kind liebt, das sie unter Schmerzen geboren hat. Und so war es ja auch bei ihm. Welche Freude machte ihm das Entziffern! Welcher Triumph, den verwirrenden Buchstaben den verborgenen Sinn zu entreißen! Welche Freude musste Trithemius empfunden haben, als er die Verstecke fand für seine Botschaften. Aber welche Freude erst, diese Verstecke zu entdecken!

Als die Glocke zum Angelus schlug, erwachte Meister Brun erschrocken aus seinen Gedanken. Er war doch mit Volkmar verabredet, musste sofort den Dom verlassen und hinübergehen zur Residenz. Er drehte sich abrupt um und eilte mit Schritten, so groß wie bei seiner Körperfülle möglich, zum Ausgang. Sobald er den Domhof erreicht hatte, sah er Volkmar schon vor dem Portal stehen. Es hatte also alles geklappt, die Verabredung war zustande gekommen: die Frau für das Buch, das Geheimnis für das Geheimnis. Und es war höchste Zeit. Else konnte längst unterwegs sein und alle Pläne von Meister Brun zunichte machen.

»Wir gehen am besten nicht zum Rhein hinunter, wo die meisten Wirtshäuser sind«, sagte Volkmar nach der kurzen Begrüßung. »Dort dürfte es schon um diese Tageszeit zu laut hergehen. Lieber sollten wir uns ein Wirtshaus hier gleich um die Ecke aussuchen, in der Straße Am Hof. Dort gibt es auch einige Auswahl: ›Zur Goldenen Krone‹ und ›Zum Falkenstein‹ beispielsweise. Ja, gehen wir in den ›Falkenstein‹. Dort ist es allerdings etwas teurer.«

Volkmar hatte es mit vielsagendem Unterton vorgebracht, sah jedoch erleichtert, dass Meister Brun verstanden hatte.

»Das lasst meine Sorge sein. Ihr braucht nur zu erzählen, das Bezahlen übernehme ich.«

So betraten denn zwei ungleiche Gestalten eine Gaststätte, in der tatsächlich noch niemand anwesend war. Der Wirt begrüßte Volkmar, ließ sich seinen Begleiter vorstellen, hörte, dass ein ruhiger Platz und eine zusätzliche Kerze benötigt würden, und sorgte für alles, nachdem ebenfalls die Entscheidung für Rheinwein gefallen war. Als Volkmar sich niederließ, zog er ein Blatt Papier aus einem Beutel, griff nach einem kleinen Reisetintenfass und legte eine Feder bereit. Dann schaute er abwartend Meister Brun an. Der nickte nur ermunternd und ließ, als Volkmar nicht reagierte, ein »Nur los!« folgen. Volkmar besann sich ein letztes Mal, während der Wirt Kanne und Becher brachte, und begann.

»Es war im Jahre 1496, als ich in Sponheim als Novize eintrat. Mein Vater war damals gestorben, meine Mutter musste plötzlich drei Kinder versorgen. Die Verwandten halfen, fanden aber, es sei das Beste, wenn ich, der Älteste, den Haushalt verließe. Wir wohnten damals in Kreuznach, mein Vater war Schreiber in der Stadt, ich hatte bei ihm das Wichtigste gelernt. Und so war die Entscheidung rasch gefallen. Das Kloster Sponheim war nicht reich, machte keine großen Vorbedingungen und nahm gerne einen Novizen auf, der schon lesen und schreiben konnte. Was damals niemand ahnte, war, dass der Abt Johannes Gefallen an mir fand, mich bald selbst unterrichtete, weil ich wohl schnell verstand, jedenfalls schneller als die Bauernsöhne in seinem Konvent mit ihrem langsamen Geist und ihren noch langsameren Händen. Kurz«, Volkmar hatte mit einem Blick auf Meister Brun gemerkt, dass der dies alles so genau nicht wissen wollte, »ich wurde sein Gehilfe. Zuerst gab es allerhand Neid, aber ich übergehe dies. Abt Johannes war ein geselliger Mann, gerne unterwegs, um Bücher aufzustöbern, aber auch, um mit seinen Mitbrüdern Neuigkeiten auszutauschen. Im Sponheimer Kloster rief er mich bald zu sich, wenn er irgendwelche Probleme löste und sich einmal aussprechen wollte. Und dies tat er besonders häufig, als er seine *Steganographia* ausarbeitete. Es machte ihm sichtlich mehr Freude als alles andere, obwohl er damals auch theologische Traktate schrieb. So wurde ich Zeuge der Entstehung derjenigen Schrift, die sehr bald seinen Ruf schädigen sollte, weil die meisten sie nicht verstanden.«

»Ihr spielt auf diesen Karmelitermönch namens Arnold Bostius an, der in einem Brief an seinen Prior schrieb, Trithemius gehe mit Dämonen um und so fort.«

»Ja, dieser Brief hat ihm zweifellos am meisten geschadet, wobei ja das Missliche war, dass er seinen Adressaten gar nicht erreichte. Der war nämlich vorher gestorben, sodass der Brief dem Prior des Klosters in die Hände fiel, der über gute Verbindungen verfügte und den

Inhalt tatsächlich überall ausplauderte. Abt Johannes war mehr als betroffen, als er es hörte.«

»Und warum hat er dann seine *Steganographia* nicht einfach veröffentlicht? Dann hätte sich doch jeder davon überzeugen können, dass an den Gerüchten nichts Wahres sei.«

»Das habe ich ihm damals auch immer wieder gesagt, aber er war anderer Meinung. Er glaubte, die Leute würden an Gerüchten bald die Lust verlieren, während eine Veröffentlichung zu weit mehr Gerüchten führen würde. Denn sein Buch ändern, auf die Einkleidung mit den Geistern und all diesen geheimen Dingen verzichten – das wollte er nicht. Es war einfach seine Idee, das Wesen der Geheimschrift als Geheimnis zu lehren. Darin lag ja auch viel Sinn. Eine Geheimschrift, die jeder verstanden hätte, hätte ja auch deren Gebrauch zunichte gemacht. Im Grunde freute er sich darüber, dass niemand ihn verstand. Er *wollte*, dass sein Tun geheimnisumwittert bleibt. Davon versprach er sich ja auch einen Schutz ...«

»Der dann besser wirkte, als er dachte«, fuhr Meister Brun fort. »Gut, das habe ich begriffen. Und wie ist es nun mit dem zweiten und dritten Buch? Worum geht es darin?«

»Das Entscheidende habt Ihr doch herausgefunden«, fuhr Volkmar fort. »Das zweite Buch führt das erste fort, indem es dem Verbergen der Buchstaben deren Verschieben hinzufügt. Es gibt einundzwanzig Modi der Verschiebung, weil Trithemius vom lateinischen Alphabet mit zweiundzwanzig Buchstaben ausging. In gewissem Sinne ist das erste Buch dem zweiundzwanzigsten Modus gewidmet, wo ein A ein A bedeutet. Die anderen Modi ergeben sich daraus, dass das A jeweils um eine Position verschoben ist. Es beginnt also mit der Verschiebung um eine Stelle, sodass das B als A gelesen werden muss. Dann entspricht das A dem C, dem D, dem E und so fort. Ihr habt es doch herausgefunden. Ich habe mit Else eine Verschiebung um achtzehn Stellen vereinbart – so alt war sie letztes Jahr, als ich sie kennen lernte. Das tatsächliche A ist also im Text ein S. In der *Steganographia* ist diese Verschiebung unter dem Geist Sanayfar behandelt. Allerdings gibt es bei Abt Johannes noch eine Reihe von Komplikationen, die wir nicht übernommen haben, weil sich leicht Übertragungsfehler einstellen. Wie im ersten Buch werden nämlich auch im zweiten nach bestimmten Regeln Wörter übersprungen. All dies hat Abt Johannes über seine Geisternamen festgelegt. Man muss also mit dem Empfänger eine ziemlich komplizierte Anweisung austauschen, die alle diese Dinge genau festhält. Ein Gedächtnis ist damit leicht überfordert.«

»Und wie hat er seine Beispieltexte immer so erfunden, dass man ihnen das Geheimnis nicht ansieht? Ich habe in Sponheim all die Gebete gelesen und höchstens einmal festgestellt, dass viele Aufzählungen vorkommen. Aber sonst merkt man nichts. Euer Postskriptum dagegen und noch mehr das von Else – ich bitte um Entschuldigung – klingt mehr als ungewöhnlich. Jeder, der das liest, riecht den Braten.«

»Ich weiß«, antwortete Volkmar. »Abt Johannes ist eben ein wirklicher Könner. Wenn Ihr alle seine Beispieltexte lesen würdet, kämt Ihr aus dem Staunen nicht heraus. Sie klingen wirklich unauffällig. Er schaffte es eben, oder es war eine Folge dieses ewigen Übens. Aber Abt Johannes kannte das Problem, genauer gesagt: Er kannte es von mir. Ich musste häufig Texte schreiben, worauf er mir regelmäßig genau das vorwarf, worauf Ihr anspielt – jeder würde den Braten riechen.«

Beim Wort »Braten« schaute Volkmar in Richtung Küche, aus der allerlei Gerüche herüberdrangen. Meister Brun verstand, rief den Wirt und fragte ihn, was er anbieten könne. Der rezitierte eine ellenlange Speisekarte, auf der sich besonders Fisch hervortat – neben Salm auch Hecht –, pries dann seine Pfannkuchen in allen Variationen, mit und ohne Fleisch, bis Meister Brun das Wasser derart im Munde zusammenlief, dass er kurzen Prozess machte und den Hecht bestellte. Als auch Volkmar dankbar zustimmte, setzte sich der Wirt erfreut in Richtung Küche in Bewegung. Meister Brun nahm danach sofort wieder den Faden auf.

»Das habe ich nun verstanden. Aber wie steht es mit dem dritten Buch? Welches neue Geheimnis steckt darin?«

Volkmar runzelte die Stirn, als ginge es nun um heikle Dinge. Dann begann er:

»Ich habe ihm damals schon gesagt, dass er es jetzt übertreibe. Aber der Reihe nach: Das dritte Buch sieht eigentlich ganz einfach aus, es ist jedenfalls mit Abstand das kürzeste. Im dritten Buch arbeitet Abt Johannes statt mit Buchstaben mit Zahlen.«

»Also daher der Vorwurf, Trithemius sei ein Kabbalist.«

»Ja, natürlich, das ist es ja. Tatsächlich hat Abt Johannes die Idee auch aus der jüdischen Kabbala, genauer gesagt: aus deren Kunst der Gematria. Im hebräischen Alphabet haben alle Buchstaben einen Zahlwert, genauso wie im griechischen. Im lateinischen Alphabet ist es ja anders. Dort gibt es nur das C für Hundert, das D für Tausend, das I für die Einer und so fort. Daraus muss man dann die Zahlen zusammensetzen, was für Geheimschriftzwecke schlicht unpraktisch ist. Abt Johannes hat dies jedenfalls so gesehen und sich deshalb an der kabbalistischen Gematria orientiert. Aber er hat keineswegs Kabbalistik betrieben, weil auch die Gematria für Verschlüsselungszwecke zu unpraktisch ist. In der Gematria entspricht dem A die Eins, dem B die Zwei, dann aber dem C die Zwanzig, dem D die Vier, dem Y die Zehn, dem K die Hundert und so fort in diesen seltsamen Sprüngen. Abt Johannes arbeitete stattdessen mit Reihen von A bis Z und stets fortlaufenden Zahlreihen. Er benutzt nämlich nicht nur eine einzige Reihe, sondern achtundzwanzig. Diese Reihen werden nach Planetenengeln und deren Untergeistern benannt – das kann man unmöglich alles im Kopf behalten. Ich weiß noch, dass es mit dem Engel Orifiel begann, dem die drei Geister Sadael, Poniel und Morifiel untertan sind. Im Klartext bedeutete dies das Folgende«, damit griff Volkmar zu Feder und Papier, tauchte die Feder ins Tintenfass und schrieb los:

	A	B	C	D	E	F	G	…
Orifie	650	649	648	647	646	645	644	…
Sadael	675	674	673	672	671	670	669	…
Poniel	700	699	698	697	696	695	694	…
Morifiel	725	724	723	722	721	720	719	…

»So ungefähr – Ihr versteht doch? Die Reihen laufen rückwärts und das A springt gewaltig von Zahl zu Zahl. Aber das Beste kommt ja erst. Diese Alphabete wechseln ständig, und zwar mitten im Text. Der Empfänger wird auf diesen Wechsel hingewiesen, indem am Ende eines Abschnitts die Zahlen für A und Z eingefügt werden – als Trennstrich sozusagen. Dann folgt der Planetenengel oder sein Diener, der die neue Lesart markiert. Ich kann mich noch erinnern, wie Abt Johannes einmal zum Spaß den 51. Psalm, den so genannten Bußpsalm, im Modus Orifiel verschlüsselt hat und dann von Vers zu Vers auf andere Modi umgestiegen ist. Der Anfang lautet ja:

Miserere mei deus, ›Erbarme dich meiner, o Herr‹, was dann so aussieht.«

640 642 634 646 635 646 635 646

»So weit also das *Miserere*, das ›Erbarme dich‹, weiter ist es mir zu anstrengend aus dem Kopf. Das ›Erbarme dich‹ ist übrigens ein berechtigter Stoßseufzer, wenn man sich mit diesen Dingen abgibt. Alles Weitere müsst Ihr Euch denken. Nur war im Grunde alles noch viel komplizierter, weil Abt Johannes nicht nur die Buchstaben von A bis Z benutzt hat, sondern auch noch das so genannte normannische W und die hebräischen Konsonanten Tz, Sch, Th.«

In diesem Augenblick unterbrach er seine Erläuterungen, weil der Wirt das Essen brachte. Das Schreibzeug wurde an die Seite gerückt, und die beiden Gesprächspartner begannen schweigend zu essen. Meister Brun lobte einmal kurz den vorzüglichen Hecht, zu dem es ebenso vorzügliches Gemüse gab. Volkmar nickte nur dankend. Die Teller leerten sich allmählich, und Meister Brun beschlich schon wieder trotz seines ausgeprägten Sinns für gutes Essen die Ungeduld. Er konnte nicht genug von diesen geheimnisvollen Techniken erfahren.

»Und womit hat Trithemius nach Eurer Meinung damals übertrieben? Ihr spracht doch von einer Übertreibung.«

Volkmar hatte gerade einen besonders großen Bissen im Mund, wartete einen Augenblick, begann aber schon, ehe er alles heruntergeschluckt hatte:

»In zweierlei Richtung«, sagte er, schluckte noch einmal und fuhr dann fort:

»Erstens wurde alles viel zu kompliziert. Man muss ja auch an den Empfänger denken. Welche Mühe, in einem solchen Gewirr von Zahlen, die ständig etwas anderes bedeuten, den Überblick zu behalten? Ich habe damals gedacht – und heute denke ich noch genauso –, er hatte seine Freude am Komplizierten, weil es kompliziert ist. Es ging eigentlich nicht mehr um die Praxis.«

Meister Brun schüttelte den Kopf, weil er der Bewertung offenbar nicht folgen konnte, und drängte weiter:

»Und der zweite Punkt?«

»Ja, der war eigentlich der schlimmere. Er hat all diese Techniken immer mehr mit dunklen und dunkelsten Ankündigungen und Versprechungen umgeben, um es dem Leser so schwer wie möglich zu machen. Ich weiß auch nicht mehr genau, was er in welchem Buch geschrieben hat. Stand nicht im ersten Buch, er könne jedem Benutzer in zwei Stunden Latein beibringen, womit ja nur gemeint war, dass er die ersten Buchstaben lateinischer Wörter zu einem deutschen Text zusammensetzen konnte? Im dritten Buch war auf jeden Fall die Rede von einem indischen Philosophen namens Menastor – ja, so hieß er, aber es wird ihn nimmermehr gegeben haben –, der die Kunst erfunden haben soll, einem abwesenden Freund binnen vierundzwanzig Stunden jede Nachricht zukommen zu lassen, und zwar ohne Wörter, ohne Bücher, ohne Boten. Nur er, also Abt Johannes, sei diesem Philosophen auf die Spur gekommen und werde die Kunst nun weitergeben. Natürlich stimmte es insofern, als er seine Botschaften ja mit Zahlen und nicht mit Wörtern weitergab. Weiter war von diesen Planetenengeln und allen möglichen Geistern die Rede, was ich schon erwähnt habe. Dabei begann das dritte Buch mit einem ganzen Kapitel über Saturn als dem entferntesten Planeten und erging sich in der Zuständigkeit der Geister für bestimmte Tages- und Nachtstunden, wohinter sich natürlich nur die Anweisungen für die jeweils gemeinten Alphabetreihen verbargen. Es ist alles so sehr unter astrologischen Einzelheiten, sogar mit Berechnungen von Aszendenten und Deszendenten, verborgen, dass einem der Kopf schwirrt. Mir schwirrt er noch heute davon, wenn ich nur daran denke.«

»Aber Ihr sagt doch selbst, all dies diene nur der Bezeichnung der Reihen.«

»Ja, schon. Aber muss dann die Rede davon sein, dass man sich einen Talisman von Orifiel anfertigen solle in Gestalt eines nackten, bärtigen Mannes, der auf einem bunten Stein steht? Weiter, dass man auf die Stirn Orifiels mit Rosenöltinte den Namen des Absenders schreiben soll, auf die Brust den des Empfängers? Muss die Botschaft auf einem gründlich weiß gewaschenen Tuch stehen und in ein tragbares Gefäß gelegt werden, das einen indischen Namen trägt, den ich vergessen habe? Und muss dieses Gefäß zu allem Überfluss mit gegerbtem Leder abgedeckt und in einem vom Wetter geschützten Hauseingang abgestellt werden und so weiter und so fort?«

Meister Brun merkte, dass nun nicht mehr viel Wesentliches zu erfahren war, fühlte sich auch über alle Erwartungen hinaus mit

Informationen gleichsam voll gepfropft. Er hatte ein Einsehen und machte dem Gespräch ein Ende.

»Ihr habt mir sehr geholfen. Dass Trithemius ein merkwürdiger Kauz ist, habe ich selbst erfahren. Aber mir wird nun einiges durchaus klarer. Ich will Euch nicht weiter auf die Folter spannen. Hier ist der Brief von Else.«

Damit übergab er dem überraschten Volkmar das Papier. Der konnte sich so rasch kaum fassen, griff dann beherzt nach dem Brief, schaute jedoch noch einmal Meister Brun prüfend ins Gesicht, ob alles mit rechten Dingen zuging, und wollte zu lesen beginnen. Als er die ersten wenigen Worte verstanden hatte und das Postskriptum sah, blickte er wieder auf.

»Meister Brun, Ihr habt es doch entziffert. Was steht denn drin?«

»Natürlich, dass sie kommt, und zwar zu Quentel, genauso wie Ihr es formuliert habt. Nur habe ich noch um den Namen des Nebenbuhlers gebeten, denn es gibt ihn wirklich. Sie hat ihn auch genannt. Er heißt Tilman Ruter. Ihr müsst verstehen, ich habe um diese Information gebeten, um ganz sicher zu sein, dass ich den Schlüssel verstanden habe. Mir ist der Name völlig unwichtig. Für Euch spielt er wohl auch keine Rolle, denn Ihr hört ja, dass Else kommen will. So weit habe ich also nicht in Eure Absichten hineingepfuscht.«

Volkmar war unschlüssig, wie er reagieren sollte. Er schwankte zwischen Wut und Freude, entschied sich zuletzt dafür, die Wut zurückzustellen und es bei der Freude zu belassen.

»Sie kommt also«, sagte er gerührt. Und plötzlich auffahrend: »Und wenn sie schon da ist? Mein Freund weiß immerhin Bescheid. Ich muss in die Druckerei. Wir sind quitt.«

Damit stand er auf und wollte sich endgültig verabschieden. Aber Meister Brun wandte sich noch einmal an ihn:

»Weshalb seid Ihr eigentlich von Sponheim fortgegangen?«

»Ach, das ist eine andere Geschichte.«

FÜNFZEHNTES KAPITEL *In dem Else schweren Herzens eine Reise antritt und am Ziel größere Sorgen hat als zuvor*

Eine ganze Woche war vergangen: eine Woche der Einsamkeit, in der die Gedanken sich überstürzten, grelle Träume den aufkeimenden Wirklichkeitssinn verscheuchten. Volkmars Absichten waren nicht zu ergründen, sein Wissen um den Nebenbuhler nicht nachzuvollziehen. Mit der Mutter wagte sie nicht zu sprechen, obwohl diese ihre Unruhe bemerkte, sie aber falsch deutete. Denn in Neuss gab es mittlerweile als Gesprächsthema nur diesen rätselhaften Mord an Tilman Ruter, und Tilman Ruter war der Bewerber um Elses Hand gewesen. Was lag näher, als dass sich Else Vorwürfe wegen der Abweisung machte, die mittlerweile ebenso bekannt war wie der Mord. Eine zerknirschte Else also – wie nahe liegend. Aber auch wie falsch, denn Else war nicht zerknirscht, sondern verzweifelt: verzweifelt, weil sie nicht wusste, ob sie ihre Eltern verlassen sollte, um dem Geliebten zu folgen. Und dann immer die bohrende Frage: Woher wusste er vom Nebenbuhler? Mittlerweile verfluchte Else diese Post, die Postskripta mit Geheimnissen, die nur größere Geheimnisse erzeugten. Else sehnte sich nach einem Gespräch, nach klaren Worten, nach Gegenwart, nach Berühren, nach allem, nur nicht nach Geschriebenem.

Das hatte den Ausschlag gegeben. Nein, keinen neuen Brief abwarten, sondern die Begegnung suchen, dem Ruf folgen, auch wenn er unverständlich war. Und so hatte sie einen Schritt nach dem anderen getan, bis ein Zurück nicht mehr infrage kam. Unter ihren Onkeln in Neuss gab es einen Korbmacher, der mit seiner Familie ein Handwerk ausübte, von dem sie nun schon seit Generationen leben konnte. Es gab viele Weiden am Niederrhein, Weiden mit langen, biegsamen Zweigen, die sich gut eigneten für die Korbmacherei. Jeden Herbst wurden die Bäume zurückgeschnitten, bis sie nur noch ihre Köpfe besaßen, denen man im Winter nimmermehr zutraute, dass sich noch einmal Leben in ihnen regen werde. Und dann trieben sie dennoch im Frühjahr aus, bildeten die begehrten Zweige, die im Frühsommer geerntet wurden wie von den Bauern ihr Heu oder ihr Korn. Damit begann die eigentliche Arbeit, das Flechten. Ein erster Teil der fertigen Ware ging stets im Spätsommer nach Köln, wo man den Neusser Korbmacher kannte, im Frühjahr ging die Produktion des Winters in die eigene Region. Körbe brauchte jeder, und was ließ sich nicht sonst noch alles aus den Weidenzweigen machen?

Else wusste mittlerweile eine Menge darüber. Sie saß auf dem Schiff, dessen Bauch ganz angefüllt war von Körben in allen Größen. Zwei Pferde zogen am Ufer die Last rheinaufwärts, und sie zogen offenbar gern, denn die Last war nicht allzu schwer, viel leichter jedenfalls als Waren aus Holz oder gar Eisen, wie sie auf den anderen Schiffen verstaut waren, die alle den gleichen Weg nahmen. Else hatte den Onkel angesprochen, scheinbar ganz nebenbei, sie müsse bei der Kölner Verwandtschaft etwas erledigen und wolle gerne mitgenommen werden. Dann war sie überrascht, wie schnell es losging, aber es half auch bei der Entscheidung, ja sie sah einen Fingerzeig in der Kürze der Frist. Es soll so sein, sagte sie sich immer wieder. Er hat geschrieben, dass es notwendig ist. Er weiß nicht, dass der Vater sie überhaupt nicht zwingen wollte, und vor allem nicht, dass der Nebenbuhler tot ist. Es war eigentlich sinnlos zu fliehen, aber es war auch unmöglich, vom Nebenbuhler zu wissen. Sinnlosigkeit gegen Unmöglichkeit, Unlogik gegen das Gefühl, dass es einen geheimen Grund gab. Nein, jetzt nicht mehr neu nachdenken, jetzt saß sie auf dem Schiff.

Else hatte ihr Leben lang an diesem Strom gewohnt, ohne ihn wirklich zu kennen. Neuss lag nicht direkt am Rhein, sondern an einem alten Seitenarm, der mittlerweile von der Erft gespeist wurde und in dem sich eine große Insel befand, das Werd. Und auch diesen Seitenarm samt Insel verbarg die Stadtmauer, die man nur durch das Hessentor durchqueren konnte. Dies aber taten fast nur die Kaufleute, ihr Vater zum Beispiel, um am Hafen etwas zu erledigen. Und jetzt dieser Anblick seit dem frühen Morgen. Noch in der Nacht war sie aufgebrochen, hatte am Abend zuvor ihren Mantelsack gepackt mit dem Allernötigsten. Bei Sonnenaufgang sollte sie am Hessentor sein, noch bevor es geöffnet wurde. So hatte sie unbemerkt das Haus verlassen, voller Ängste, voller Gewissensbisse. Als die Tür hinter ihr ins Schloss fiel, wäre sie beinahe umgekehrt. Aber sie war stark geblieben, den kurzen Weg zu Ende gegangen. Und dann stand sie unter den vielen Leuten, die ebenfalls zum Hafen wollten, die unausgeschlafen waren und sie nicht beachteten. Der Korbmacher mit seinen beiden Knechten war gleich hinter ihr gekommen. Mit lautem Knarren wurde das Tor nach oben gezogen, der Weg war frei. Fluchend stritten sich einige darum, wer zuerst hindurchgehen durfte. Der Korbmacher hatte es nicht eilig. Die Ware war am Vorabend an Bord gebracht. Nun galt es nur noch, einzusteigen und sich einzureihen in die lange Schlange, die den Rhein aufwärts zog.

»Uns hat der Regen nicht viel ausgemacht«, sagte der Korbmacher gerade, als er wieder einmal zu Else an ihren einsamen Platz im Heck trat. »Die Bauern haben große Schäden, aber die Bauern beklagen sich immer, weil sie eben Bauern sind. Unsere Weiden sind sogar besonders gut gewachsen beim vielen Regen.«

Else sagte irgendetwas, um ihren guten Willen zu zeigen, und schaute weiter auf den Strom, dieses silbrige Band, von dem es kein Ende gab, weder aufwärts noch abwärts.

»Ein guter Strom, unser Rhein«, plauderte der Korbmacher, der Elses Blicke bemerkte, »jedenfalls in diesem Sommer, wo er reichlich Wasser hat. Er kann auch austrocknen, und dann werden die Seile zu den Pferden auf dem Treidelpfad lang und länger, bis nichts mehr geht. Heute haben sie keine Mühe.«

Else nickte nur. Der Korbmacher legte ihre Wortlosigkeit falsch aus.

»Schon Heimweh?«, lachte er. »Ach, das gibt sich. Welche Tante ist es denn in Köln? Dort lebt doch nur Mathilde mit ihrem schwer kranken Mann und noch eine Stiefschwester, deren Name mir nicht mehr einfällt.«

Else nickte wieder und fügte so leise hinzu, dass der Korbmacher danach aufgab: »Ja, ja, Mathilde.«

So ging der Tag dahin. Zons war passiert, dann sah man hinter einem Bogen mit einem Mal die Stadt. Wie ein Koloss hoben sich die Mauern in den Himmel, als handle es sich um ein einziges steinernes Gebirge. Nun zeichneten sich Einzelheiten ab, die Mauertürme, die Tore, dahinter die Kirchtürme.

»Das ist Sankt Kunibert«, sagte der Korbmacher, der sich zuletzt um seine Ware gekümmert und festgelegt hatte, in welcher Reihenfolge die Knechte sie ausladen und dem Zoll vorführen sollten. »Jetzt sind wir gleich da, richte dich schon einmal ein auf das Verlassen unseres schönen Schiffs, das uns so wundervoll nach Köln gebracht hat.«

Wenig später war die Reise tatsächlich zu Ende. Else bedankte sich bei ihrem Onkel, erklärte ihm noch einmal, dass für ihre Rückreise wirklich gesorgt sei, lehnte auch jede Hilfe ab, um das Haus der Tante zu finden. Dann ging sie durch ein Tor und fand sich in brodelndem Leben zwischen engen Häuserschluchten, die sich gelegentlich zu kleinen Plätzen ausweiteten. Überall Menschen, die sich ganz offensichtlich nicht kannten, die aneinander vorbeihasteten, schimpften, wenn jemand nicht auswich, obwohl er sah, dass man große Lasten schleppte oder schwere Karren zog. Gerüche umgaben sie, unangenehme vom überall herumliegenden Unrat, aber auch angenehme, nie wahrgenommene von Angeboten an Ess- und Trinkbarem aller Art. Dann nahm sie diesen ganz anderen Klang der Sprache wahr, die um sie herum gesprochen wurde: eine verständliche Sprache, aber doch mit fremden Lauten und einer Melodie, die ihr fast wie Gesang vorkam. Sie erinnerte sich, es früher schon einmal gesagt bekommen zu haben: Um uns herum sprechen sie alle anders, aber nach dem Süden zu ist es schwieriger als nach dem Norden.

Den Domhof, erinnerte sich Else, du musst den Domhof finden. Sie ließ sich auf einen riesigen Marktplatz treiben, viel größer als der vor Sankt Quirin in Neuss. Sie konnte sich für einen Moment nicht losreißen vom Anblick all der Waren, die sie in dieser Fülle noch nie gesehen hatte. Dann erblickte sie den Dom mit seinem Chor im Osten und dem halb aufgerichteten Turm im Südwesten. Der Korbmacher hatte ihn ihr schon vom Schiff aus gezeigt. Nun ging sie auf ihn zu und stand vor dem auch im unvollendeten Zustand riesigen Gebäude, an das sich kleinere Gebäude wie Spielzeughäuser anlehnten. Völlig gebannt schaute sie hinauf in den steinernen Wald aus Streben und Türmchen – so völlig anders ihr behäbiges Quirinus-Münster, das sie früher als Wunder angesehen hatte im Gegensatz zu den viel kleineren anderen Kirchen der Stadt. Der Abend begann anzubrechen, im Westen senkte sich bereits die Sonne. Und noch immer hatte sie nicht nach dem Domhof gefragt. Dort arbeitete Volkmar in der Residenz des Erzbischofs, aber nicht mehr um diese Zeit, und niemals wäre sie ins Gebäude gegangen. So fragte sie denn einen Geistlichen, der ihr gerade mit wehender Amtstracht entgegenkam, nach dem Ziel.

»Das ist sehr einfach, Jungfer«, gab der zurück, »Ihr befindet Euch auf ihm. Wo wollt Ihr denn hin?«

»Zum Buchdrucker Quentel.«

»Dann schaut nur einmal nach dort hinten, zu diesem großen Haus mit seinem schönen Zinnenkranz und den Ecktürmchen. Das ist das Haus ›Zum Palast‹, weil es direkt an den Palast des Erzbischofs grenzt. Dort sitzen die Quentel-Söhne in ihrer Quentelei, wie wir Kölner sagen. Ich nehme an, Ihr wisst, zu welchem von ihnen Ihr wollt.«

Else nickte nur, bedankte sich und lief die letzten Schritte zum Haus. Sie fand die Tür zu ihrem Erstaunen offen stehen. Von innen hörte sie männliche Stimmen, zögerte einen Moment, trat dann ein und wurde sofort von einem jungen Mann bemerkt, der über seiner offenbar vornehmen Kleidung eine riesige schwarze Schürze trug.

»Ihr wünscht, Jungfer?«, sprach er sie an.

»Ich bin Else«, antwortete sie, »Else aus Neuss. Finde ich …«

Der Mann machte ein freundliches Gesicht und wartete die Frage nicht ab, weil er die Ängstlichkeit der jungen Frau bemerkte.

»Meinen Bruder sucht Ihr, den Peter, ich weiß. Der erwartet Euch. Wenn ich Euch so ansehe, entschuldigt, dann wäre es mir am liebsten, er würde Euch *selbst* erwarten. Aber Ihr wollt zu Volkmar, seinem besten Freund, nicht wahr? Auch gut, Volkmar ist ein netter Bengel, noch etwas jung zum Heiraten, aber heutzutage geht das ja schneller als früher, ich bin auch schon verheiratet.«

Damit ging der Mann in einen angrenzenden Raum und kam augenblicklich mit jemandem zurück, der sein Bruder sein musste.

»Hier ist er, Peter, unser Jüngster. Er wird Euch sehr bald Euren Volkmar heranschaffen.«

Else bedankte sich und blickte ihren neuen Gesprächspartner so ängstlich an wie zuvor den ersten. Aber der jüngere Bruder nahm ihr die Beklemmung.

»Else also, ich bin Peter Quentel, das eben war mein etwas kauziger älterer Bruder, Johann Quentel. Er arbeitet Tag und Nacht an seinen Büchern und hält Menschen, glaube ich, für absonderliche Geschöpfe, die sprechen statt Buchstaben auszuspucken.«

Er lachte über diese sicher schon öfter gemachte Bemerkung, was Else dazu nutzte, um zu widersprechen.

»Nein, er war sehr zuvorkommend.«

»Zuvorkommend? Das muss an Euch liegen. Volkmar hat wirklich einen guten Geschmack und mein Bruder offensichtlich trotz seiner Heirat nicht ganz den Sinn für die Schönheit anderer Frauen verloren.«

Else wusste vor Verlegenheit nicht, was sie sagen sollte, und zog es vor zu schweigen. Peter bemerkte es.

»Ihr müsst entschuldigen, wir haben hier selten weiblichen Besuch. Die Druckerei ist eine anstrengende und auch reichlich schmutzige Kunst, wie die wenigsten ahnen, wenn sie irgendwelche schönen Bücher aufschlagen. Es werden bei uns jedenfalls nur Männer gebraucht. Ihr bringt also einige Abwechslung ins Treiben. Aber was rede ich so vor mich hin? Ich schicke sofort nach Volkmar auf dem Malzbühel, denn dort muss er jetzt sein. Er kann in weniger als einer halben Stunde hier sein.«

Er rief einen Jungen, erklärte ihm kurz etwas und wandte sich wieder Else zu.

»Ich zeige Euch mittlerweile unser Reich. Habt Ihr schon einmal eine Druckerei gesehen?«

Else verneinte und folgte dem jungen Quentel beim Gang zu einer großen Maschine, die wie eine Obstpresse aussah, ließ sich ein gerade fertig gedrucktes Blatt zeigen und staunte über die noch feuchte Schrift mit ihrem wundervollen Glanz. In einer Ecke, nahe dem großen Fenster, war jemand dabei, Bleibuchstaben für Bleibuchstaben aus einem Kasten zu nehmen und in eine Art Bett einzulegen. Gerade hatte er offenbar eine Seite fertig und umschloss sie mit einem festen Band. Peter erklärte ihr, dass auf diese Weise eine Seite entstehe, wie Else sie gerade als Abdruck gesehen hatte. Dann ging er weiter zu einem großen Tisch, auf dem »Bögen«, wie er sagte, auslagen: große Blätter, auf denen zwölf Seiten in seltsamer Anordnung, teils auf dem Kopf stehend, nebeneinander zu sehen waren. Diese Bögen mussten noch gefaltet und gebunden werden, erklärte ihr Führer, hinterher würden sie an den Rändern aufgeschnitten, damit man sie aufblättern könne.

»Seht nur, hier ist die Rede von der heiligen Ursula, die gerade auf einem Schiff mit ihren Jungfrauen nach Köln kommt. Seid Ihr nicht auch mit dem Schiff gekommen? Nur wurde die gute Ursula in Köln von Heiden empfangen, die alle hinschlachteten. Schrecklich, nicht wahr? Diese Zeiten sind zum Glück vorüber. Aber die Kölner lesen gerne davon. Wir drucken eigentlich mehr für die Wissenschaft und damit auf Latein. Zwischendurch gibt es aber auch etwas Volkssprachliches. Wir haben sogar schon deutsche Bibeln gedruckt.«

So plapperte Peter munter vor sich her, und fast hätte Else ihre augenblickliche Lage zum ersten Mal an diesem Tag vergessen. Da legte sich ein Arm um sie und drehte sie sanft um ihre eigene Achse. Volkmar stand hinter ihr. Else stieß einen Freudenschrei aus, dem Tränen folgten. Volkmar umfing sie und merkte, dass er sie festhalten musste, weil ihr die Kräfte zu schwinden drohten. Peter ließ das Paar allein. Jeder der beiden war auf den Augenblick dieser Begegnung vorbereitet gewesen, hatte sich ihn aber doch anders vorgestellt. Mitten in das Glück schossen bei Else die Ängste. Sie klammerte sich an Volkmar und wagte nicht, ihn anzusehen. Volkmar war überwältigt und verwirrt, zu keinem Wort fähig. Erst nach einer Weile fasste er sich als Erster.

»Du hast es geschafft.«

»Was habe ich nur gemacht?«

»Wir werden heiraten.«

»Wir müssen zu meinen Eltern.«

»Sie wissen nichts?«

»Natürlich nicht, ich bin geflohen.«

»Es war unsere einzige Möglichkeit.«

»Nein, Volkmar, vielleicht haben wir unser Glück verspielt.«

»Aber wieso denn?«

»Es gibt doch gar keinen Nebenbuhler.«

»Aber ich kenne doch seinen Namen.«

»Er ist tot.«

»Er ist was?«

»Tot, ermordet in Zons.«

»Ich war in Zons.«

»Du warst wo?«

»Else, es kann doch nicht sein …«

»Wo warst du?«

»Else, so höre doch, ich wollte dich sehen, es war alles so schrecklich. Aber ich bin nicht bis Neuss gekommen. Es ging einfach nicht. Es war ein furchtbarer Regentag.«

»War es an diesem Mittwoch vor einer Woche?«

»Ja, woher weißt du das?«
»Hast du ihn ermordet?«
»Wen soll ich ermordet haben?«
»Tilman Ruter.«
»Um Gottes willen, Else, wach auf, ich habe niemanden ermordet, auch keinen Tilman Ruter.«
»Und woher wusstest du von ihm?«
»Ich wusste überhaupt nichts, ich hatte Sorgen.«
»Aber du hast es doch geschrieben.«
»Else, so höre doch endlich, ich habe nichts über diesen Mann geschrieben.«
»Aber du hast nach seinem Namen gefragt.«
»Nein, nein, Else, ich schwöre es, es hat ein anderer danach gefragt. Es ist etwas Schreckliches geschehen.«
»Was ist denn noch schrecklicher?«
»Jemand hat meinen Brief abgefangen. Du hast den letzten Brief doch nicht wie sonst bekommen.«
»Nein, es war ein Reiter, den ich nicht kannte.«
»Eben, Else, merkst du es denn nicht, wir sind betrogen worden.«
»Aber du sagtest doch, es sei unmöglich, wir seien völlig sicher.«
»Nein, lass es dir doch im Zusammenhang erklären.«
»Und du hast nicht gemordet?«
»Nein, Else, ich habe niemanden ermordet.«
Bei der letzten Frage hatte Else sich ein wenig aus der Umarmung gelöst und Volkmar in die Augen gesehen. Volkmar war nicht ausgewichen, sondern hatte die Antwort unter Tränen gegeben. Dann waren Elses Kräfte aufgezehrt. Sie legte wieder ihren Kopf auf seine Schulter und weinte. Aber diesmal lösten sich ihre Ängste. Sie glaubte ihm.

SECHZEHNTES KAPITEL *In dem Meister Brun mit dem Sekretarius und drei kurfürstlichen Räten ein Gespräch über seine Zukunft als Entzifferer führt*

»Du sagst ihm, dass ich ihn sprechen will: nicht nächsten Monat, nicht nächste Woche, sondern heute, sofort.«

Reginald hatte Meister Brun noch nie so erregt gesehen. Er war eben hinuntergekommen in das Kellergeschoss des Turms der Augustusburg, um zu melden, dass keine Briefe zum Entschlüsseln abgefangen worden waren. Aber diesmal hatte er hinzugefügt, dass es dabei in nächster Zukunft auch bleiben werde. Reginald hatte gedacht, er überbringe damit eine gute Botschaft, rechnete mit Dankbarkeit. Und dann diese schlechte Laune, geradezu ein Ausbruch, bei dem sich die ohnehin hohe Tonlage Meister Bruns in bedenkliche Höhen, nahe dem Umschlagen der Stimme, schraubte.

»Und dass du es ja dringend darstellst, Reginald. Ich werde dich vierteilen lassen, wenn du mit einer anderen Botschaft herunterkommst als mit einer Vereinbarung zum Treffen.«

Meister Brun setzte sich, nachdem er bislang wie ein wildes Tier seinen Schreibtisch umkreist hatte, während Reginald sich nicht zu rühren wagte. Auch jetzt wartete er auf die Aufforderung zu gehen, sehnte sie förmlich herbei und ängstigte sich umso mehr, je länger nichts folgte. So war Reginald aufs Höchste überrascht, als sich Meister Brun unvermittelt umdrehte, sehr viel sanftmütiger aussah und sagte:

»Verzeihung, du bist ja nicht schuld. Ich werde es anders machen. Ich gehe unangemeldet zu ihm. Das wird ohnehin das Beste sein. Und zwar jetzt sofort. Melde also nichts, rein gar nichts. Und nun mach dich davon.«

Reginald ließ sich dies nicht zweimal sagen, sondern verschwand augenblicklich in der Tür. Meister Brun drehte noch zwei, drei Runden um seinen Schreibtisch, in immer langsamerem Tempo, bis er mit einem Mal stehen blieb und einen Augenblick verharrte. Dann wandte er sich zur Tür und machte sich auf den Weg aus seinem »Verlies« nach oben. Die Kerzen auf dem Schreibtisch hatte er gelöscht, nur das Traglicht mitgenommen, um auf der Treppe genug sehen zu können. Dann stand Meister Brun im Hof der Augustusburg, sog die warme Luft an diesem Julimorgen ein und hielt Ausschau. Man hatte ihm noch im Hause gesagt, der Sekretarius sei mit drei kurfürstlichen Räten draußen zu finden. Tatsächlich sah er das Quartett in gemächlichem Gang an einem Wassergraben entlang schlendern. Vielleicht war es ein Vorteil, den Sekretarius nicht allein zu sprechen. Sie bewegten sich in seine Richtung, und Meister Brun beschloss, sich ihnen in den Weg zu stellen.

Aber dies war nicht nötig. Der Sekretarius, ein Mann in mittleren Jahren, erkannte ihn schon von weitem und kam zusammen mit den Räten direkt auf ihn zu. Meister Brun atmete tief durch, als er diese hohen Herren nahen sah. Der Sekretarius trug als Zeichen seiner Tätigkeit als oberster Kanzleibeamter einen knöchellangen dunkelroten Mantel mit weiten Sackärmeln, den er der Wärme wegen aufspringen ließ, sodass die kurze Hemdbluse ebenso wie die langen Beinkleider in tiefem Braunton sichtbar wurde. Die Räte trugen Wams und Kniehose in verschiedenen Farben, alle mit Goldborten reich verziert, darüber seidengefütterte Schauben aus Samt und große Hüte mit Federn. In dieser Bekleidung nahmen die Herren die gesamte Breite des Gehwegs ein.

»Unser Meister Brun einmal an der frischen Luft«, begann der Sekretarius, als er den wie angewurzelt dastehenden Schreiber erreichte. Leutselig stellte er die drei Herren neben ihm vor:

»Die Herren kurfürstlichen Räte, Godart von Harff, Heinrich Heymanns, Henning van Bilsen. Ihr werdet die Herren von den täglichen Mahlzeiten her kennen, aber sonst wohl nicht schon miteinander zu tun gehabt haben. Es sind unsere Juristen. Meister Brun«, damit wandte er sich an die Räte, »ist unser Spezialist in der Kanzlei. Er hat früher die wichtigsten Briefe geschrieben, weil er die schönste Handschrift von uns allen besitzt. Heute arbeitet er an der Entschlüsselung von Briefen. Er ist also ein Mann des Geheimnisses und betätigt sich dabei auch an einem sehr geheimen Ort, in einem Kellerraum unseres Turmes dort drüben tief unter der Erde. Um diese Zeit habe ich ihn selbst noch nie hier oben im Reich des Lichtes und der Freiheit gesehen.«

Die Herren Räte schmunzelten gnädig, während der Sekretarius fortfuhr:

»Und was treibt Euch in die Oberwelt?«

Meister Brun hatte durchaus nicht seine Scheu verloren, sondern glaubte lediglich, angesichts dieses herrschaftlichen Aufgebots die Flucht nach vorn antreten zu müssen.

»Der Mangel an Arbeit, wenn ich es geradeheraus sagen darf. Es hat schon lange nichts mehr zu entziffern gegeben. Ich beginne mich zu fragen, ob vielleicht Politik dahinter steckt?«

Der Sekretarius lachte und die Räte ebenfalls.

»Ach, Meister Brun, Politik steckt hinter allem, ob man will oder nicht. Handeln ist Politik und Nichthandeln auch, manchmal sogar noch mehr als Handeln. Wir haben im Augenblick ein schwieriges Verhältnis zum Kölner Rat, ein sehr schwieriges. Der Kurfürst, unser gnädiger Herr, prozessiert gegen die Stadt. Wir sind darüber nicht sehr glücklich, da könnt Ihr diese Herren fragen.« Ein kurzes Nicken der Angesprochenen folgte. »So groß ist dieses Geheimnis nicht, dass ich es Euch nicht verraten dürfte. Es geht immer noch, ja immer mehr um diese leidige Biersteuer, die dem Kurfürsten in früheren Zeiten einmal zustand. Seine Vorgänger haben sie jedoch verpfändet, was der Kurfürst unbedingt ändern will. Er glaubt, ein Exempel statuieren zu müssen. Wenn er die Biersteuer hat, hat er einen Zipfel der Macht in der Stadt, an der er vielleicht die anderen alten Rechte ebenfalls an sich ziehen kann. So denkt er doch, nicht wahr?«

Damit wandte er sich an seine Begleiter.

»Ja, durchaus«, pflichtete Godart von Harff, ein Mann mit edlem Gesichtsausdruck und vorzüglicher Haltung, bei. »Wir verstehen es auch nicht, dass er deshalb an das päpstliche Gericht in Rom appelliert, was unglaubliche Kosten verursacht, wo wir überall sparen müssen und der Kurfürst selbst derjenige ist, der sonst immer am meisten ans Sparen denkt. Er macht ja schon kaum noch Besuche bei seinen kurfürstlichen Mitbrüdern im Reich, weil er die Kosten fürchtet.«

»Ihr seht«, ergriff der Sekretarius wieder das Wort, »wir haben Sorgen. Und wir haben vor allem Grund, das Verhältnis zu Köln nicht weiter zu belasten. Wir wundern uns beinahe, dass der Rat nicht unfreundlicher reagiert. Wir müssen ja in so vielen Dingen zusammenarbeiten, aber sie lassen es uns nicht entgelten. Wir suchen also Frieden, wie Ihr seht, und da würde eine entdeckte Überwachung schlecht ins Bild passen.«

»Wir hatten eigentlich auch schon früher Zweifel«, meldete sich Heinrich Heymanns zu Wort. »Damals, in den neunziger Jahren, ärgerten wir uns über die Kölner mit ihrer ausdrücklichen Bindung an Kaiser Friedrich und dann seinen Sohn, König Maximilian. Wir hätten wirklich gerne genauer gewusst, was sie alles im Schilde führten, natürlich auch, was die Verbindungen zu den Niederlanden und zur Hanse betrifft. Aber das steht im Augenblick nicht im Vordergrund.«

»Bedeutet das, dass es sich auch wieder ändern kann?«, fragte Meister Brun. »Ich arbeite ja nicht nur gleichsam ad hoc, sondern versuche mich vorzubereiten. In den letzten Jahren hat in ganz Europa die Kryptographie an Bedeutung gewonnen, vor allem dank der Kurie. Von Rom dürfte heute kein wichtiger Brief mehr abgehen, der nicht verschlüsselt ist. Nur entwickeln sich die Techniken rasch weiter. Die alten Schlüssel sind längst bekannt, immer neue werden entwickelt, es gibt einen regelrechten Wettlauf. Wer da nicht auf der Strecke bleiben will ...«

»Aha, daher weht der Wind«, fiel ihm der Sekretarius ins Wort. »Ihr denkt, der sparsame Kurfürst könnte auch Euch einsparen. Nein, nein, da macht Euch keine Sorgen. Ich weiß schon, dass das stimmt, was Ihr sagt. Verrichtet nur Eure Arbeit im Stillen, damit wir gut dastehen, wenn sie wieder einmal benötigt werden sollte. Habt Ihr denn Informationen über neue Ideen?«

»Informationen nicht direkt«, antwortete Meister Brun, »eher eine Art Erlebnis.«

»Erlebnis?« Der Sekretarius schaute die Herren Räte belustigt an, als er fragte: »Haben wir Zeit, um uns ein Erlebnis anzuhören?«

Als die Herren wohlwollend nickten, wandte sich der Sekretarius wieder an Meister Brun:

»Dann also, bitte. Wir sind ganz Ohr. Wir können es doch wohl ambulant erledigen, ich brauche etwas Bewegung.«

Meister Brun räusperte sich verlegen, weil er selbst mit dieser Entwicklung nicht gerechnet hatte, wartete ab, bis sich die kleine Prozession in Bewegung setzte, ordnete sich in einen freien Raum neben dem Sekretarius ein und begann dann ohne Umschweife.

»Als wir vor einigen Wochen Kölner Post in die Niederlande abgefangen haben, ging uns ein bemerkenswerter Fang ins Netz. Erstens waren Briefe dabei, die in einem durchaus fortschrittlichen Schlüssel abgefasst waren, wie er wohl im Austausch mit der königlichen Kanzlei vereinbart worden ist. Und zweitens lag ein Brief dabei, auf den ich mir zunächst keinen Reim machen konnte. Es handelte sich allerdings nicht um einen Brief des Rates, sondern um den persönlichen Brief eines Mannes, der offensichtlich eingeschmuggelt war.«

»Wie kommt Ihr denn darauf?«, fragte der Sekretarius ungläubig.

»Es war ein Liebesbrief.«

»Ein Liebesbrief?« Der Sekretarius blieb wie angewurzelt stehen, mit ihm die ganze Gruppe. »Ihr wollt uns nicht verulken?«

»Nein, nein, Ihr werdet schon sehen«, verteidigte sich Meister Brun, worauf sich die Gruppe in Bewegung setzte, weil der Sekretarius wieder voranschritt.

»Ein Schreiber der erzbischöflichen Residenz in Köln hat wohl über einen Freund im Rat einen Brief in die Kölner Post geschmuggelt, der mit den anderen in die Niederlande ging. Dieser Brief hatte einen verschlüsselten Teil, und zwar einen sehr ungewöhnlich verschlüsselten. Es handelte sich nicht um Kryptographie, sondern um Steganographie, die Botschaft ist also nicht verzerrt, sondern nur verborgen.«

»Wir verstehen schon Griechisch«, warf Henning von Bilsen mit leicht erhobenen Augenbrauen dazwischen.

Meister Brun überhörte den Vorwurf und fuhr etwas verunsichert fort:

»Für mich stand fest, dass diese Art der Geheimschrift etwas mit den neuesten Arbeiten von Abt Johannes Trithemius zu tun haben muss, die ja zu allerhand Gerüchten geführt haben.«

»Daher die Bitte, Euch die Reise nach Sponheim zu erlauben«, warf der Sekretarius ein. »Bei Eurem Antrag war von so speziellen Hintergründen nicht die Rede.«

»Ich wollte Euch nicht damit belästigen«, entgegnete Meister Brun, der den leisen Vorwurf durchaus verstanden hatte. »Tatsächlich hat mir der Abt auch geholfen, nicht besonders gerne, aber er hat geholfen. Es handelte sich um steganographische Künste, die er selbst lehrt, denn der Schreiber stammte aus seinem Kloster, war Novize, und ist vor einigen Jahren von dort geflohen.«

»Erzählt nur weiter«, sagte der Sekretarius, als er merkte, dass Meister Brun stockte.

»Dann geschah allerdings etwas wirklich Unvorhergesehenes. Ich konnte den Brief entschlüsseln und fand heraus, dass es sich um eine Aufforderung an eine junge Frau handelte, ihr Elternhaus zu verlassen und zu ihrem Geliebten zu fliehen. Der Schreiber befürchtete nämlich, dass der Vater seine Tochter an einen Nebenbuhler verheiraten wollte.«

»O, nur weiter«, sagte der Sekretarius, »das wird ja immer interessanter.«

»Leider nur zu interessant«, sagte Meister Brun und gab den Herren die Geschichte seiner Intrige wieder. Als er auch die Unterhaltung mit dem Liebhaber in der Kölner Gaststätte erzählt hatte, fuhr er fort:

»Inzwischen hat die Geschichte eine sehr unangenehme Wendung genommen. In Köln erzählt man von einem unaufgeklärten Mord, der sich in Zons ereignet hat. Auch der Name des Ermordeten wird genannt. Es handelt sich dabei um genau den Nebenbuhler, den diese junge Frau aus Neuss mir in ihrem Brief verraten hat. Es könnte also sein ...«

Bis dahin hatten die Herren Meister Brun gespannt zugehört. Jetzt aber blieb der Sekretarius wieder abrupt stehen und polterte geradezu los.

»Meister Brun, glaubt Ihr nicht, dass Ihr mit Euren Künsten etwas zu weit gegangen seid? Wenn dieser entsprungene Novize wirklich seinen Nebenbuhler umgebracht hat, wofür ja einiges spricht, dann ist das ja wohl eine Folge Eurer Art, ohnehin komplizierte menschliche Verhältnisse noch komplizierter zu machen. Ich dachte, die Kunst der Entzifferung sei dazu da, Schlimmes zu verhüten, nicht anzurichten.«

Meister Brun wusste nicht, wie er sich winden sollte. Er wirkte in seiner ganzen massigen Gestalt hilflos, rang nach Worten und stammelte endlich:

»Es ist keineswegs erwiesen ...«

»Noch nicht, lieber Meister Brun«, antwortete der Sekretarius mit deutlich missbilligendem Unterton, »Ihr werdet unter keinen Umständen weiter in diesen Fall eingreifen.« Dann fuhr er mit geminderter Erregung, ja halber Entschuldigung fort. »Gut, Ihr habt Eure Interessen verfolgt, vielleicht Eure Pflicht getan. Es waren wohl unglückliche Umstände im Spiel. Ich will hoffen, dass wir nicht damit in Verbindung gebracht werden. Aber etwas anderes. Ihr habt doch mit Trithemius in Sponheim gesprochen. Ihr könnt ihn bald erneut sprechen.«

»Ich soll wieder nach Sponheim?«

»Nein, obwohl mir das als eine geringe Strafe erscheint, falls Ihr für den Mord verantwortlich sein solltet. Der Abt wird übermorgen hier sein, hier bei uns. Der Kurfürst hat ihn eingeladen. Im Augenblick findet in Köln ein Reichstag statt, zu dem König Maximilian die Fürsten des Reiches zusammengerufen hat. Markgraf Joachim von Brandenburg ist auch dort und hat vorher den Abt nach Köln gebeten, weil er sich mit ihm über verschiedene Dinge besprechen will. Unser Kurfürst hat dies gehört und die Gelegenheit benutzt, den berühmten Mann einmal näher kennen zu lernen. Im Augenblick wohnt er beim Markgrafen in dessen Kölner Herberge, macht aber, wie gesagt, übermorgen einen Abstecher zu uns. Er sollte schon früher kommen, aber es ging ihm nicht gut, schon nicht auf der Herfahrt nach Köln, die er per Schiff zurückgelegt hat. Wir freuen uns umso mehr, dass er nun zugesagt hat.«

»Interessiert sich der Kurfürst denn nun höchstpersönlich für die Steganographie?«, fragte Meister Brun erstaunt.

Der Sekretarius lachte und mit ihm alle drei Herren.

»Da unterschätzt Ihr etwas diesen Abt. Trithemius ist ein Gelehrter, ein Bücherfreund. Und unser Kurfürst interessiert sich ebenso für Studien wie für Bücher. Wir werden hier eine ganze Runde von Gelehrten zusammen haben. Aber Ihr könnt Eure speziellen Fragen ja am Rande einmal verfolgen. Der Abt kennt Euch schließlich schon.«

Meister Brun war heilfroh, dass das Gespräch diese Wendung genommen hatte. Er bemerkte, dass damit aber auch dessen Ende erreicht war, und verabschiedete sich mit Dank dafür, dass sich die Herren so viel Zeit genommen hatten.

*

Sobald Meister Brun die Runde verlassen hatte, nahm Henning van Bilsen den Faden noch einmal auf.

»Ein sehr unangenehmer Vorgang, falls es so ist, wie dieser Meister Brun es darstellt.«

»Ja, unangenehm, wenn man ihm nicht seine angenehme Seite abgewinnt«, sagte Godart von Harff.

Der Sekretarius schaute die beiden Sprecher abwechselnd an und gab Godart von Harff mit einem Blick das Wort. Der zögerte nicht.

»Was wäre denn, wenn wir den Kölnern einen Hinweis geben? Sie hören von uns nur Unangenehmes, trauen uns nicht über den Weg, wozu sie – unter uns – leider allen Grund haben. Warum nicht einmal etwas anderes, eine kleine Hilfe? Wir können sagen, der Mord in Zons, der sie eigentlich nichts angeht, könne vielleicht von Köln aus aufgeklärt werden. Aufklärung von Morden ist immer etwas, was die Bürger begrüßen.«

»Aber Ihr habt doch gehört, dass es nur eine Vermutung ist«, wandte Heinrich Heymanns ein.

»Das ist nicht unsere Sache«, erwiderte Godart von Harff.

Der Sekretarius wiegte bedenklich den Kopf.

»So schlimm steht es eigentlich noch nicht um unsere Beziehung zum Rat, dass wir uns so einschmeicheln müssten, aber überlegen können wir es uns ja noch. Und irgendwie sollte man Morde nicht auf sich beruhen lassen, wenn man ahnt, wer der Täter war. Allerdings ist es eine bizarre Geschichte, eine sehr bizarre Geschichte, erzählt von einem durchaus bizarren Mann. Ob wir ihn auf Dauer wirklich brauchen? Was denkt Ihr, Godart? Ihr wart doch in Italien, kennt die Kurie, Mailand und viele andere wichtige Kanzleien.«

»Meister Brun ist mir nicht besonders sympathisch«, gab dieser zur Antwort. »Aber ich glaube schon, dass es gut wäre, ihn zu behalten. Was er über den verschlüsselten Briefverkehr sagt, stimmt genau. Seine Bedeutung wird zunehmen. In Italien schreibt nicht nur jeder verschlüsselt, jeder Gegner liest mit, weil die Entschlüsseler inzwischen besser sind als die Verschlüsseler. Angefangen hat das Ganze ja schon vor Jahrhunderten, aber seit der päpstliche Sekretär Leonhard Dathus es praktiziert und Leo Battista Alberti damit zu einem Buch über Geheimschrift angeregt hat – seither gibt es in ganz Europa kein Halten mehr. Ihr kennt Alberti ja wohl. Dieser etwas verrückte Florentiner war zuerst Jurist, hat sich dann auf die Baukunst geworfen, alle möglichen Kirchen und Paläste gebaut und nebenbei eine Schrift über die Baukunst in zehn Büchern geliefert – etwas über Pädagogik auch, wie mir gerade einfällt. Ich glaube, inzwischen ist Alberti berühmter für seine Geheimschrift als für seine Baukunst. Jedenfalls hat die Geheimschrift in Italien so große Fortschritte gemacht, dass es praktisch nichts gibt, was nicht mitgelesen wird. Und wenn die Kurie mit einem neuen Schlüssel nicht zurechtkommt, wendet sie sich an Venedig, wo Giovanni Soro sitzt und alles herausfindet. Unser Meister Brun ist daran gemessen ein Waisenknabe. Er soll diesen Kontakt mit Trithemius ruhig halten, denn Trithemius ist wohl der einzige Mann nördlich der Alpen, der den Italienern das Wasser reichen kann.«

Die kleine Gruppe hatte sich erstaunt den Bericht von Godart von Harff angehört. Der Sekretarius drückte seine Anerkennung aus.

»Wer in Zukunft vor Überraschungen sicher sein will, sollte sich einen Mann wie diesen ›Bären‹ durchaus erhalten«, fügte Godart hinzu. »Vielleicht fragen wir auch Trithemius um seine Meinung, wenn er schon einmal hier ist. Wir dachten eigentlich, wir sollten das Thema ausklammern, weil damit nur unliebsame Geschichten aufgewärmt werden.«

»Der Kurfürst darf es aber auf keinen Fall mitbekommen«, mahnte der Sekretarius. »Ich habe genug Mühe damit, ihn von Attacken gegen Köln abzuhalten. Ich hoffe, Trithemius bringt mit seinen Studien und seinen Büchern Ruhe in unsere Welt. Wir können jetzt Ruhe wirklich gut gebrauchen.«

SIEBZEHNTES KAPITEL *In dem Volkmar Himmel und Hölle dicht hintereinander erlebt und zum Schluss mit einem einzigen Wort eine Katastrophe heraufbeschwört*

Ein leichtes Klopfen an der Tür, mehr ein Kratzen – das Zeichen! In Windeseile ist der Riegel zurückgeschoben, öffnet sich die Tür, sinken sich die Liebenden in die Arme. Er will sein Glück herausschreien, aber sie verschließt ihm mit der Hand den Mund. Erst als er mit den Augen zu schweigen verspricht, lässt sie los, drückt zur Vorsicht nun Küsse auf die Lippen. Die Hände lösen die Knöpfe am Wams, streifen ihn ab, suchen die Haut unter dem Hemd. Körper winden sich, verfehlen sich, ertasten sich wieder. Dann zieht er sie hoch, so hoch, dass die Füße vom Boden abheben, dass er sie tragen kann, nur zwei, drei Schritte weit. Zusammen fallen sie aufs Bett, so sanft wie möglich. Niemand wehrt sich, ein Wille in zwei Körpern. Die Bewegungen werden fließender, Haut an Haut. Auf die Stimmen achtet niemand mehr, aber die Stimmen sind dumpf, dringen nicht durch, nicht durch diese Wände, diese Tür, die längst wieder verriegelt ist. Die Kerze, die kleinste, die sich finden ließ, flackert leise, verlöscht irgendwann in der Nacht. Sie wurde längst nicht mehr gebraucht, die Welt ist hell und dunkel zugleich, es ist *eine* Welt, *ein* Rausch, *ein* Vergehen.

So war es nun zum dritten Mal, und an jedem Morgen erwachte Volkmar so früh, dass er das Haus wieder verlassen konnte, ohne beobachtet zu werden. Else bemerkte es nicht, sie schlief tiefer. Peter war ein guter Freund, hatte für das Zimmer gesorgt und das Geheimnis der Nächte bewahrt. Nur eine einzige Nacht, hatte es anfangs geheißen, dann zwei. Jetzt war es die dritte, die wirklich letzte gewesen. Nur heute noch wollte Volkmar beim Erzbischof am Schreibtisch sitzen und Akten kopieren. Der Sekretarius hatte seine Einwilligung gegeben. Über Sonntag konnte er gehen, zu den Eltern der Braut, zur Not bis Dienstag. Es sei eine Ausnahme, denn Heiraten sei immer eine Ausnahme, hatte der Sekretarius gesagt und dabei unangenehm gelacht. Volkmar war es trotzdem recht, er brauchte keinen besseren Kommentar, er brauchte nur freie Zeit. Das Wetter war freundlich, zwei Pferde standen bereit. Am Mittag konnte es losgehen. Was würden die Eltern sagen, wie würde der Empfang sein? Vom Vater her sicher schwierig, aber Mütter sind anders, auf die Mütter ist Verlass. Und dann war ja noch Else da. Der Vater hatte sie nicht gezwungen, jetzt würde er ihr ebenfalls ihre Freiheit lassen.

Es war hell auf der Straße, eben läuteten überall die Glocken zur ersten Messe des Tages. Viel zu früh, um in die erzbischöfliche Residenz zu gehen. Volkmar überlegte, ob er sich in eine Kirche setzen oder doch lieber seine Wohnung aufsuchen sollte. Nach Gottesdienst stand ihm nicht der Sinn, er entschied sich für die Wohnung. Nur noch An Sankt Martin entlang, an der nächsten Ecke würde er zu Hause sein, in der früheren elterlichen Wohnung, die eigentlich leer stand, weil die Mutter nach dem Tod des Vaters mit den jüngeren Geschwistern bei ihrer Verwandtschaft in der Eifel Unterschlupf gefunden hatte. Obwohl es immer an Geld fehlte, hatte sie diese Wohnung nicht aufgegeben, teils, weil sie zeitweilig ihre Kölner Schwiegereltern besuchte, teils, weil der Mietherr den Zins so ungewöhnlich niedrig beließ, da der Vater sein Freund gewesen war. So lebte denn Volkmar in drei Zimmern eines Mietshauses, viel zu geräumig für ihn allein. Hier war Platz auch für Else, für eine Familie. Volkmar malte sich aus, wie die Zimmer eingerichtet würden, wo die Wiege stehen würde.

Allmählich regte sich Leben hinter den Fenstern, an denen er vorbeikam, er sah den Schein von Lichtern, hörte erste Worte auf die Straße dringen. Ein schöner Hochsommertag, sie würden trockene Wege haben, gut vorwärts kommen, nicht so wie neulich, als er in Zons stecken blieb. In Zons! Für einen Augenblick flogen dunkle Wolken durch seine Träumereien. Er verscheuchte sie in Gedanken an Else. Würde auch sie jetzt aufstehen? Sie half der Mutter von Peter, war schon halb Tochter des Hauses. Und sie sah auch hübsch aus, eine wahre Schönheit. Wie würde sie erst als Braut erscheinen?

»Ihr seid Volkmar von Linn?«, fragte eine Gestalt, die vor seinem Haus stand und ihn zu erwarten schien.

»Ja, der bin ich.«

»Ich muss Euch mitnehmen. Ihr geht heute nicht zum Erzbischof, sondern zum Bayenturm. Dort wartet jemand auf Euch, der etwas fragen will.«

Der Mann hatte seine Worte ohne Hast vorgebracht, auch ohne Schärfe. Sie klangen wie eine Einladung, die er auch abschlagen konnte. Volkmar war im ersten Moment verstört, beruhigte sich aber und beschloss, auf die Aufforderung einzugehen.

»Hat es etwas mit den Arbeiten zu tun, an denen ich im Augenblick sitze?«

Der Mann antwortete nicht gleich, nickte dann und sagte kurz:

»Vermutlich, aber ich weiß es nicht.«

Zum Rhein hin wurden die Straßen immer belebter, am Holzmarkt herrschte bereits reges Treiben. Auf der Bayenstraße strömten ihnen Hausfrauen und Mägde mit ihren Körben entgegen, Karren waren unterwegs, Pferde wurden lautstark angetrieben. Volkmar schaute immer wieder seinen Begleiter fragend an, aber der schritt eilig voran, als könne er sich nicht schnell genug seines Auftrags entledigen. Dann sah man den Bayenturm, eine wuchtige Festung in der Stadtmauer, nach oben hin in achteckiger Form auslaufend, ein wahrer Riese aus Steinen. Immerhin zum Bayenturm, ging es Volkmar durch den Kopf. Mit Tilman Ruter kann es nichts zu tun haben, sonst würde man mich zum Frankenturm bringen, wo es nicht weit zur Hacht ist, dem kurfürstlichen Gefängnis für überführte Mörder und sonstige Schwerverbrecher nach ihrer Aburteilung durch das Kölner Gericht. Der Bayenturm kam näher und näher, Volkmar machte sich Sorgen um die Reise nach Neuss. Es würde doch hoffentlich schnell gehen, sodass er bis Mittag zurück war.

»Weiß man eigentlich beim Erzbischof Bescheid?«, fragte er kurz vor Betreten des Turms seinen Begleiter.

Wieder kam die Antwort erst mit Verzögerung, und wieder klang sie widerwillig.

»Vermutlich, aber ich weiß es nicht.«

Dann öffnete der Begleiter die Tür, Volkmar ging hinter ihm her ins Innere. Ein Wachmann mit Hellebarde grüßte, gab den Weg frei in ein Zimmer, an dessen Tür wieder ein Wachmann stand. Diesmal blieb der Begleiter stehen, öffnete die Tür und wies Volkmar ins Innere.

»Volkmar von Linn?«, fragte ein Herr in mittleren Jahren an einem Tisch und winkte den Besucher freundlich zu sich. Ohne die bejahende Antwort recht abzuwarten, machte er eine einladende Geste in Richtung eines zweiten Stuhles am Tisch und fuhr sogleich fort.

»Ihr seid Schreiber beim Erzbischof, wie ich höre. Ich bin hier der Turmmeister, Johann Wichterich.«

Volkmar atmete auf. Der Turm hatte ihm zuletzt doch Sorgen gemacht, das bedrohliche Gemäuer nichts Gutes ahnen lassen, aber diese Einleitung gab ihm seinen Mut zurück. So antwortete er bereitwillig:

»Ja, Schreiber. Ich dachte, ich säße jetzt an meinem Tisch im Domhof.«

»Ach, der kann warten«, antwortete sein Gegenüber und grinste breit. »Ihr scheint ja ein ganz besonderer Schreiber zu sein.«

Als Volkmar ihn fragend anschaute, fuhr der Turmmeister fort:

»Kurfürstliche Räte haben uns gebeten, Euch ein paar Fragen zu stellen. Wir sind das eigentlich nicht gewöhnt, da der Kurfürst sonst allergrößtes Gewicht darauf legt, seine Fragen selbst zu stellen. Es geht um das Antastrecht, wenn ihr versteht, was ich meine. Bei der Verfolgung von Verbrechen geht es nicht um Schuld oder Unschuld allein. Es geht auch darum, wer diesen Unterschied herausfinden soll. Bei erzbischöflichen Personen hat das bislang der Erzbischof immer für sich beansprucht. Und nun hat er uns gebeten, obwohl er uns sonst nicht das Schwarze unterm Nagel gönnt. Natürlich nicht er selbst, sondern seine Räte, aber das ist für uns dasselbe. Ihr seht also, Ihr seid wirklich ein Fall für sich.«

Volkmar war schon beim Wort »Verbrechen« erbleicht, die letzten Worte klangen wie Keulenschläge. Er wollte etwas sagen, fand aber keinen Mut dazu, auch nicht in der Pause, die der Turmmeister nach den letzten Worten entstehen ließ. Dieser fuhr dann fort:

»Ich weiß nicht genau, ob Ihr im Bilde seid. Fast scheint es mir, dass dies nicht der Fall ist.«

Damit schaute er Volkmar fragend an und sprach erst weiter, als dieser den Kopf schüttelte.

»Ach, macht Euch keine übermäßigen Sorgen, auch wenn es um Mord geht. Ich halte Euch nicht für einen gewohnheitsmäßigen Mörder.«

Damit lachte der Turmmeister etwas weniger laut und etwas weniger fröhlich, obwohl gerade dies Volkmar wie vernichtend traf.

»Ich soll ein Mörder sein? Wer sagt das?«

»Niemand sagt das, es soll eben nur überprüft werden. Kennt Ihr einen Tilman Ruter aus Neuss?«

Die Frage war nicht nur sehr plötzlich gekommen, der Turmmeister hatte auch seine Stimme geändert. Es klang nun durchaus ungeduldig, lauernd. Volkmar wog ab, was er sagen sollte, entschied sich im letzten Moment für ein »Nein«, was immerhin dadurch gedeckt war, dass er nur den Namen, nicht aber diesen Menschen kannte. Dann hörte er sein Gegenüber schon wieder.

»Mein junger Freund, wie Ihr seht, sitzt hier kein Schreiber bei uns am Tisch. Es handelt sich also nicht um ein Verhör, sondern um ein Gespräch, durchaus kein angenehmes Gespräch, aber ein Gespräch. Ich möchte deshalb die Wahrheit erfahren, und zwar in möglichst knapper Form. Wir haben hier zwar viel Zeit, sehr viel Zeit, aber gerade in Eurem Fall möchte ich etwas schneller ans Ziel kommen als gewöhnlich. Würdet Ihr mir meine Frage also noch einmal beantworten. Kennt Ihr Tilman Ruter?«

Der Turmmeister machte ein Gesicht, das an der Deutung keinen Zweifel zuließ. Er wusste Bescheid, und Leugnen machte alles nur komplizierter.

»Ich kenne diesen Tilman Ruter tatsächlich nicht, ich meine: Ich bin ihm nie begegnet. Aber ich kenne seinen Namen, ich weiß, wer er ist.«

»Und Ihr wisst auch, dass er tot ist.«

»Ja.«

»Schön, vielen Dank. So weit wären wir also. Dann der zweite Punkt, diesmal möglichst ohne Umschweife. Ihr wisst auch, dass Tilman Ruter um eine Else Moers geworben hat, eine Jungfer aus Neuss.«

»Ja.«

Der Turmmeister nickte befriedigt darüber, dass es diesmal reibungslos weiterging, und fuhr fort.

»Und um die gleiche Jungfer werbt auch Ihr?«

»Ja, seit letztem Jahr. Wir …«

»Eins nach dem anderen«, unterbrach ihn der Turmmeister. »Wo befindet sich diese Jungfer Else im Augenblick?«

Volkmar starrte sein Gegenüber an, um herauszufinden, ob er tatsächlich auch davon wusste, sah sich dann ertappt und antwortete, ohne zu zögern:

»Sie ist in Köln, im Domhof bei den Brüdern Quentel, den Buchdruckern. Wir wollten heute zusammen nach Neuss reiten, um die Eltern über alles zu unterrichten. Else ist nämlich …«

»… geflohen, ich weiß«, unterbrach ihn wiederum der Turmmeister. »Das kommt vor, allerdings ist diese Flucht etwas merkwürdig, ja sie sieht nach Angst aus. Und Angst bekommt man immer nur nach besonderen Ereignissen. Ein Mord ist ein solches besonderes Ereignis.«

»Aber damit habe *ich* doch nichts zu tun«, meldete sich Volkmar diesmal unaufgefordert und sprach weiter, als der Turmmeister ihn nicht unterbrach. »Ich weiß zuverlässig, dass Vater Moers seine Tochter auf keinen Fall zur Ehe mit Tilman Ruter zwingen wollte, auch wenn sich die Väter einmal einig gewesen sein mögen. Das wird Moers selbst bezeugen, wenn man ihn fragt. Es gab also keinerlei Grund, den Mitbewerber aus dem Weg zu räumen.«

»Ach, junger Mann, da haben wir schon anderes erlebt, schon weniger Gründe, viel weniger Gründe, die ausreichten. Mord scheint überhaupt etwas zu sein, wozu es kaum der Gründe bedarf, viel mehr der Affekte. Eifersucht zum Beispiel ist ein solcher Affekt, auch Angst. Und wenn man sich dann plötzlich gegenübersteht …«

»Aber ich habe ihm in Zons doch gar nicht gegenübergestanden. Er hat in einer ganz anderen Herberge übernachtet.«

Volkmar bemerkte zu spät, was er da gesagt hatte. Der Turmmeister hatte urplötzlich einen anderen Gesichtsausdruck angenommen: statt Leutseligkeit am Anfang und wohlwollender Zusammenarbeit während des Gesprächs selbst nun ein eiskalter Blick, in dem nur eines zu lesen war – Verdacht. Er zögerte keinen Moment, sondern rief so laut, dass er vor der Tür vernommen werden konnte:

»Ein Schreiber, bitte!«

Kurz darauf öffnete sich die Tür, und ein junger Mann trat ein, setzte sich an das Ende des Tisches, wo Tinte, Feder und Papier bereit lagen. Der Turmmeister gab seine Anweisungen, während Volkmar wie zerschmettert war. Welche Dummheit!, warf er sich seine Äußerung vor. Jedes Erklären würde zwecklos sein. Der Turmmeister diktierte unterdessen dem Schreiber den Namen des Verhafteten sowie den Grund des Verhörs und betonte zuletzt die Tatsache, dass der junge Herr von Linn in der Mordnacht in Zons war.

»Aber nicht im ›Schwert‹, ich war im ›Himmelreich‹«, warf Volkmar ein.

»Ja, gewiss, nicht im ›Schwert‹«, sagte der Turmmeister und diktierte dem Schreiber dann Volkmars Angabe:

»Der Beklagte behauptet, in der Herberge ›Himmelreich‹ übernachtet zu haben.«

Dann brach der Turmmeister das Diktat ab und wandte sich Volkmar zu, als sei es soeben um eine harmlose geschäftliche Vereinbarung gegangen. Die Miene hatte sich wieder aufgehellt, die zeitweise starre Haltung in der ohnehin steifen schwarzen Amtskleidung war fließenden Bewegungen gewichen. Johann Wichterich schien sehr zufrieden mit dem Verlauf der Dinge und äußerte in freundlichem Tonfall:

»Das reicht für heute. Ihr bleibt im Turm, bis wir weitere Erkundungen eingezogen haben. Die erzbischöfliche Residenz wird natürlich noch heute benachrichtigt.«

Und mit einem letzten Blick auf Volkmar fügte er hinzu:

»Ach ja, die Reise nach Neuss zu den Eltern – daraus wird nun nichts. Eure Else wird jedoch ebenfalls benachrichtigt.«

Volkmar erhob sich. Der Schreiber sprang auf, eilte zur Tür und gab einem Wachmann die Anweisungen des Turmmeisters weiter, der Volkmar in Empfang nahm. Der Schreiber kehrte an seinen Platz zurück, und Volkmar hörte noch, als er sich schon im Flur befand, wie der Turmmeister jenem sagte:

»Ein seltsamer Fall, ich hätte nicht gedacht, dass etwas an der Geschichte ist. Ich hätte geschworen, die Brühler Räte wollten uns reinlegen.«

ACHTZEHNTES KAPITEL *In dem Meister Brun Johannes Trithemius wiedersieht und mit ihm trotz der peinlichen Verabschiedung in Sponheim ein überaus vertrauensvolles Gespräch führt*

Immer schon war Meister Brun die Jagd als etwas Unnatürliches, Abwegiges, Hassenswertes vorgekommen, was vielleicht im Tiefsten seiner Seele mit seinem Namen zusammenhing, der ja als »Bär« deutbar war und damit eines der beliebtesten Opfer dieser Leidenschaft bezeichnete. Dabei war es nicht die Art von Jagd, die die berufsmäßigen Jäger betrieben – dafür mundete dem guten Esser ein Rehbraten viel zu gut. Nichts auch gegen die so sehr geschätzte Wildschweinleber und all die anderen Köstlichkeiten, die es nun einmal nicht aus Ställen oder von Weiden geben konnte, nichts also gegen die gewerbliche Jagd, die die Küche bereicherte und eine Kunst war wie jede andere auch. Nein, seine Abscheu galt der höfischen Jagd, wenn die hohen Herren im Schwarm auszogen, umgeben von ihrer Meute, auf edlen Pferden mit noch edlerer Ausrüstung. Wenn alle Arbeit liegen blieb, der Tagesablauf durcheinander kam, weil ein Hirsch sich nicht hatte stellen lassen oder ein ungeübter Teilnehmer einem Eber vor die Hauer geraten war. Nichts mehr aber liebte der Kurfürst als diese nutzlose Beschäftigung. Der sparsamste aller Fürsten, der frommste Erzbischof des ganzen Reiches, ein Vorbild an Friedfertigkeit, wenn es nicht gerade um juristische Streitigkeiten mit Köln ging – er war nun einmal auch der leidenschaftlichste aller Jäger.

Für den nächsten Morgen war wieder ein großer Ausritt angekündigt, bis weit in die Eifel sollte es gehen. Aber diesmal begrüßte Meister Brun das Unterfangen, wünschte sich im Stillen, hundert Hirsche würden in die Ardennen entweichen und die Jäger hinter sich her ziehen, bis eine Rückkehr am selben Tage nicht mehr möglich wäre. Denn Johannes Trithemius war gekommen und sollte entgegen des ursprünglichen Plans für ein paar Tage bleiben. Der Abt kränkelte, die Landluft sollte ihm Linderung verschaffen, ihm zu neuen Kräften verhelfen bei all den Begegnungen am Rande des Reichstages in Köln. Und eine Form dieser Linderung sollte die Begegnung mit dem kleinen Schreiber aus Brühl darstellen, ein Gespräch über das Lieblingsthema des Abtes. Die hohen Herren hatten sich so verständigt und es Meister Brun wissen lassen. Er durfte, ja sollte Johannes Trithemius treffen, zu dem er schon einmal bis Sponheim geritten war, um einen Liebesbrief zu entziffern.

Hundertmal hatte sich Meister Brun am Tag zuvor überlegt, wie die Peinlichkeit der damaligen Begegnung übergangen werden könne. Der Abt hatte ihn erstens belogen und zweitens schlicht sitzen lassen. Einem anderen Menschen hätte Meister Brun dies in alle Ewigkeit nachgetragen, aber nicht diesem Abt, diesem großen Kenner der Geheimnisse geheimer Schriften, vielleicht dem größten überhaupt. Und möglicherweise war die damalige schlechte Behandlung heute ein Vorteil, falls sie nämlich den Abt reute. Wer konnte es wissen? Aber nun war nicht mehr viel zu überlegen. Meister Brun saß in der Brühler Franziskanerkirche und wartete darauf, dass der Abt die Messe zu Ende las. Danach wurde er erwartet. Im Augenblick trug ein Mönch die *Communio* vor, den Dankgesang, es würde nicht mehr lange dauern. Meister Brun wartete noch das »Ite, missa est«, den Friedensgruß zum Schluss, ab und verließ dann seinen Platz in der Kirche, ging in die Sakristei. Der Abt war gerade dabei, seine Messgewänder abzulegen. Meister Brun hielt sich geduldig im Hintergrund auf. Dann trat er näher.

»Da sehen wir uns ja nun so schnell wieder«, begann Trithemius, als er Meister Brun erblickte. »Seid Ihr denn damals in Sponheim weiter gekommen mit meiner *Steganographia*? Ihr hattet doch schon beim ersten Lesen einiges verstanden.«

Meister Brun war froh, den Abt so freundlich zu sehen, und erwiderte, ohne an die heiklen Ereignisse erinnern zu wollen:

»O ja, das bin ich. Auch der Liebesbrief ist inzwischen entziffert.«

Dabei biss er sich auf die Lippen, weil im klar wurde, dass der Abt jede Verbindung dieses Briefes zu seiner *Steganographia* abgestritten hatte. Aber der schien sich nicht daran zu erinnern, ging jedenfalls nicht weiter darauf ein, sondern verabschiedete sich von den Franziskanern. Danach lud er Meister Brun mit einem Wink ein, die Sakristei zu verlassen.

Vor der Kirche blieb Trithemius stehen, sah gedankenverloren in das satte Grün der hohen Buchen ringsum und wandte sich schließlich mit einem Lächeln an seinen Gesprächspartner.

»Das Alter bringt doch allerlei Beschwernisse, ich spüre es. Oder ich reise einfach zu viel. Meine Mönche in Sponheim haben es mir immer vorgeworfen, und nun sind sie so rebellisch, dass ich nicht weiß, ob ich überhaupt zurückkehren soll. Jetzt höre ich hier, dass das Schottenkloster in Würzburg verwaist ist und man mich dort liebend gerne zum neuen Abt wählen würde. Ich könnte also von Sponheim weggehen. Nur, was mache ich mit meiner Bibliothek? Meine Mönche, die jedes Buch unchristlich verflucht haben, das ich damals kaufte, werden schon aus Rache nicht ein einziges herausrücken. Dabei liegen dort Schätze, die heute kaum noch jemand zusammentragen könnte. Es gibt eben immer mehr Gelehrte, immer mehr von der Sorte, die statt auf die Wildschweinjagd auf die Bücherjagd gehen. Da wird leicht das Revier ausgeschossen, wie die Jäger sagen würden. Na, seien wir froh, dass wir beide uns über Bücher unterhalten können und nicht über diese Leidenschaft, der sogar Kurfürsten zum Opfer fallen.«

»Aber dieser Kurfürst interessiert sich doch auch für Bücher. Ich dachte, Ihr seid deshalb hier.«

»Ja, das auch, aber das betrifft mehr seine Räte. Der Kurfürst hat mich in erster Linie eingeladen, weil ich zu den Vertretern der Klosterreform gehöre, genauer gesagt: der Union der Bursfelder Observanz. Wir Benediktiner haben alle zwei, drei Jahrhunderte offenbar eine ordentliche Reform nötig. Denkt nur an die glorreichen Zeiten von Hirsau. Jetzt ist es wieder so weit, die Zucht hat gelitten, ich will das nicht näher ausführen. Dabei setzt der Kurfürst eigentlich mehr als auf uns Benediktiner auf die Franziskaner. Diese Kirche hier, in der wir gerade waren, ist von ihm errichtet, ja er hat einen Gang bauen lassen, von dem aus er das Gotteshaus direkt von der Residenz aus erreichen kann. Ihn begeistert natürlich der Gründer des Ordens, der heilige Franz von Assisi. Seine Urahnin, die heilige Elisabeth von Thüringen, war bekanntlich glühende Verehrerin des Italieners. Man kann die Anhänglichkeit also verstehen.«

Meister Brun wurde allmählich unruhig, weil er sich das Gespräch anders vorgestellt hatte. Er suchte eine Überleitung zur Kunst der Geheimschrift, fand aber nicht den geringsten Ansatz. Trithemius schien jedoch die Gedanken seines Gesprächspartners gelesen zu haben.

»Mein lieber Meister Brun, ich erzähle lauter Dinge, die Euch wohl kaum besonders interessieren. Gehen wir doch in Euer Reich. Erstens sehe ich mich gerne einmal bei meinen Konkurrenten um, und zweitens kommen wir dort von ganz alleine auf die Dinge, über die Ihr zweifellos mit mir sprechen wollt.«

Meister Brun war erleichtert, ja begeistert. Er verwies zwar auf die Abgelegenheit seines »Verlieses«, machte auch auf die Kälte unter der Erde aufmerksam, die dem Abt möglicherweise nicht wohl tue. Trithemius jedoch bestand auf dem Vorschlag. So betraten die beiden eine fast ausgestorbene Residenz und verschwanden in Gängen und Treppenhäusern, wo Meister Brun zuletzt eine Kerze nahm und in die Tiefe stieg. Trithemius folgte immer dicht hinterher.

In seinem Arbeitszimmer angelangt, entzündete Meister Brun weitere Kerzen auf dem großen Schreibtisch, womit es nicht nur heller, sondern auch wohnlicher wurde. Die hellen Wände warfen den Schein zurück, sodass man sich fast über der Erde wähnte.

»Das hier ist wirklich ganz allein mein Reich«, sagte Meister Brun gerade und beobachtete Trithemius dabei, wie er die Papiere musterte und mit einem Lächeln die Drehscheibe entdeckte.

»Wenn das Alberti noch sehen könnte, wie seine Drehscheibe ganz Europa erobert hat.«

Und mit einer plötzlichen Kehrtwendung fuhr Trithemius fort.

»Mir tut es übrigens nachträglich Leid, dass ich Euch damals sitzen ließ. Ihr müsst wissen, dass mich in den letzten Jahren viele Leute besucht und hinterher nur kritisiert, ja verschrien haben. Bei dem Liebesbrief war es etwas anderes. Ich wollte nicht, dass Ihr ihn versteht, weil ich den Absender kannte. Ich las natürlich die geheime Botschaft, die Aufforderung an eine Frau, ihre Eltern zu verlassen. Ich wollte nicht mehr an diese Dinge rühren.«

Meister Brun rang mit sich, ob er die jüngste Entwicklung vorbringen sollte, und entschied sich dann dafür, zunächst einmal abzuwarten. Stattdessen stellte er eine Frage:

»Habt Ihr eigentlich weiter an der *Steganographia* gearbeitet? Ich meine: Existieren mittlerweile mehr als die drei Bücher, die allgemein bekannt sind?«

Trithemius war auf den Schreibtisch zugegangen und schaute sich in den Papieren um, nahm verschlüsselte Briefe zur Hand und lächelte wieder. Er schien nicht verstanden zu haben, als er zurückfragte:

»Das hier ist von den Kölnern? Sie chiffrieren tatsächlich noch mit Cäsar-Verschiebung?« Und nach einem Moment des Schweigens: »Ob ich weiter gearbeitet habe? Ja, durchaus. Es wird noch ein weiteres Werk in sechs Büchern folgen. Ich suche gerade jemanden, dem ich es widmen kann. Man hat immer Gönner nötig, aber nicht jeder mag diese Kunst. Am liebsten wäre mir natürlich König Maximilian. Ihr werdet das für Euch behalten, weil Maximilian hier in Brühl im Augenblick kein großer Freund ist – er paktiert mit dem Kölner Rat. In Maximilians Kanzlei interessiert man sich mit Abstand am meisten für Fortschritte auf diesem Gebiet.«

»Wird es sich denn wieder um Steganographie handeln oder tendiert es mehr in Richtung Kryptographie?«

Trithemius unterbrach seine Suche auf dem Schreibtisch und musterte Meister Brun.

»Ihr habt also das zweite Buch der *Steganographia* verstanden? Gratuliere, das ist bislang wenigen gelungen. Ich nehme an, wenigstens das dritte ist Euch ein Rätsel geblieben.« Trithemius lachte diesmal laut. »Das hat meinen Ruf am meisten geschädigt. Ich dachte, ich hätte Euch in Sponheim nur das erste Buch zu lesen gegeben.«

Meister Brun wusste nicht, was er sagen sollte, schwieg und war glücklich, als Trithemius die fehlende Antwort überging und weiter sprach:

»Na ja, wenn einmal die sechs folgenden Bücher – ich werde sie *Polygraphia* nennen – veröffentlicht sind, wird es mit meinem Ruf wohl wieder bergauf gehen.«

Meister Brun brannte darauf, Näheres zu erfahren, und fürchtete, Trithemius habe seine Frage nach dem Charakter des neuen Werkes nicht mehr in Erinnerung. Aber der fuhr munter fort:

»Wo Euch so wenig entgeht, kann ich Euch das Geheimnis der neuen Bücher wohl anvertrauen. Polygraphie bedeutet ja so viel wie die Lehre von vielen Schriften. Genau genommen handelt es sich um viele Alphabetreihen, mit denen man auf geheime Weise Schriften herstellen kann.«

Damit nahm Trithemius eine Feder, tauchte sie ins Tintenfass, langte nach einem Zettel, schaute Meister Brun fragend an, der eifrig nickte, und schrieb los:

Cave tibi ab isto viro, quia fur est et nequam pessimus: Hüte dich vor diesem Menschen, denn er ist ein Verräter und ein einziger Taugenichts.

»Das übliche Beispiel, wie Ihr seht, aber es genügt für eine Demonstration. Wie verberge ich diese Botschaft? Indem ich für jeden Buchstaben ein Wort einsetze. Zum Beispiel so.«

Damit schrieb Trithemius flüssig los:

Conditor clemens discernens mundana, insinuet expetentibus amoenitatem seraphicam cum omnibus sanctis suis in coelis. Amen. »Der milde Schöpfer, der über alle Welt urteilt, offenbart denen, die es verlangen, engelsgleiche Lieblichkeit mit allen seinen Heiligen im Himmel. Amen.«

Dann schaute er Meister Brun an, lachte übers ganze Gesicht, besonders, als er die verzweifelten Bemühungen seines Gesprächspartners sah, das Geheimnis zu lüften, und sagte dann:

»Ach, Meister Brun, Ihr könntet diesmal Zeit haben bis zum Ende Eurer Tage. Ich glaube nicht, dass Ihr es herausfinden würdet. Dabei ist es im Grunde ziemlich einfach. Nehmt dieses erste Wort *cave*. Es besteht aus vier Buchstaben: dem C, dem A, dem V und dem E. Und nun denkt Euch eine Alphabetreihe von A bis Z. Zu jedem dieser Buchstaben gibt es ein Wort, und zwar ein Synonym zu ›Gott‹. Ich schreibe Euch einmal die erste Reihe auf:

A *Deus*, Gott
B *Creator*, Schöpfer
C *Conditor*, Stifter
D *Opifex*, Werkmeister
E *Dominus*, Herr
F *Dominator*, Beherrscher
G *Consolator*, Tröster
H *Arbiter*, Gebieter
I *Iudex*, Richter
K *Illuminator*, Erheller
L *Illustrator*, Erleuchter
M *Rector*, Leiter

N *Rex*, König
O *Imperator*, Kaiser
P *Gubernator*, Lenker
Q *Factor*, Erschaffer
R *Fabricator*, Bildner
S *Conseruator*, Erhalter
T *Redemptor*, Erwecker
V *Auctor*, Urheber
X *Princeps*, Führer
Y *Pastor*, Hirte
Z *Moderator*, Helfer
W *Saluator*, Erlöser

Der erste Buchstabe von *cave* ist ein C. Ich gehe also in der ersten Alphabetreihe zum C. Welches Wort steht dort?«

»*Conditor.*«

»Eben. Also schreibe ich auf: *Conditor*, was ja ein passables Synonym für Gott darstellt. Nun muss ich den zweiten Buchstaben von *cave* unterbringen, das A. Dazu brauche ich eine zweite Alphabetreihe, die ich Euch ebenfalls aufschreibe:

A *clemens*, mild
B *clementissimus*, mildester
C *pius*, heilig
D *piissimus*, heiligster
E *magnus*, groß
F *excelsus*, hervorragend
G *maximus*, größter
H *optimus*, erhaben
I *sapientissimus*, weisester
K *inuisibilis*, unsichtbar
L *immortalis*, unsterblich
M *aeternus*, ewig
N *sempiternus*, immer während
O *gloriosus*, glorreich
P *fortissimus*, tapferster
Q *sanctissimus*, heiligster
R *incompraehensibilis*, unfassbar

S *omnipotens*, allmächtig
T *pacificus*, friedfertig
V *misericors*, gnädig
X *misericordissimus*, gnädigster
Y *cunctipotens*, mächtig
Z *magnificus*, hochherzig
W *excellentissimus*, herausragendster

Aus dieser Reihe brauche ich das A, also *clemens*. Dann muss ich das V und das E unterbringen, und zwar aus wieder neuen Alphabetreihen, die ich jetzt nicht auswendig im Kopf habe. Ich weiß nur noch, dass zum V das Wort *discernens*, zum E das Wort *mundana* gehört – und schon habe ich mein *cave* fertig. Bei den weiteren Wörtern geht es genauso. Merkt Ihr nun, worauf dies alles hinausläuft?«

Meister Brun war begeistert:

»Natürlich, es entsteht ein verständlicher Text, weil alle Wörter der ersten Alphabetreihe irgendwie ›Gott‹ bedeuten, alle Wörter der zweiten Reihe eine göttliche Eigenschaft wie etwa die Milde ausdrücken. Dann wird wohl irgendwann ein Verb kommen, das etwas von diesem ›milden Gott‹ aussagt, zum Beispiel, dass er etwas erweist. Ob ich dabei sage ›Der milde Gott erweist ...‹ oder ›Der gnädige Schöpfer teilt zu ...‹ oder was sonst – es klingt immer nach einem flüssigen Text, nach einem Gebet.«

Nach einem kurzen Moment des Besinnens fuhr Meister Brun fort:

»Aber man braucht doch dann für einen Text von, sagen wir, hundert Buchstaben auch hundert Alphabetreihen, jede Reihe mit vierundzwanzig Synonymen.«

»Warum tretet Ihr nicht in mein Kloster ein, Meister Brun? Ihr versteht so schnell. Natürlich, man braucht hundert Alphabetreihen, hundertmal vierundzwanzig Synonyme. Bei dem Wort ›Gott‹ geht das recht flüssig, aber ich kann Euch sagen: Auf die Dauer wird die Erfindung schwierig, ich habe gelitten. Und ich habe nicht hundert Alphabetreihen erfunden, sondern genau dreihundertvier. Damit lassen sich Texte der Länge von dreihundertvier Buchstaben, oder anders ausgedrückt: etwa fünf Zeilen, verschlüsseln. Bei längeren Texten müsste man dann wieder von vorn beginnen.

Trithemius machte eine Pause, Meister Brun starrte auf die Beispiele, die vor ihm lagen. Da fuhr Trithemius fort:

»Und so kann man dann weiter machen. Ich habe weitere Alphabetreihen erfunden, zum Beispiel Reihen mit fingierten Ausdrücken, die viel leichter zu finden sind als Synonyme, dafür natürlich den Charakter des Geheimtextes offenbaren. Außerdem bin ich dabei, mit alten und vergessenen Alphabeten zu arbeiten, mit Buchstaben aus karolingischer Zeit zum Beispiel, die man in alten Codices findet. Darüber hinaus habe ich mit Zahlen für Buchstaben gearbeitet wie schon im dritten Buch meiner *Steganographia*. Ich habe es nur etwas einfacher gemacht und Reihen gebildet wie die folgende.«

Damit schrieb Trithemius auf ein Blatt Papier:

a	b	c	d	… z
6	7	8	9	… 30

»Die Reihe beginnt also nicht mit der Eins, sondern mit der Sechs, sodass man die Zahlen von Eins bis Fünf nach Belieben einstreuen kann, um mögliche Entzifferer damit zu verwirren. Erst ab der Sechs haben die Zahlen also Bedeutung, und zwar dann fortlaufend vom A bis zum Z. Dabei benutze ich nicht eine einzige Reihe, sondern insgesamt neunzehn. Die erste Reihe beginnt also mit dem A = sechs, die zweite mit A = sieben, die dritte mit A = acht, die neunzehnte und letzte mit A = vierundzwanzig. Alle diese Reihen müssen natürlich einem Empfänger klar sein, was statt mit Geisternamen mit astrologischen Zeichen signalisiert wird. Die ersten zwölf Reihen werden mit den Symbolen für die Tierkreiszeichen bedacht, sodass die Reihe mit A = sechs als Widder-Reihe erscheint. Für die letzten sieben Reihen stehen die Planetensymbole – deshalb gibt es übrigens diese neunzehn Reihen, darüber hinaus fehlen ja weitere astrologische Zeichen. Wenn nun ein Entzifferer einen solchen Zahlentext vor sich hat und nicht weiß, welche Reihe gemeint ist, kann die Sieben entweder für das B der ersten Reihe oder für das A der zweiten stehen. Bei der Neunundzwanzig sind die Möglichkeiten dann schon neunzehnfach. In der ersten Reihe bezeichnet die Neunundzwanzig den letzten Buchstaben, in der zweiten den vorletzten, in der dritten den vorvorletzten und so fort. Ihr könnt Euch den Rest denken. Die Siebzehn zum Beispiel kann alle Buchstaben von A bis M bedeuten. Welcher es wirklich sein soll, wird vom astrologischen Symbol festgelegt. Man kann also mitten im Text zwischen den Reihen wechseln, weil der

Empfänger aufgrund des Symbols Bescheid weiß. Dabei haben diese Tierkreis- und Planetensymbole noch den Vorteil, dass ein möglicher Entzifferer glaubt, er habe es mit magischen Beschwörungen zu tun. Gut, nicht wahr? Diese Zeichen, die den entscheidenden Wink geben, welche Zahl das A bedeutet, werden von den Entschlüsselern als Geheimzeichen glatt übersehen!«

Trithemius schrieb einige Beispiele aufs Papier:

	a	b	c	d	e	f	g	h	i	…
♈	6	7	8	9	10	11	12	13	14	…
♉	7	8	9	10	11	12	13	14	15	…
♊	8	9	10	11	12	13	14	15	16	…
♋	9	10	11	12	13	14	15	16	17	…
♌	10	11	12	13	14	15	16	17	18	…

Trithemius brach ab.

»Ihr werdet verstehen, dass ich einiges für mich behalte, außerdem ist es nicht fertig – mir fehlt im Augenblick die Zeit. Ich habe übrigens längst zu jedem Buch Hinweise verfasst, in denen das Wirken der einzelnen Schlüssel beschrieben ist. Mit solchen Hinweisen hättet Ihr es damals in Sponheim einfacher gehabt, obwohl auch die noch von vielen missverstanden werden.«

Meister Brun nickte anerkennend, fühlte sich ohnehin weit besser informiert, als er zu hoffen gewagt hatte. Dann schoss ihm ein Gedanke durch den Kopf, bei dem er nicht wusste, wie er ihn ausdrücken sollte, weil er Kritik enthielt. Erst nach einer Weile begann er zögernd:

»Ihr dürft mich nicht falsch verstehen, wenn ich eine Frage formuliere. Ich kann mich vor Bewunderung Eurer Kunst kaum fassen. Und doch sehe ich ein Problem. Es geht ja immer um den Gedankenaustausch zwischen Absender und Empfänger. Beide müssen den Schlüssel zum Geheimtext besitzen, beide zum Beispiel über die Alphabetreihen verfügen. Wenn man nun …«

Trithemius winkte ab.

»Ja, wenn man ohne diese Vereinbarung auskäme! Ich weiß. Vereinbarungen kann man stehlen oder aus jemandem herauspressen. Merkt Ihr denn nicht, dass ich deshalb so großen Wert auf die Steganographie lege? Mein Weg, das Problem zu lösen, liegt darin, es nicht offenbar werden zu lassen. Ich versuche, das Feuer zu erfinden, das keinen Rauch entwickelt. Ihr könnt Euch ja daran versuchen, ein Feuer zu erfinden, das ohne Material brennt und keine Asche hinterlässt. Ich weiß, was ihr sucht: eine Verschlüsselung, bei der man den Schlüssel nicht aus der Hand geben muss. Aber das dürfte schwierig werden.«

Nach einem Augenblick der Stille, in dem Meister Brun den Worten des Abtes nachsann, fuhr dieser fort:

»Lasst uns nun wieder ans Tageslicht zurückkehren. Ich brauche etwas Ruhe, ich bin nicht ganz gesund, fühle mich schwach. Und falls dem Kurfürsten die Hirsche und Wildschweine nicht doch weglaufen, werden wir schon bald die Hörner hören, die die Rückkehr ankündigen. Dann könnte auch für mich wieder der Moment da sein, wo ich über anderes reden muss als über Steganographie. Dieses Gespräch hier bei Euch hat mir durchaus wohlgetan. Schon die Umgebung unter der Erde gefällt mir, auch wenn dies für meine schmerzenden Glieder nicht unbedingt gilt.«

Und nach einem Augenblick der Besinnung fuhr er fort:

»Ihr habt mir doch meine Kurzangebundenheit in Sponheim verziehen?«

Meister Brun beeilte sich, es zu bekräftigen. Dann löschte er die Kerzen auf seinem Schreibtisch und schritt voran auf dem Weg nach oben.

NEUNZEHNTES KAPITEL *In dem Volkmar im Bayenturm Besuch von seinem Freund Peter Quentel bekommt, wobei dieser kühne Pläne schmiedet*

Kahle Wände, ein kleines Fenster, das jedoch genügend Licht hereinließ, wenn es geöffnet war. Unter dem Fenster befand sich ein Tisch mit einem Stuhl, auf der gegenüberliegenden Seite die Tür, dazwischen, an der rechten Wand, das Bett. In der Mitte zur linken Seite hin war der Raum leer, gestattete einige Schritte hin und her zu gehen, auch einen Kreis zu durchmessen, wenn man wollte. Der Boden war aus Holz, aus kräftigen Dielen, genauso wie die Decke. Eigentlich keine schlechte Behausung, wenn man davon absah, dass sie mehr als spartanisch eingerichtet war. Wenn man weiter davon absah, dass das Fenster mehrere Geschosse über dem Boden lag, der Boden eigentlich nur aus Steinquadern bestand, die zum Bollwerk des Turms gehörten, der von außen möglichst uneinnehmbar sein sollte. Und wenn man schließlich vor allem davon absah, dass die Tür fest verschlossen war, von außen, während es innen nicht einmal den kleinsten Riegel gab. Es handelte sich mit anderen Worten um die Zelle, die Volkmar seit zwei Tagen im Bayenturm bezogen hatte, wo es ihm ansonsten an nichts fehlte. Morgens und abends wurden Mahlzeiten gereicht, für seine Bedürfnisse stand ein Topf zur Verfügung, den ein Wärter regelmäßig leerte.

An diesem Vormittag hatte Volkmar die Begegnung mit dem Wärter bereits hinter sich. Er war gerade dabei, seine Kreise zu drehen, um seine Gliedmaßen beweglich zu halten, als er ein Geräusch vor der Tür hörte: zuerst Schritte, dann das Drehen des Schlüssels, das Ächzen der Türangeln. Peter Quentel stand vor ihm.

»O Gott, Peter, hast du Nachrichten?«, überfiel Volkmar den Freund, der ihn statt aller Worte zuerst einmal in seine Arme schloss und kräftig an sich drückte.

»So sag doch etwas, Peter, wie geht es Else?«, fuhr Volkmar fort, als sich die Arme lösten.

»Sofort, Poppo«, begann Peter, »und alles der Reihe nach. Wir haben doch erst vorgestern die Nachricht erhalten. Gestern konnte ich nicht herkommen, wir hatten in der Druckerei alle Hände voll zu tun. Außerdem wollte Else dich sprechen, aber man hat sie nicht vorgelassen. Deshalb bin ich erst jetzt hier. Wie geht es dir denn? Ist hier alles in Ordnung?«

»Lass doch diese Unwichtigkeiten, natürlich ist alles in Ordnung. Sie behandeln mich gut, hier wird jeder gut behandelt. Aber mir droht der Frankenturm, du weißt, was das heißt.«

»Aber du kannst doch unmöglich der Mörder dieses Ruter sein. Else hat mir genau erzählt, was vorgefallen ist. Du hast doch in einer ganz anderen Herberge übernachtet. Und außerdem weiß niemand davon.«

»Genau diese Nacht wird mich noch Kopf und Kragen kosten. Ich habe mich verplappert und zugegeben, dass ich dort war – ich weiß auch nicht, wie mir das passieren konnte. Sie werden niemanden fragen, wo ich übernachtet habe. Auch nicht den Wirt, ob ich etwa die Herberge verlassen habe oder nicht. Sie werden stattdessen mich fragen – allerdings auf der Streckbank. Verstehst du nicht? Ich bin verloren, denn ich weiß jetzt schon, dass ich gestehen werde. Du würdest es vielleicht länger aushalten. Ich nicht, ich bin für Schmerzen dieser Art nicht geschaffen. Ach, Peter, du wärest besser nicht hierher gekommen. Es gibt keinen Ausweg.« Und nach einer Weile fügte er hinzu: »Erzähl mir von Else.«

Peter setzte sich auf die Bettkante, versuchte seinen Freund zu beruhigen.

»Noch ist nichts verloren, Poppo, du musst mich nur einmal in Ruhe überlegen lassen.«

»Nun sag doch, wie es Else geht.«

»Else geht es gut, aber es geht ihr auch schlecht, weil sie Sorgen hat und aus den Grübeleien nicht herauskommt. Sie ist jedoch gefasster als du und macht wenigstens Pläne.«

»Welche Pläne?«

»Sie will zum Vater dieses unglücklichen Ruter gehen. Sie will, dass *er* etwas für dich tut. Genau habe ich es auch nicht verstanden. Aber sie glaubt wohl, dass es irgendwelche Unstimmigkeiten in den

Abläufen geben muss, die den Verdacht von dir nehmen. Es kann außerdem nicht angehen, dass der Mörder in nichts aufgefallen ist. Außerdem spielen eure Briefe eine Rolle, ich weiß auch nicht genau, welche. Wir hätten unsern Freund Dietrich nie bitten dürfen, deine Briefe zur Kölner Post zu legen. Wenigstens *das* wissen die Kölner noch nicht, dass es diese unrechtmäßige Beförderung gegeben hat. Sonst werden sie sich auch noch rächen wollen.«

»Aber wie soll denn der Vater des Ermordeten helfen?«

»Poppo, ich weiß es nicht. So hab doch nur Geduld. Du hörst doch, dass wir uns alle Mühe geben, etwas zu tun. Und Else gibt sich wohl die größte Mühe. Wenn dabei nichts herauskommt ...«

Peter unterbrach sich, stockte im Auf- und Abgehen und sah seinen Freund starr an.

»... dann müssen wir es eben ganz anders anfassen.«

»Was meinst du damit?«

»Ach, Volkmar, du hältst keine Schmerzen aus und bist auch sonst nicht besonders weltkundig. Muss ich dir denn die einfachsten Sachen erklären? Es gibt Geld, und es gibt Bestechung. Mein verstorbener Vater hat es mit seinem Buchdruck zu etwas gebracht. Er ist ein reicher Mann geworden, wenn auch das meiste nicht von ihm, sondern von meiner Mutter stammt, die unter anderem das große Haus im Domhof in die Ehe eingebracht hat. Wir drei Brüder sind also nicht unvermögend, und die beiden älteren, Johann und Severin, werden mir auch helfen, zumal Johann deine Else mehr als hoch schätzt. Hier im Bayenturm ist es etwas schwierig, aber wenn sie dich tatsächlich überführen sollten, könnte man etwas einrichten. Ich habe da so meine Verbindungen, die ich noch nie ausprobiert habe, aber jetzt ...«

»Das wird niemals gehen, nein, das glaube ich nicht«, unterbrach ihn Volkmar in einem Ton der Resignation. »Und außerdem werden sie dann noch fester von meiner Schuld überzeugt sein. Nein, Peter, schlag dir das aus dem Kopf. Dann glaube ich eher an Elses Plan, auch wenn ich mir nicht vorstellen kann, wie dabei etwas herauskommen soll.«

Für einen Augenblick kehrte Stille ein. Peter trat ans Fenster, als wolle er auch hier eine Fluchtmöglichkeit abschätzen. Volkmar warf sich auf sein Bett und starrte die Decke an.

»Wenn ich wenigstens wüsste, wer mich hierher gebracht hat. Es gibt da einen Schreiber beim Erzbischof, aber nicht in der Kölner, sondern in der Brühler Residenz. Meister Brun nennt er sich. Irgendwie muss es mit ihm zusammenhängen. Er hat diesen Brief in die Hände bekommen, den ich Else geschickt hatte und in dem drinstand, dass sie ihre Eltern verlassen und nach Köln kommen soll, um der Verheiratung mit Tilman Ruter zu entgehen, und in veränderter Form weitergeleitet, weil er sich für die Geheimschrift interessierte – du weißt: Das betrifft meine alte Geschichte mit Abt Johannes. Er wusste also, dass ich mit Else in Verbindung stehe und Else diesen Ruter abgewiesen hat. Daher stammt für die Kölner mein Mordmotiv. Inzwischen habe ich mit Meister Brun ein ausführliches Gespräch gehabt, in dem ich ihm alles über die Geheimschrift von Abt Johannes gesagt habe, was er wissen wollte. Nichts anderes beschäftigte ihn. Meister Brun kann also unmöglich hinter meiner Verhaftung stecken. Er hat keinen Vorteil davon, keinen Grund zur Rache, rein gar nichts. Und doch gibt es keinen Zweifel. Außer dir und Dietrich weiß nur er von meiner Verbindung nach Neuss. Da du ja wohl ausscheidest und Dietrich ebenfalls keinerlei Grund hat, bleibt nur er übrig. Aber auch er hat keinen Grund.«

Volkmar erhob sich von seinem Bett und schaute Peter fest an.

»Du hast mir doch zugehört?«

»Ja, natürlich habe ich zugehört. Aber was soll ich denn sagen? Ich kenne deinen Meister Brun nicht, ich kenne nur Dietrich. Dietrich hat kein Motiv, jedenfalls keines, das ich kenne. Aber Dietrich ist seit Wochen nicht mehr in Köln. Ich weiß nicht, ob ich es dir sagen soll: Er ist seit den Ereignissen in Zons nicht mehr in Köln. Und Dietrich – das weißt du selbst – ist ein sehr kräftiger Mann, der mit einem Tuchhändler wohl zurechtkäme.«

Volkmar wirkte wie vernichtet.

»Um Gottes willen, was soll denn noch alles an Widersinnigkeiten herauskommen?«

Peter schüttelte den Kopf, ohne etwas zu sagen. Dann knüpfte er noch einmal an seine Vermutung an.

»Ich meine ja nur. Vielleicht ist es Dietrich hier auch nur unangenehm, weil er irgendetwas weiß. Wenn er zum Beispiel ebenfalls damals in Zons gewesen sein sollte …«

Volkmar winkte energisch ab.

»Nein, nicht Dietrich. Es muss etwas vorgefallen sein, wovon wir uns keine Vorstellung machen. Deshalb drehen wir uns auch im Kreis und verdächtigen zum Schluss die unmöglichsten Personen. Ich glaube, ich brauche einfach etwas Ruhe, um weiterzukommen. So unsinnig es klingt: Ich finde hier keine Ruhe. Ich finde nur Qual, Selbstquälerei. Und dann die Sehnsucht nach Else, die so nah und doch so fern ist. Wenn man sie wenigstens ein einziges Mal vorließe.«

Peter trat auf Volkmar zu und nahm in noch einmal in die Arme. Er flüsterte ihm ins Ohr:

»Du wirst sie wiedersehen, glaube es mir. Zwinge dich vorläufig zur Ruhe. Und verhalte dich unauffällig. Else wird etwas unternehmen und ich auch. Ich gehe jetzt. Aber ich komme wieder, wenn ich etwas erreicht habe.«

Als die Tür wieder ins Schloss gefallen war, brach Volkmar in Tränen aus. Er trat ans Fenster, durch das die Sonne über den Rhein hereinschien. Aber die Welt verschwamm vor seinen Augen.

ZWANZIGSTES KAPITEL *In dem Meister Brun einen Traum hat und sich in frühester Frühe zu Trithemius auf den Weg macht, um ihm diesen zu erzählen*

Meister Brun war ein guter Schläfer. Schon oft hatte er das Angelusläuten am frühen Morgen überhört. Aber in dieser Nacht kam er nicht zur Ruhe, auch wenn er sich mit seinem ganzen Gewicht immer wieder von der einen auf die andere Seite wälzte. Die Gedanken an das Gespräch mit Trithemius ließen ihn nicht los. Immer wieder ging er die Möglichkeiten durch, die sich ihm eröffnet hatten. Immer wieder stellte er sich die Frage, welche Folgen es haben würde, wenn der Abt seine Gedanken zu veröffentlichen gedachte. Würde es dann weniger Geheimnisse geben, weil niemand sich vor der Entdeckung sicher sein könnte? Oder eher mehr, weil jeder teilhaben wollte an dieser Welt des geheimen Nachrichtenflusses?

Als Meister Brun glaubte, Mitternacht müsse längst vorüber sein, wollte er aufstehen. Er hatte in Gedanken einige Synonymreihen in deutscher Sprache erprobt, verlor jedoch immer wieder den Faden, wenn er seine Beispiele durchzählte. Bei »Jäger« hatte er früh resigniert, weil er über vier Synonyme nicht hinauskam, was also nur die ersten vier Buchstaben abdeckte:

A Jäger
B Waidmann
C Förster
D Schütze

Beim Verb »essen« war er sich sicher, die Vierundzwanzigergrenze erreicht zu haben. Aber als er aus dem Bett aufstand und die Verben aufschrieb, stellte er enttäuscht fest, dass es nur achtzehn waren und ihm auch bei weiterem Nachdenken nichts mehr einfiel. Es reichte also nur bis zum S:

A essen
B speisen
C tafeln
D schmausen
E löffeln
F schlemmen
G prassen
H mampfen
I schlingen
K verzehren
L genießen
M knabbern
N naschen
O frühstücken
P vespern
Q aufessen
R herunterschlingen
S verspeisen

Meister Brun legte sich enttäuscht wieder ins Bett, während die Achtung vor Trithemius ins Uferlose stieg. Über dreihundert Reihen mit je vierundzwanzig Synonymen auf Latein – nicht auszudenken! Wenn er ihn nur noch einmal sprechen könnte!

Aber *ein* Problem hat Trithemius *nicht* gelöst, sagte sich Meister Brun zum Trost: die Vereinbarung des Schlüssels. Dabei hat er es als Problem durchaus erkannt, er ist mir ins Wort gefallen, als ich es ansprach. Texte in Schlüsseln zu verschicken, die dem Empfänger nicht bekannt sind, scheidet aus. Jeder Empfänger müsste einen Spezialisten haben, der unter Umständen lange brauchte, um den Schlüssel herauszufinden. Gerade bei geheimen Botschaften aber ist Eile geboten. Schon bei der *Polygraphia*, bei der Verwendung der Synonymreihen, hatte Meister Brun seine Bedenken. Man musste in dicken Lexika jedes Wort nachschlagen, um herauszufinden, welchem Buchstaben es entsprach. Im Grunde war es nur eine etwas aufwändigere Verschlüsselung mit willkürlichen Buchstaben: Statt für A ein B und für B ein M zu nehmen, wurden eben für A und B Wörter aus den Synonymreihen genommen. Allerdings für jeden Buchstaben aus einer eigenen Reihe! Das bedeutete eben doch eine erhebliche Erschwerung. Statt eines einzigen Geheimalphabets bekam der Entschlüsseler, falls er das Prinzip erkannte, es mit Hunderten von Synonymreihen zu tun. Trithemius hatte dabei vorgesehen, mithilfe seiner Tierkreis- und Planetensymbole zwischen diesen Reihen zu springen. Das würde freilich einen sehr komplizierten Schlüssel ergeben. Ließ er sich überhaupt noch handhaben?

Meister Brun zog sich die Decke bis zur Nasenspitze hoch, um wieder warm zu werden, nachdem er vom Schreibtisch in sein Bett zurückgekehrt war. Dann beschloss er, alle Gedanken an geheime Botschaften zu verscheuchen. Er dachte an Volkmar, den entsprungenen Novizen, der miterlebt hatte, wie Trithemius seine *Steganographia* entwickelte. Warum war er wohl entflohen? Jetzt hatte er eine Braut, die er entführen wollte. Ob sie wirklich kommen würde? Er hatte den Brief in diesem Punkt nicht geändert, nur den Namen des Nebenbuhlers wissen wollen. Es hätte ja sein können, dass ins Postskriptum noch irgendeine Art von Falle eingebaut war, die den Empfänger warnen würde, dass der Brief nicht vom richtigen Absender stammte. Aber so war es nicht gewesen. Else hatte zurück geschrieben, und er, Meister Brun, war sich damit sicher, dass er alles richtig gedeutet hatte. Der große Triumph! Die Betrogenen selbst bestätigten den Betrug! Er war eingebrochen wie ein Dieb in ein Haus, in dem er sich bedienen konnte. Ja, mehr noch als ein gewöhnlicher Dieb, der sich in Acht nehmen muss vor der Entdeckung, davor, Spuren zu hinterlassen. Es war, als würde er sich in einem fremden Haus unter den Bewohnern wie ein Geist bewegen, den niemand sehen konnte. Meister Brun schwelgte im Glück.

Aber dann fuhr es ihm durch den Kopf: Er hatte den Räten von Volkmar erzählt, die ganze Intrige wiedergegeben. Was wäre, wenn die Räte sich wichtig machen und die Sache weitererzählen würden? Wenn alles den Kölnern zu Ohren käme? Ob man Volkmar daraufhin verhaften könnte? Er war immerhin in Zons gewesen, am Ort des Mordes. Ob er vielleicht doch den Nebenbuhler umgebracht hatte? Im Wirtshaus war es ihm anders erschienen. Volkmar war verliebt, gewiss, aber doch ein harmloses Bürschchen, dem man rasch Angst einflößen konnte. Er hatte alle Geheimnisse ausgeplaudert, um an Elses Brief zu kommen, es nicht mit Drohungen versucht, schon gar nicht mit Gewalt. Warum hatte er ihn, Meister Brun, nicht in einen dunklen Winkel am Rheinufer gelockt, um auf ganz andere

Weise an den Brief zu kommen? Nein, in allen Punkten das reine Gegenteil. Volkmar war gewiss unschuldig. Nur kann auch der Unschuldigste in Schwierigkeiten kommen, wenn erst einmal ein Verdacht da ist. Und die dumme Äußerung den Räten gegenüber hatte den Verdacht auslösen können. Ob er die Räte noch einmal aufsuchen sollte? Aber Meister Brun verwarf den Gedanken. Allmählich zogen die Bilder weniger rasch an seinem inneren Auge vorüber, versetzten ihn in weniger Sorge, kamen endlich ganz und gar zum Stehen. Meister Brun war eingeschlafen.

Da gerieten die Bilder erneut in Bewegung, ganz andere Bilder tauchten auf, höchst seltsame. Meister Brun sah im Traum zwei Männer, die weit weg voneinander in verschiedenen Häusern saßen. Es waren starre Figuren, die abwechselnd und nur für ein paar Handgriffe in Bewegung kamen. Der eine Mann hatte eine kleine Kiste vor sich stehen, aus dicken Brettern mit eisernen Beschlägen. Gerade streifte er einen kostbaren Ring von seinem Finger und legte ihn in die Kiste, die innen mit feinem Samt ausgeschlagen war. Er klappte den Deckel zu und nahm irgendwoher ein schweres Schloss. Dieses Schloss hängte er an starke Ösen, drehte einen langen Schlüssel um und steckte den Schlüssel in seine Tasche. Dann rief er einen Boten, sagte etwas Unverständliches und versank in einen schlafähnlichen Zustand.

Der Bote nahm die Kiste unter seinen Arm und machte sich auf den Weg. Unterwegs wollte er die Kiste öffnen, aber ohne den Schlüssel ging es nicht. Dann erreichte er den anderen Mann, der bislang starr auf seinem Platz gesessen hatte. Als er den Boten sah, nahm er die Kiste, griff nach einem Schloss, das dem schon vorhandenen glich. Er hängte das neue Schloss neben das alte, drehte den Schlüssel um und steckte ihn in seine Tasche. Dann gab er die Kiste dem Boten, sank selbst wieder in die starre Haltung von vordem zurück.

Der Bote nahm die Kiste mit den beiden Schlössern und ging los. Schließlich erreichte er den ersten Mann, der aus seiner Starre erwachte und die Kiste teilnahmslos entgegennahm. Er griff in die Tasche, zog seinen Schlüssel heraus, öffnete damit das erste Schloss, nahm es ab und gab dem Boten die Kiste zurück. Der nahm die Kiste in Empfang und marschierte wieder los zu dem anderen Mann. Auch am zweiten Schloss machte er sich zu schaffen, konnte es aber nicht öffnen. Als er den Mann erreicht hatte, erwachte dieser aus seiner Starre, griff in die Tasche, nahm seinen Schlüssel und öffnete das

Schloss, sein eigenes, ohne Mühe. Er nahm es ab und hob den Deckel. Das letzte Bild war der Ring, der auf dem samtenen Hintergrund glänzte.

Mit einem Schrei war Meister Brun erwacht, saß aufrecht in seinem Bett und hatte nur einen einzigen Gedanken: Zu Trithemius! Woran sie beide verzweifelt waren, hatte ihm der Traum gezeigt. Jemand schickte einem anderen einen Ring in einer verschlossenen Kiste, an die niemand herankam. Aber es war kein Austausch des Schlüssels nötig. Der Absender und der Empfänger benutzten lediglich ihren eigenen Schlüssel. Jederzeit konnten sie die Schlösser auswechseln, nie musste der Schlüssel dem anderen ausgehändigt werden. Und doch war der Ring sicher – so musste es auch bei geheimen Botschaften funktionieren. Jeder benutzt lediglich seinen eigenen Schlüssel, und Ring wie Botschaft sind vor dem Zugriff des Boten geschützt. Der Andere kennt den fremden Schlüssel nicht und entziffert die Botschaft trotzdem!

Meister Brun schaute aus dem Fenster und stellte fest, dass es Nacht war. Das Angelusläuten hatte er nicht gehört, vielleicht war es noch sehr tiefe Nacht. Geräusche ließen sich von nirgendwo vernehmen. Trotzdem stand er auf und zog sich an. Danach verließ er sein Zimmer, strich sich unterwegs noch einmal die Kleidung glatt. Trithemius schlief im Gästeflügel der Residenz. Binnen kürzester Zeit war er dort. Wie er es erwartet hatte, saß vor der Tür ein Wächter. Er war eingeschlafen, obwohl er zweifellos Wachdienst hatte. Meister Brun schüttelte ihn, drohte ihm, bis er stammelnd herausbrachte:

»Die dritte Tür links, dort schläft der Abt.«

Meister Brun ging zur Tür, lauschte, hörte nichts, auch kein tiefes Atmen – und klopfte leise. Zu seinem grenzenlosen Erstaunen öffnete sich die Tür. Der Abt stand wohlbekleidet in seinem Habit mit einer Kerze vor ihm. Er war schon aufgestanden, um etwas zu lesen, wozu er am gestrigen Tage nicht mehr gekommen war. Als er verstand, dass Meister Brun gekommen war, um ihm seinen Traum zu erzählen, wollte er ihn hinauswerfen. Dann hörte er doch zu und wurde von Satz zu Satz ruhiger. Am Ende schwieg er wie der Erzähler selbst. Durchs Fenster sah man das Grauen des Tages, das sich gegen das Kerzenlicht abzeichnete.

»Bei einer Cäsar-Verschiebung geht es tatsächlich«, sagte Trithemius. »Der Eine verschiebt um drei Stellen, der Andere das Verschobene um sechs. Dann macht der Erste seine drei Stellen rückgängig und der Zweite hat seine sechs Stellen vor sich, die er kennt. Wirklich interessant.«

»Für willkürliche Alphabete geht es auch«, fuhr Meister Brun fort. »Es geht immer, wenn man mit geheimen Alphabeten arbeitet. In der Steganographie ist es natürlich überflüssig, weil ja niemand mit einer Verschlüsselung rechnet.«

»Ja, durchaus«, sagte Trithemius, »ich bin zur Steganographie schließlich gekommen, weil ich das Problem mit den Schlüsseln fürchtete. Wenn es sich auf diese Weise lösen lässt, gibt mir das zu denken. Man muss allerdings jede Botschaft zweimal schicken, was sich in der Praxis wohl kaum durchführen lässt. Aber es ist theoretisch interessant. Und ich habe bei all diesen Fragen immer sehr an die Theorie gedacht. Damals, als Volkmar noch da war, haben wir oft solche Dinge besprochen.«

Beim Stichwort »Volkmar« zuckte Meister Brun zusammen, was dem Abt auffiel, sodass er nachfragte:

»Was habt Ihr plötzlich?«

Meister Brun rutschte auf seinem Stuhl hin und her und überlegte, ob er die letzten Ereignisse erzählen sollte. Er musste irgendetwas sagen.

»Ich glaube, ich habe einen schrecklichen Fehler gemacht«, begann er. »Als ich damals von Euch aus Sponheim zurückkam und so viele Probleme ungelöst waren, habe ich mich an diesen Volkmar gewandt und ihn unter Druck gesetzt. Ich hatte ja den abgefangenen Brief. Den habe ich leicht verändert an seine Else geschickt, um zu prüfen, ob ich wirklich die Verschlüsselung verstanden hatte. Dann kam tatsächlich ein Brief zurück. Den habe ich Volkmar unter der Bedingung gegeben, dass er mir über Eure *Steganographia* weitere Einzelheiten berichtete. Es war eine Intrige.«

Wider Erwarten sagte Trithemius nichts.

»Nur habe ich zuletzt alles noch schlimmer gemacht. Ich habe den kurfürstlichen Räten neulich von diesen Dingen erzählt. Sie könnten ihr Wissen ausplaudern. Und dann wird es für Volkmar gefährlich.«

»Aber was soll daran so gefährlich für Volkmar sein? Er kann mit seiner Braut doch in Geheimschrift verkehren.«

»Das schon. Aber der Nebenbuhler ist unterdessen ermordet worden. Wenn nun der Verdacht auf Volkmar fällt ...«

»Dann müsst Ihr wirklich etwas unternehmen«, fiel Trithemius Meister Brun ins Wort.

»Wenn es nur nicht schon zu spät ist«, antwortete Meister Brun. »Ich hatte schon in der Nacht ein sehr mulmiges Gefühl. Wenn Volkmar zu einer Karte im Machtspiel zwischen Rat und Kurfürst wird, kann dies sehr unangenehme Folgen haben.«

Nach einem Augenblick des Schweigens fuhr Meister Brun fort:

»Könntet Ihr nicht einmal nachhören? Euch ist dieser Volkmar doch vertraut.«

Trithemius zog die Augenbrauen so hoch, dass Meister Brun die Kritik an seiner Formulierung förmlich greifen konnte.

»Vertraut, sagt Ihr. Ja, er *war* mir sehr vertraut. Sein Weggang hat ihn mir sehr viel weniger vertraut gemacht. Oder um mich noch etwas klarer auszudrücken: Er ist mir reichlich fremd geworden. Nun lasst mich noch etwas lesen, bevor der Tag wirklich beginnt. Und träumt mir weiter so wie in dieser Nacht. Aber lasst Euch demnächst etwas mehr Zeit, bevor Ihr es mir mitteilt.«

Meister Brun stand sofort von seinem Stuhl auf und ging mit einem Gruß aus dem Zimmer. Er bekam nicht mehr mit, dass Trithemius sehr nachdenklich hinter ihm herblickte.

EINUNDZWANZIGSTES KAPITEL *In dem Else in Neuss zuerst ihre Mutter, dann Vater Ruter aufsucht und ihn flehentlich um Hilfe bittet*

Elses Zustand schwankte seit Tagen zwischen völliger Aufgelöstheit und geradezu unnatürlicher Ruhe. Immer wieder sah sie den Boten vor sich, der ihr erklärt hatte, Volkmar werde im Bayenturm über einen Mord in Zons befragt. Es war ihr sofort klar gewesen, dass es sich nicht um eine Befragung handelte, sondern um ein Verhör. Wie hatte es dazu kommen können? Die Situation erinnerte sie an ihre Hilflosigkeit, als Volkmar sie im Brief zur Flucht aufgefordert hatte. Hinterher stellte sich heraus, dass sie wichtige Punkte nicht wissen konnte, sich deshalb im Kreise drehte. War dies auch jetzt der Fall?

Im ersten Schreck hatte sie sich an Peter Quentel gewandt. Der war genauso betroffen gewesen wie sie selbst, hatte es nur zu verbergen gesucht. Nein, so etwas komme häufiger vor, es sei kein Zeichen für einen ernsthaften Verdacht. Solange sich zum Beispiel Bürger über irgendwelche Fragen stritten, kämen sie beide, Kläger wie Beklagter, in den Turm, bis ihre Sache entschieden sei. Vielleicht warte man nur eine Botschaft ab, nach deren Eintreffen Volkmar wieder freikomme. Warum aber ließ man sie dann nicht vor? Peter hatte gemeint, sie sei in den Fall verwickelt, und Else hatte ihn fast schreiend gefragt, von welchem ›Fall‹ er denn spreche, etwa von Mord? Damals war kein Gespräch mehr zustande gekommen. Erst als Peter Volkmar im Bayenturm aufgesucht hatte, als er ihr hinterher berichtete, dass es Volkmar gut gehe, dass er zuversichtlich sei, dass er nur von ihr spreche, sich um sie Sorgen mache – erst da löste sich die Spannung ein wenig, schöpfte sie Hoffnung.

Aber Else wollte mehr als Hoffnung, sie wollte ein Ziel erreichen: die Freiheit für Volkmar, die Widerlegung des Verdachts. Deshalb hatte sie den Plan gefasst, wenn sie schon in Köln nichts ausrichten konnte, es in Neuss zu versuchen. Dort war jemand, der dazu beitragen konnte, den Verdacht abzuwehren, dem man auch in Köln Glauben schenken musste – Tilmans Vater. Wenn der als Leidtragender aussagen würde, dass Volkmar keinerlei Grund zur Ermordung seines Sohnes gehabt habe, würde dies die Kölner vielleicht überzeugen. Zuletzt war Else ganz und gar von diesem Gedanken durchdrungen. Sie klammerte sich daran, fasste wieder Mut und plante entsprechend. Die Frage war, wie sie nach Neuss kommen konnte.

Da half ihr das Glück. Im Marktviertel am Rhein hatte ihr Onkel, der Korbmacher, seine Ware fast verkauft. Er würde also zurückfahren und sie mitnehmen können. Ein erster Termin verstrich, weil doch noch Körbe da waren. Aber dann klappte es. Else saß wieder auf dem Schiff, das sie nach Köln gebracht hatte. Jetzt fuhr es in die andere Richtung. Statt der Pferde war es die Strömung, die das Schiff antrieb. Rasch, viel rascher als zuvor ging die Fahrt. Else sah das Land fast vorüberfliegen. Sie nahm es kaum wahr. Sie setzte alle Hoffnung auf die Begegnung und hatte Angst davor, sich getäuscht zu haben.

*

»Mein Kind, meine Else«, rief Mutter Moers, als sie völlig unerwartet ihre Tochter in der Tür stehen sah. »Wo kommst du denn her? Was ist nur geschehen?«

Else fiel ihrer Mutter um den Hals, im Tränenstrom erstickten alle Worte. Nach und nach kam die Geschichte der letzten Woche heraus, nach und nach begriff die Mutter, begriff nur Teile, fragte aber nicht nach. Erst als sie von der Verhaftung hörte und vom Plan ihrer Tochter, sich an Ruter zu wenden, sah sie sich zu einer Stellungnahme genötigt.

»Mach dir keine allzu großen Hoffnungen«, begann sie zögernd. »Ruter hat sich mit deinem Vater immer gut verstanden, sie waren die besten Freunde, trotz der Konkurrenz. Auch deine Absage an Tilman hat ihn nicht dazu gebracht, mit deinem Vater zu brechen. Und sogar der Mord hat die beiden nicht entzweit, nicht einmal als der Verdacht aufkam, es könnte dieser Volkmar gewesen sein. Hier im Haus haben sie sich darüber unterhalten. Dein Vater hat mir jedes Wort erzählt.«

»Aber dann kann ich doch hin, um ihn um Hilfe zu bitten.«

Die Mutter wand sich, wusste nicht, wie sie es ihrer verzweifelten Tochter beibringen sollte. Dann raffte sie sich auf.

»Ich weiß nicht, ob es sinnvoll ist. Die Väter haben sich seither nicht mehr getroffen. Als dein Vater zu ihm wollte, hat er ganz plötzlich abgelehnt. Seine Frau hat deinen Vater an der Tür abweisen müssen. Bei der Beerdigung ging dein Vater am Ende des Trauerzuges. Es war furchtbar. Die Nachbarn meiden uns. Ist dir denn nichts aufgefallen auf dem Weg hierher?«

Else verneinte, war aber bis ins Herz getroffen.

»Und was hat diesen Wandel bewirkt?«

»Ich weiß es nicht, niemand weiß es. Dein Vater ist unglücklich, noch unglücklicher als über die Reaktion der Nachbarn, obwohl diese bereits seine Aufträge zu mindern beginnen.«

»Ich habe Euch Schande gebracht«, sagte Else so leise, dass die Mutter es kaum verstand. Es entstand eine Pause. Beide Frauen weinten. Else fing sich als Erste.

»Ich werde es trotzdem versuchen. Ich kann Ruter etwas sagen, was er nicht weiß. Frage jetzt nicht danach, es ist einfach zu kompliziert, um es schnell zu erklären. Ich will zu ihm, jetzt sofort. Entweder treffe ich ihn zu Hause oder ich frage seine Frau, wo ich ihn finde. Mutter, er muss helfen. Er ist meine letzte Hoffnung.«

*

Die Dämmerung war schon eingetreten, als Else ihr Elternhaus verließ. Sie musste die Oberstraße vom Süden Richtung Norden gehen, den Marktplatz vor Sankt Quirin überqueren. An der Stelle, an der sie Tilman abgewiesen hatte, blieb sie stehen, zweifelte, ob ihre Kräfte zur Begegnung mit dem Vater reichen würden. Nachbarinnen waren schon auf dem bisherigen Wege grußlos an ihr vorübergegangen. Nun sah sie gute Bekannte vor ihr ausweichen, einen Bogen um sie machen. Es traf sie in der Seele, aber sie musste weiter.

Dann stand Else vor der Tür des Ruter'schen Hauses, bediente den Klopfer. Sie erwartete Ruters Frau, hatte sich flehentliche Bitten zurechtgelegt, um eingelassen zu werden. Aber als die Tür sich öffnete, stand nicht Ruters Frau ihr gegenüber, sondern der Hausherr selbst, ein gealterter, ein gebrochener Mann. Statt der gewohnten vornehmen Kleidung trug er einen Mantel aus einfachem leichten Wollstoff, schwarz, ohne jeden Zierrat.

Ruter richtete einen langen, tiefen Blick auf die junge Frau. Es musste ein gedankenverlorener Blick gewesen sein, ein eigenartig über den Augenblick hinausweisender Blick. Und es musste die Schönheit dieser Frau gewesen sein, dieses marienwürdige Gesicht mit seiner Klarheit, die den Alten rührte. Er kannte Else, hatte sie sich als Braut seines Sohnes vorgestellt, er liebte sie, wie es dem zukünftigen Schwiegervater zustand. Und sie sollte für den Tod seines Sohnes verantwortlich sein? Ruter hatte es zwar nicht geglaubt, aber dennoch alle Brücken zu seinem besten Freund abgebrochen, auf der Beerdigung nicht den tröstenden Handschlag akzeptiert. Und nun rührte ihn ein Augenpaar, ein unauslotbarer Blick, in dem sich Verzweiflung, Hoffnung, Erwartung, Flehen mischten. Ruter brachte es nicht fertig, Else zurückzuweisen.

Als er die Augen senkte und einen kleinen Schritt zurücktrat, wusste Else, dass sie eingelassen würde. Kein Wort fiel. Sie folgte ihm. Ruter ging an seiner entsetzten Frau vorbei in den Wohnraum. Else grüßte Frau Ruter mit einem Kopfnicken. Ruter setzte sich, im Zimmer angekommen, auf einen Stuhl. Else setzte sich ihm gegenüber. Immer noch war kein Wort gefallen, auch keine einladende Handbewegung erfolgt. Else deutete lediglich das Schweigen. Und sie hatte es richtig gedeutet.

»Du musst viel Mut haben«, begann Ruter, »oder viel Verzweiflung. Ich kenne Verzweiflung.«

Else antwortete nicht, brach in Tränen aus. Ruter beugte sich über den Tisch, ergriff kurz ihre Hand.

»Bei dir besteht wohl noch Hoffnung?«

Else fasste sich, nickte und sagte: »Ich bin Euch so dankbar. Ich weiß, was Ihr mitgemacht habt. Es tut mir alles so unendlich Leid. Aber glaubt mir: Volkmar ist nicht der Mörder. Ich weiß es.«

Sie unterbrach sich, weil ihr die Stimme versagte, und fuhr erst nach einer Weile fort:

»Wenn sie herausfinden, dass er in dieser Nacht damals in Zons war, ist es um ihn geschehen. Dann droht ihm die Folter, und er wird alles zugeben, wonach er gefragt wird. Er war wirklich in Zons. So wie Euer Sohn in diesem Regen nicht nach Köln kam, kam Volkmar nicht zu mir nach Neuss. Aber sie haben in verschiedenen Herbergen übernachtet. Sie kannten sich nicht.«

Ruter schaute Else mit starrem Blick an, stellte keine Frage.

»Vielleicht glaubt Ihr mir, wenn ich Euch sage, warum Volkmar nach Neuss wollte. Es ist eine verworrene Geschichte, ich weiß nicht, ob ich sie in Kürze zusammenbringe. Alles dreht sich dabei um unsere Briefe. Wir haben mehr aus Übermut als aus Sorge, belauscht zu werden, verschlüsselte Botschaften benutzt, eine Geheimschrift angewendet, die Volkmar einmal in einem Kloster gelernt hatte.«

Else erzählte die Einzelheiten, während Ruter sie mit anhaltend starrem Blick ansah. Aber sie ließ sich nicht beirren. Als sie die Intrige von Meister Brun schilderte, schien Ruter entspannter zu reagieren. Er nickte, als Else einmal nicht wusste, ob sie sich verständlich ausgedrückt hatte. Dann kam sie zur Verhaftung von Volkmar, nachdem sie ihre Unterbringung im Hause der Buchdrucker geschildert hatte.

»Man hat mir zuerst mitgeteilt, dass er im Turm bleiben müsse, bis Fragen geklärt seien. Als ich aber im Turm zu ihm wollte, schien alles viel ernster. Ich dürfe ihn nicht besuchen, nicht jetzt, hieß es. Hinterher habe ich erfahren, dass Besuche ganz gewöhnlich sind, nur dann nicht, wenn es sich um schweren Verdacht handelt, zum Beispiel um Mordverdacht.«

»Und warum kann Volkmar nicht sagen, dass alles nur ein Missverständnis ist, das auf einem abgefangenen Brief beruht?«

Dies war die erste Frage, die Ruter stellte – zur unendlichen Erleichterung von Else. Auf der anderen Seite stürzte die Frage sie in Verzweiflung.

»Ich weiß es nicht, aber ich habe einen schrecklichen Verdacht. Volkmar sagt nichts über die Briefe, weil er glaubt, damit komme dieses andere Unrecht heraus: unser Briefverkehr, der natürlich verboten war. Vielleicht fürchtet er Rache oder sonst etwas, wenn die Kölner hören, dass er ihre Post benutzt hat.«

Ruter schüttelte den Kopf.

»Nein, das fällt wohl kaum ins Gewicht angesichts des viel größeren Verdachts. Aber es könnte noch anders sein.«

Else blickte ihn flehentlich an.

»Euer Brief ist gefunden worden zusammen mit anderen Briefen, mit Geschäftsbriefen des Kölner Rates. Dahinter steckt ein Überfall durch den Kurfürsten beziehungsweise seine Leute. Wenn alles mit rechten Dingen zuginge, würden sich die Kölner lautstark beschweren. Wenn sie es nicht tun, hat entweder Volkmar nichts erzählt oder den Kölnern ist es aus irgendeinem Grund peinlich, dass der Überfall herauskommt. Auf jeden Fall scheint es mir so, dass dein Volkmar eher zwischen die Mühlsteine der Politik geraten ist, als dass er des Mordes verdächtigt wird. Allerdings könnte dabei jemand Interesse an seinem Schweigen haben, an seinem Schweigen für immer. Dann wäre ein Mordverdacht für die Kölner allerdings sehr verlockend.«

Wider Erwarten blieb Else ruhig, brach nicht in Tränen aus, sondern fragte gefasst:

»Und wenn Ihr, als Vater des Opfers, sagen würdet, Ihr selbst wäret von der Unschuld von Volkmar überzeugt, es gebe schlicht keinen Grund, seinen Worten nicht zu glauben?«

Ruter blickte Else wieder lange an, aber nun nicht mehr mit diesem starren Blick. Er war bewegt.

»Ich habe es eigentlich von Anfang an nicht geglaubt, dass dein Volkmar etwas damit zu tun haben könnte. Als ich hörte, dass in der Herberge ein politischer Streit vorausgegangen war, wusste ich, wie die Dinge sich abgespielt haben dürften. Ich kenne meinen Sohn. Aber es ist auch mein einziger Sohn, auf den ich alle Hoffnung gesetzt hatte. Der Schmerz war zu groß. Er hat mich sogar von deinem Vater getrennt. Als ich ihn kurz vor der Beerdigung mit seinen Söhnen sah, hat es mich ins Herz getroffen. Es war Neid, Neid, den die Verzweiflung noch vergrößert hat. Ich dachte damals, ich müsste mich an ihm rächen, weil ihm die Söhne geblieben sind, sogar zwei, während ich den einzigen verloren habe. Es war ein grauenhaftes Gefühl. Ich habe es mittlerweile bereut, aber den Schritt nicht machen können, der notwendig gewesen wäre. Stattdessen habe ich mich hier eingeigelt, sogar meine Geschäfte ruhen lassen. Ich nehme dein Kommen als einen Fingerzeig. Morgen werde ich denselben unangenehmen Gang machen, den du gemacht hast, nur in umgekehrter Richtung. Ich werde deinen Vater besuchen und hoffe, er wird mir helfen.«

Else schaute überglücklich Ruter an. Sie wollte etwas sagen, aber der fuhr fort:

»Der Schmerz ... der Schmerz ist so tief. Und du weißt es ja jetzt auch selbst. Wir halten so viel Unglück aus, und dann trifft uns etwas zu hart. Wenn ich dir nicht diesen eigenen Schmerz angesehen hätte, hätte ich vielleicht nicht die Kraft gehabt, dir zuzuhören. Einst hatte ich geglaubt, wir würden einmal im Glück vereint sein. Jetzt sind wir es im Unglück. Wenn ich kann, werde ich auch dir helfen. Aber nun geh und kündige mich schon einmal bei deinem Vater an. Sag ihm, ich hätte etwas mit ihm zu besprechen. Er wird das verstehen, und das Zusammentreffen ist dann für mich leichter.«

Ruter war mit seiner Rede zu Ende gekommen, blieb aber sitzen. Else stand auf und reichte ihm die Hand. Sie verließ das Haus mit neuer Hoffnung, in die sich jedoch die alten Ängste mischten. Bei ihrer Mutter brach sie unter Tränen zusammen.

ZWEIUNDZWANZIGSTES KAPITEL *In dem Trithemius ein zuerst sehr angenehmes, dann äußerst peinliches Gespräch mit dem Deutzer Abt führt und am nächsten Tag seinen ehemaligen Novizen im Bayenturm aufsucht*

Das Benediktinerkloster Sankt Heribert in Deutz gehörte zu den bedeutendsten Abteien des Reiches. Bestens mit Ländereien ausgestattet, die diejenigen der Schwesterabteien Sankt Pantaleon und Groß Sankt Martin in Köln noch übertrafen. Hier herrschte ein reges Geistesleben ohne tagtägliche Sorgen. Zwar besaß Deutz keinen Mauerring wie die gegenüberliegende Stadt, war dafür aber auch nicht so begehrt wie diese mit ihren Reichtümern. Und die wirklichen Reichtümer zogen kaum Diebe an: die große Tradition, zu der ein Rupert von Deutz gehörte, dessen Kommentar zur Apokalypse in ganz Europa bekannt war. Vor vierzehn Jahren war das Kloster der Bursfelder Kongregation beigetreten, beteiligte sich also an der großen Reformbewegung des benediktinischen Mönchtums. Johannes Trithemius hatte dies bewirkt und sich damals mit Abt Gerlach von Deutz angefreundet. Der erreichte nicht nur, dass Trithemius ein Lob auf Rupert von Deutz schrieb, das den Mönchen ein Ansporn sein sollte, sondern auch eine kleine Schrift zum Lob der Schreiber, in der es um die alte benediktinische Tradition der Kopierung von Handschriften auch noch in den neuen Zeiten des Buchdrucks ging.

So war es das Naheliegendste von der Welt, dass Trithemius den alten Freund und Weggefährten aufsuchte, als er sich in der Region aufhielt. Er hatte sich mit der Fähre von Köln übersetzen lassen, war dem Getriebe in der Stadt entwichen, die ganz im Banne des Reichstags stand, wo jeden Morgen die Bürger in dichten Reihen die großen Herren erwarteten, allen voran König Maximilian, der wohl bald Kaiser werden würde wie einst sein Vater. Und so saßen sich zwei Männer in ihrem schwarzem Habit gegenüber, die genügend Gesprächsstoff hatten und sich einig darin waren, dass es größere Dinge gab als den Konflikt um Erbschaften, wie er gerade Anlass zum pfälzischen Krieg gewesen war, größere auch als die Frage, ob Städte Erzbischöfen ›gehören‹ sollten, was die Kölner mit ihrem Kurfürsten entzweite. Stattdessen war von den neuen Studien die Rede, von der Beschäftigung mit den antiken Schriften, die die theologischen Fragen in ein neues und fruchtbares Licht rücken konnten. Vor allem aber erhitzten sich beide über die Rolle der Mönche in einer Welt, in der die Laien die Wissenschaft immer mehr als ihr Feld beanspruchten. Jahrhunderte lang war die Wissenschaft im Kloster beheimatet gewesen, auch nach Errichtung der Universitäten. Gerlach berief sich zum wiederholten Male auf Rupert, und Trithemius pflichtete ihm bei. Wer war es denn, der Bücher sammelte, sie vom Verfall bewahrte wie er selbst jüngst noch jenen alten Codex, der die Kurzschrift der Römer enthielt, die tironischen Noten, die längst als verschollen galten?

Abt Gerlach, der wesentlich ältere der beiden, war ein angenehmer Gesprächspartner, dem sich der jüngere gern anvertraute. So war zum Schluss auch der Streit zur Sprache gekommen, den Trithemius in Sponheim mit seinen Mönchen hatte. Gewiss, sie alle hatten viel erdulden müssen in den letzten Jahren. Es war falsch gewesen, sich zu deutlich auf die Seite des Pfalzgrafen zu stellen, als der Krieg gegen König Maximilian losbrach. Sponheim war pfälzisch, aber ein Kloster hätte Neutralität suchen können. Stattdessen wurde sein Umland verwüstet, das Vieh gestohlen, die Bauern wurden ermordet, die Hütten verbrannt. Wenn Trithemius zuerst die Klosterfinanzen mit seinen ewigen Bücherkäufen belastet hatte, so waren diese nun endgültig zerrüttet, weil kein Bauer mehr die Abgaben bezahlen konnte, soweit überhaupt Bauern überlebt hatten. Als schließlich noch von merkwürdigen Zeichen berichtet wurde, lief das Fass über. Zuerst die Geburt von zwei Mädchen, die mit ihren Köpfen aneinander gewachsen waren. Dann erschienen auf Leinentüchern überall im Land Kreuze, sogar in verschlossenen Kisten, die erst nach und nach wieder verblassten. Sollte er überhaupt noch einmal zurückkehren? Gerlach hatte ihm abgeraten.

»Geht nach Würzburg, ins Schottenkloster. Dort gibt es einen kleinen, aber willigen Konvent. Ihr könnt noch einmal von vorn anfangen, auch mit der Bibliothek. Sie werden Euch die Bücher wenigstens ausleihen müssen. Und außerdem strebt Ihr ohnehin immerfort nach Neuem.«

»Ich kann die Entscheidung noch aufschieben. Ich habe eine Einladung vom Markgrafen von Brandenburg, ihm in sein Land zu folgen und eine Weile in Ruhe meine Studien zu betreiben. Dann bin ich noch einmal für Monate unterwegs. Vielleicht besinnen sie sich ja in Sponheim und werden reumütig.«

»Darauf würde ich nicht setzen«, antwortete der Abt. »Baut lieber Eure Verbindungen im Reich aus. Ihr seid ein begehrter Gesprächspartner, was alle Fragen nach den neuen humanistischen Studien anlangt. Und als guter Menschenkenner könnt Ihr auch gelten. Ich glaube, der Brandenburger will sich mit Euch nicht nur über antike Autoren unterhalten.«

Gerlach lachte, aber Trithemius schüttelte den Kopf.

»Menschenkenner, sagt Ihr. Wenn es nur der Fall wäre. Gerade stehe ich vor einem Rätsel, das mich schon lange beschäftigt. Ich hatte einmal einen Novizen, Volkmar hieß er. Er war mein bester Schüler: fleißig, gelehrig, ein offener Bursche mit angenehmen Manieren. Eines Tages oder besser: eines Nachts hat er sich ohne Abschied davongemacht. Und nun höre ich von ihm die krausesten Dinge. Er ist Schreiber beim Erzbischof geworden und in eine unglaubliche Intrige verwickelt. Es geht dabei um Geheimschrift.«

Gerlach zog die Augenbrauen hoch, womit er seine Missbilligung ausdrückte. Die ganze Zeit über war dieses Thema wie in geheimem Einvernehmen ausgeklammert worden. Trithemius selbst wollte auf keinen Fall all die Gerüchte abwehren, die kursierten, er wollte einfach einmal in Ruhe Wichtigeres besprechen. So beeilte er sich, die Situation zu bereinigen.

»Keine Angst, ich erzähle Euch nichts über Steganographie. Dieser Volkmar sitzt im Kölner Bayenturm, weil er eines Mordes verdächtigt wird, den er nie und nimmer begangen hat. Ich könnte ihn natürlich einmal besuchen und die Frage stellen, die mich bewegt.«

Gerlach zog erneut die Augenbrauen hoch, so buschige Augenbrauen, dass es unübersehbar war.

»Der Junge – es ist doch ein junger Bursche? – hat vermutlich andere Sorgen. Seid Ihr eigentlich ganz unschuldig an seinem Schicksal? Ich meine, hatte seine Flucht vielleicht mit Euch zu tun?«

Trithemius fühlte sich unangenehm berührt, begehrte auf.

»Ich bin wohl immer für alles zuständig. Wenn der Pfalzgraf unser Land verwüstet, bin ich schuld. Wenn Bücher teuer sind, auch. Und wenn ein entsprungener Novize seiner Braut Briefe in Geheimschrift schickt, die er mit der Post des Kölner Rates befördern lässt, dabei erwischt wird und gleichzeitig sein Nebenbuhler ums Leben kommt – wenn all das geschieht, bin ich wohl auch schuld. Mein lieber Mitbruder, ich muss ja ein ganz besonderer Ausbund von Mensch sein, der so viel zustande bringt: Kriege führt oder auslöst, Mönche ruiniert, Beziehungen stiftet und zerrüttet – und was sonst alles.«

Gerlach ließ ihn ausreden und lächelte zum Schluss.

»Ach, Bruder Johannes, nun bildet Euch einmal nicht zu viel ein. Ich schätze Euch, Ihr habt den Zorn Eures Sponheimer Konvents nicht verdient, aber Ihr habt auch ein schlechtes Gewissen. Eigentlich gelingt Euch fast alles. Ihr habt beste Verbindungen zu den großen Fürsten des Reiches, ich vermute, bald auch zu König Maximilian. Ihr habt die größte Bibliothek aufgebaut, die ein deutsches Benediktinerkloster je in so kurzer Zeit aufgebaut hat. Ihr habt uns damit berühmt gemacht, noch eine Menge andere Dinge habt Ihr auch geleistet. Und dann entspringt Euch ein Novize, und Ihr glaubt, das Unglück hätte Euch persönlich zu seinem Lieblingskind auserwählt. Nein, Ihr seid einfach enttäuscht. Enttäuscht über den Jungen, dass er weg ist. Und enttäuscht über Euch selbst, dass Ihr ihn nicht halten konntet. Nicht wahr, so einfach ist es doch?«

Trithemius zuckte zusammen, schaute sein Gegenüber dann aber dankbar an.

»Nein, ja, so ungefähr«, sagte er unter abwechselndem Kopfschütteln und Kopfnicken.

»Wenn die Dinge nicht noch etwas komplizierter liegen«, fuhr Gerlach fort, dem längst ein Licht aufgegangen war und dem es Freude machte, ganz wider Erwarten mit seinem Mitbruder ein so persönliches Gespräch zu führen. Als er sah, dass Trithemius ihn erschrocken anblickte, fuhr er fort:

»Ich kenne das. Wir leben nicht ganz natürlich in unseren Klöstern. Da kommen merkwürdige Gefühle zustande. Und habt Ihr nicht in den letzten Jahren so sehr auf Zucht gehalten?«

Trithemius antwortete nicht.

»So ist das mit der Zucht. Man spürt, dass man sie selbst nötig hat, und glaubt, bei allen anderen müsste das genauso sein. Ihr habt Eure Mönche Bücher abschreiben lassen und noch einmal Bücher abschreiben lassen. Ihr habt das Abschreiben auf meine Bitte hin damals ausdrücklich gegenüber dem Buchdruck gerechtfertigt. Ihr habt dabei gute Argumente aufgeführt, zum Beispiel dieses, dass die Drucker nur nach Verkaufsmöglichkeiten gehen. Aber es ist auch von Zucht die Rede – mir ist das schon damals beim ersten Lesen aufgefallen. Mein lieber Mitbruder, Ihr habt viel Angst um Eure Mönche gehabt, weil Ihr viel Angst um Euch selbst hattet. Dabei mussten Eure Mönche schuften, während Ihr selbst Euch in einen jungen Mann verguckt habt, der sich vermutlich nicht anders zu wehren wusste als durch Flucht.«

Gerlach machte eine kurze Pause, sah, dass Trithemius den Blick gesenkt hatte, und fuhr fort:

»Ich mache Euch einen Vorschlag. Ihr geht wirklich in den Bayenturm, aber um Euch zu entschuldigen. Und dann geht Ihr zu den Leuten, die über diesen armen Volkmar zu befinden haben, und helft dem Burschen aus der Patsche. Das wäre eine Art Wiedergutmachung. Ihr habt eine Unschuld bedroht und helft dann einem Unschuldigen. Ist es nicht so?«

Als Trithemius wortlos aufstand, aber mit allen Zeichen der Zustimmung Abt Gerlach ansah, fügte der hinzu:

»Ich sehe Euch morgen früh noch in der Kirche, ehe Ihr aufbrecht. Soll ich einen Boten zum Bayenturm schicken, der Euch anmeldet?«

Trithemius nickte.

*

Lange vor Mittag erreichte Trithemius den Bayenturm. Der Weg war ihm genau beschrieben worden. Mehrfach hatte er unterwegs nach Gründen gesucht, die ihm den Besuch erspart hätten. Aber kein Eilbote des Kurfürsten war gekommen, um ihn an irgendeinen Ort zu beordern, kein Unwetter aufgezogen, das die Fähre über den Rhein aufgehalten hätte. So stand er nun vor dem gewaltigen Gemäuer, ließ sich hineinführen. Der Turmmeister kam ihm sofort entgegen, als er von der Ankunft des hohen Gastes hörte. Er zog ihn in sein Amtszimmer.

»Ein merkwürdiger Fall, ein äußerst merkwürdiger«, sagte er gerade. »Ich dachte erst, es handele sich um eine politische Angelegenheit: um das übliche Tauziehen zwischen dem Kurfürsten und unserer Stadt. Dann glaubte ich, der Junge habe wirklich einen Mord auf dem Gewissen, und nun zweifle ich wieder. Aber auf meine Meinung kommt es nicht an. Ich habe ein Protokoll des Verhörs ins Rathaus geschickt und warte nun darauf, dass von dort der Befehl zur Verlegung in den Frankenturm kommt. Ihr könnt Euch denken, was das bedeutet. Dann wird er gefoltert. Und ich habe noch keinen erlebt, schon gar nicht von seiner Sorte, der dann nicht alles zugibt, was von ihm verlangt wird. Weshalb besucht Ihr ihn eigentlich?«

Trithemius hatte unter Schaudern zugehört, fühlte sich bei der Frage wie ertappt.

»Er war einmal Novize in meinem Sponheimer Kloster. Er hat sich anders entschieden. Ich will ihm trotzdem jetzt beistehen.«

»Das kann er gebrauchen. Soviel ich höre, ist er schwer erschüttert. Seine Braut hat mehrfach versucht, ihn zu sprechen. Aber wir lassen Frauen in solchen Fällen grundsätzlich nicht herein. Zu viel Geheule, das alles nur schlimmer macht.«

Trithemius nickte, ohne recht zu wissen wozu. Der Turmmeister stand auf, um ihn zum Gefangenen zu führen. Trithemius erhob sich nicht sofort, sondern wandte sich an sein Gegenüber.

»Und es gibt keine Möglichkeit, seine Unschuld zu beweisen? Ich meine: anders zu beweisen als mit Leugnen auf der Streckbank.«

»Ich glaube kaum. Wenn jedoch Politik im Spiel ist, kann man mit den Leuten reden, die die Politik machen. Ein Wort von Euch hat zweifellos viel Gewicht. Wendet Euch doch einmal an die kurfürstlichen Räte. Die haben diesen Volkmar auch hierher gebracht.«

Trithemius dankte, stand auf und folgte dem Turmmeister, der ohne weitere Worte voranschritt.

Er ging durch ein Treppenhaus nach oben, mehrere Stockwerke hoch, die Trithemius nicht zählte – nach ihm hätte es noch eine ganze Weile immer höher gehen können.

»Wir haben nicht viele Gefangene im Augenblick«, sagte der Turmmeister beim Aufstieg. »Er hat Glück. Sein Raum gehört zu den wohnlichsten hier. Keine Nässe, keine Kälte, zu essen und zu trinken bekommt er auch genug. Aber erschreckt Euch nicht. Er ist trotzdem abgemagert. Eigentlich ein Zeichen für seine Unschuld, wenn Ihr mich fragt. Unschuldige leiden mehr als Schuldige.«

Der Turmmeister lachte dabei, was Trithemius mehr als unangenehm berührte. Dann schloss er eine schwere Tür auf, schob einen eisernen Riegel von ungewöhnlicher Länge zurück und öffnete die Tür. Drinnen saß eine Gestalt auf einem Stuhl an einem kleinen Tisch und schrieb. Die Gestalt drehte sich nicht um, obwohl sie die Eintretenden unmöglich überhört haben konnte. Trithemius war erschüttert. Der Turmmeister wandte sich ohne alle Bewegung an Volkmar:

»Ihr habt Besuch, die Redezeit ist unbegrenzt. Ich schließe Euch jetzt ein und schicke einen Wächter hinauf. Bei Klopfen öffnet er.«

Damit verließ der Turmmeister das Zimmer.

Volkmar hatte kurz genickt, drehte sich immer noch nicht um, schrieb weiter.

»Nur noch einen Augenblick, Peter. Ich bin gleich fertig. Du kannst den Brief dann gleich mitnehmen. Er ist für Else bestimmt.«

»Lass dich nicht stören, Volkmar«, sagte Trithemius.

In diesem Augenblick flog der Kopf des Angesprochenen herum, er blickte den Eingetretenen fassungslos an.

»Mein Vater …«, stammelte er.

»Nein, nicht mehr dein Vater«, antwortete Trithemius. »Ich bin jetzt nur noch dein Freund. Ich bin hier, um Abbitte zu leisten. Und um einiges wieder gutzumachen. Ich weiß, was ich dir angetan habe.«

Volkmar war aufgestanden, wollte niederknien und die Hand des Abtes ergreifen, um seinen Ring zu küssen. Trithemius wehrte ab.

»Volkmar, du bist nicht mehr mein Novize, und ich bin nicht dein Abt, ich sagte es doch schon deutlich.«

Nach einem Moment des Schweigens fuhr Trithemius fort:

»Jemand hat mir klar gemacht, weshalb du damals geflohen bist. Ich will es kurz machen. Ich bin dir zu nahe getreten.«

Volkmar wollte abwehren, ließ sich aber zurückweisen.

»Du siehst, ich habe es verstanden. Etwas spät, aber verstanden. Ich bedaure es zutiefst, weil ich damit deinen Lebensweg verändert habe. Ich tröste mich damit, dass es vielleicht zum Guten war.«

Trithemius lächelte, Volkmar wagte nicht zu reagieren.

»Jedenfalls bitte ich um Verzeihung und schließe damit diesen Teil meiner Rede. Sag mir nur, dass du meine Entschuldigung annimmst.«

Volkmar nickte heftig, wollte wieder niederknien. Trithemius verhinderte es erneut, wies ihn auf den Stuhl. Er selbst setzte sich auf die Bettkante.

»Und nun zum zweiten und wichtigeren Teil meines Hierseins. Du bist unschuldig?«

»Ja, es gibt eine Intrige, es gibt mindestens eine Intrige, vielleicht auch mehrere – es ist fürchterlich ...«

»Ich weiß«, unterbrach ihn Trithemius. »Intrigen sind schlimm, aber auch gut. Intriganten wollen nicht, dass Intrigen auffliegen. Da lässt sich ansetzen. Du erzählst mir nun genau, was vorgefallen ist. Verstehst du? Genau!«

Volkmar verstand kaum, aber er begann, erzählte sprunghaft, ließ sich zwischendurch zur Ordnung rufen, sprach Vorwürfe aus, die Trithemius als unwichtig zurückwies. Allmählich entstand ein Bild. Mehr an sich selbst als an Volkmar gewandt, fasste Trithemius die entscheidenden Punkte zusammen:

»Die Kölner wussten also lange nicht, dass ihre Briefe vom Kurfürsten abgefangen wurden, und wenn sie es wussten, wussten sie auf keinen Fall, dass der Kurfürst mitlas. Das ist jetzt alles durch eure Liebesbriefe herausgekommen, weil dieser dicke Meister Brun sich in seinem Ehrgeiz herausgefordert sah und nichts unversucht ließ, hinter das Geheimnis der Verschlüsselung zu kommen. Eigentlich hätte der Kurfürst allen Grund gehabt, in Sorge zu sein, dass das Geheimnis des Mitlesens herauskommt. Aber nein, die Räte haben einen viel ausgefeilteren Plan entwickelt. In all den Schwierigkeiten mit der Stadt kann es nichts schaden, wenn man einmal guten Willen zeigt, vor allem dann, wenn einen das nicht viel kostet. Sie hören von dir, von dem Verdacht des Mordes, und denken sich, du bist ein wundervolles Opfer. Die Kölner sind begeistert, wenn sie einen so schönen Schuldigen hinrichten können, ihre Bürger werden ihnen für so viel Gerechtigkeitssinn dankbar sein. Und so weiter und so fort.«

Mit einem wütenden Gesichtsausdruck endete Trithemius, um nach einem Augenblick den Faden wieder aufzunehmen.

»Ich werde ihnen dazwischen kommen. Irgendetwas muss doch geschehen, dass sich eine Gelegenheit bietet, mit ihnen ein ernstes Wort zu reden. Außerdem kann ich den Mann ansprechen, der an deinem Unglück schuld ist, diesen Meister Brun. Er ist mir durchaus etwas schuldig. Wenn es nicht so ist, dass er schon selbst reumütig geworden ist und etwas unternommen hat. Er hat sich mir gegenüber jedenfalls so ausgedrückt.«

Trithemius hielt inne, überdachte noch einmal, was er gesagt hatte. Dann wandte er sich wieder an Volkmar.

»Kann ich einmal den Brief an Else sehen, den du da gerade schreibst?«

Volkmar schaute ihn unschlüssig an.

»Es ist nicht des Inhalts wegen, wenn ich lieber ...«, stammelte er.

»Der Brief hat also wieder ein Postskriptum?«

Volkmar nickte.

»O Gott, lernst du denn nie? Du behältst den Brief! Außerdem gibt es keinen Grund, sich von Personen zu verabschieden, die man bald wiedersieht. Es geht doch um Abschied?«

Volkmar schaute verblüfft sein Gegenüber an, das so offensichtlich Gedanken lesen konnte.

Trithemius stand auf, ging auf Volkmar zu und legte ihm die Hand auf die Schultern.

»Ich verlasse dich jetzt. Du hältst die nächsten Tage aus, ohne Verzweiflungsbriefe aufzusetzen oder sonst wie mit der Welt und den Menschen zu hadern. Wahrscheinlich sehen wir uns nicht wieder, weil ich viel unterwegs bin. Und grüße deine Braut von mir, wenn ihr euch wieder seht. Sie wird mich ja kennen, wenn ihr schon in der Geheimschrift miteinander verkehrt, die ich dir beigebracht habe.«

Damit ging Trithemius zur Tür und klopfte. Er wurde herausgelassen, ließ sich noch einmal zum Turmmeister führen, der in einer Besprechung war, aber für ein kurzes Wort aus seinem Zimmer kam.

»Falls der Befehl zur Verlegung des Gefangenen kommt: Könnt Ihr das zwei, drei Tage verzögern?«

»Ich denke schon«, antwortete der Turmmeister.

»Dann bitte ich Euch darum«, sagte Trithemius.

»Gibt es denn wirklich gute Gründe dafür?«

»Ja, die gibt es.«

»Das freut mich. Es ist ein hübscher Kerl.«

Der Turmmeister trat damit in sein Zimmer zurück und sah nicht mehr, dass Trithemius äußerst verwirrt reagierte.

DREIUNDZWANZIGSTES KAPITEL *In dem Meister Brun im Kölner Rathaus erscheint und eine Situation heraufbeschwört, die die Dinge fast zu kompliziert macht, um sie lösen zu können*

»Ich bin nur Bote, ich kann nur sagen, was ich höre. Ich kann solche Fragen nicht stellen, wie Ihr es wünscht.«

Reginald verteidigte sich nun zum wiederholten Male gegen die Vorwürfe, die Meister Brun ihm machte. Gestern hatte er zu einem der kurfürstlichen Räte gehen und ihn aushorchen sollen. Für heute war der Auftrag gewesen, sich an den Diener von Godart von Harff heranzumachen und ihn nach dem Kölner Gefangenen zu fragen, dessen Schicksal nun auch in Brühl in gröbsten Zügen und verschiedensten Verzerrungen bekannt geworden war.

»Du bist einfach zu ungelehrig, Reginald. Natürlich kannst du Fragen stellen. Sie dürfen nur nicht zu offensichtlich sein. Sie müssen Neugier zeigen, Neugier verzeiht jeder. Und außerdem sind die meisten Menschen ganz erpicht darauf, wenn sie etwas weitersagen können, was sie wissen. Aber das begreifst du nicht. Du kennst dich nicht mit den Affekten aus. Du hast höchstens selbst Affekte. Und ich will dir auch sagen, was dein wichtigster Affekt ist. Es ist die Trägheit.«

Reginald fühlte sich äußerst unwohl, als sein Meister in höchster Stimmlage auf ihn einredete, rettete sich in Stillschweigen und Abwarten. Meister Brun hatte denn auch sein Pulver verschossen.

»Ich halte es hier unten nicht mehr aus«, sagte er in deutlich gedämpftem Ton. »Geh hinauf und lass mein Pferd satteln. Das wirst du ja wohl besorgen können. Und sag noch Bescheid, dass ich nach Köln muss. Du hast vergessen zu fragen, wohin genau. Oder sag: in die Residenz im Domhof.«

Als Reginald unschlüssig verharrte, weil er nicht wusste, ob noch ein Befehl folgen werde, quäkte Meister Brun nur noch ein »Nun fort!« hinter ihm her. Reginald drehte sich darauf um und war auf der Stelle verschwunden.

Meister Brun stand von seinem Stuhl auf, drehte mehrere Runden um seinen Schreibtisch und machte sich dann auf den Weg aus seinem ›Verlies‹ nach oben. Er ging in sein Schlafzimmer, packte seinen Mantelsack und trug ihn hinaus. Als er ins Freie trat, war er einen Augenblick überwältigt vom Bild, das sich ihm darbot. Ein tiefblauer Himmel über einer Sommerwiese, aus deren Grün Farben funkelten in Rot- und Gelbtönen, auch in dunklem Braun, tiefem Violett und was sonst die Palette eines Malers hergeben konnte. Dann hörte er sein Pferd wiehern, das wohl wusste, welchen Reiter es zu befördern hatte. Meister Brun dankte dem Knecht, band den Mantelsack hinter den Sattel und saß auf. Er hatte niemanden von den Räten gesehen und war froh, nicht angesprochen worden zu sein.

Meister Brun hatte ein festes Ziel, eigentlich zwei Ziele. Er wollte genau wissen, was aus Volkmar geworden war. Und er wollte ihn aus dem Turm holen. Er glaubte, dazu die Mittel zu besitzen. Die Kölner würden Augen machen. Was die Brühler dazu sagen würden, hatte er lange genug überlegt. Es würde nicht gut um ihn stehen hinterher. Aber man brauchte Leute wie ihn: Entzifferer, die geheime Botschaften lesen konnten. Bald würde die Welt ohnehin nur noch aus Geheimnissen bestehen, würde es ohne Schlüssel und vor allem ohne diejenigen, die Schlüssel entdeckten, keinen Zugang mehr geben. Das wissen sie, sagte er sich immer wieder. Nun trieb er sein Pferd an.

*

Am Mittag erreichte Meister Brun die Stadt, kam nicht ans Rathaus heran, weil sich die Menschen in dichten Scharen davor drängten. Aus der Entfernung und von seinem erhöhten Sitz im Sattel sah er, wie hohe Herren aus dem Portal traten und Pferde bestiegen. Jubel brandete auf, man hörte Hochs auf König Maximilian. Meister Brun suchte auszumachen, wer denn der König sei, konnte aber nicht erkennen, wessen Wams und Hut nun die kostbarsten waren, wessen Pferd die am reichsten verzierte Decke trug. Dann setzte sich der Zug in Bewegung Richtung Dom. Soldaten mit Hellebarden und Fahnen zogen voran, ein Tross mit Knechten und wieder Soldaten folgte. Erst jetzt glaubte er den König genau in der Mitte der prachtvollsten Reiterschar zu entdecken, direkt hinter einem Fanfarenchor, das seine Signale so laut erklingen ließ, dass die Jubelrufe noch übertönt wurden.

Für einen Augenblick schaute Meister Brun gebannt auf das Schauspiel, sorgte sich dann, niemanden im Rathaus zu erreichen. Aber das Volk verlief sich, er saß ab, führte sein Pferd in den Marstall und ging zum Pförtner. Als er sich anmelden wollte, musste er eine Weile warten, während ihm das Herz bis zum Hals schlug. In die Unruhe, niemanden zu erreichen, mischten sich Zweifel, ob er vielleicht irgendetwas übersehen, irgendetwas falsch eingeschätzt hatte. Und wenn die Räte angesichts der großen Ereignisse keinerlei Lust hatten, sich mit dem kleinen Schreiber aus Brühl zu unterhalten?

Dann verflogen alle düsteren Gedanken. Er wurde aufgefordert, nach oben zu kommen. Nur noch einen kleinen Augenblick, er habe Glück, die Herren seien zu sprechen. Meister Brun ging vor der Tür, zu der er geführt wurde, auf und ab. Nur hin und wieder drangen undeutliche Töne an sein Ohr. Es war also jemand dort.

»Meister Brun?«, hörte er plötzlich eine Stimme, als er gerade mit dem Rücken zur Tür stand. »Ein kurfürstlicher Schreiber ohne Anmeldung aus Brühl bei uns?«

Meister Brun hatte sich mittlerweile umgedreht, war auf den älteren Herrn in pelzgefütterter Schaube zugegangen und grüßte förmlich.

»Ich bitte um Entschuldigung für den überraschenden Besuch zu dieser Zeit, aber es handelt sich um einen sehr dringenden und sehr delikaten Fall.«

»Na, dann kommt zuerst einmal hinein in unsere gute Stube. Ihr seid direkt von der Brühler Residenz hierher geritten und werdet einen Sessel zu schätzen wissen.«

Er leitete Meister Brun mit einer Handbewegung auf einen Platz an einem großen Tisch und fuhr fort:

»Ich nehme an, im Stehen erledigt sich das nicht, was Ihr vorhabt. Nehmt es mir nicht übel, aber Ihr seht durchaus etwas erregt aus.«

Meister Brun war wirklich verwirrt, suchte sich mit Gewalt zu fassen, auch als er sah, dass die Herren ihn erwartungsvoll anblickten und erwarteten, sein Begehr zu erfahren.

»Ich bin hier«, begann er in Worten, die er sich unterwegs immer wieder zurechtgelegt hatte, »um in einen Fall Licht zu bringen, in den nur ich Licht bringen kann …«

»O, das hat hier noch niemand behauptet«, unterbrach Kaster ihn mit einem heiteren, aber auch ironischen Unterton. »Fahrt nur fort.«

Meister Brun glaubte, auf die Äußerung eingehen zu müssen, und verlor sofort seinen roten Faden.

»Ich bin nicht einfach Schreiber in Brühl, ich bin zuständig für ...«

Dabei stockte er, worauf Kannen ihn ermunterte:

»Für was denn, Meister Brun? Wir hörten doch, Ihr seid Schreiber.«

»Ja, das bin ich. Aber ich bin zuständig für die Entzifferung von Geheimschriften.«

Die beiden Herren sahen sich betreten an. Kaster war der Erste, der eine Frage stellte.

»Und was sollen wir damit zu tun haben?«

»Ich hatte die Hoffnung, dass ich hier richtig bin. Ich dachte, es müssten auch beim Kölner Rat Herren zuständig sein für Briefe, die nicht unverschlüsselt hinausgehen.«

»Und wie kommt Ihr darauf?«, fragte Kaster.

»Ich weiß nicht, wie ich es ausdrücken soll. Aber ich weiß es. Ich entziffere seit geraumer Zeit Briefe dieser Art, die mir von unseren Leuten gegeben werden. Ich meine von Leuten, die Eure Boten überfallen haben.«

»Und das erzählt Ihr uns? Was sagt denn Euer Erzbischof dazu, dass Ihr das hier ausplaudert?«

»Er weiß es nicht.«

Kaster flüsterte seinem Kollegen etwas ins Ohr. »Meister Brun, Ihr überrascht uns, was eigentlich sehr selten vorkommt. Was Ihr da sagt, ist Verrat. Aber es scheint nicht so zu sein, dass Ihr damit einen eigenen Vorteil verfolgt. Was steckt denn nun genau dahinter, dass Ihr uns das erzählt?«

Meister Brun war erleichtert. Er blickte Kaster dankbar an und antwortete:

»Bei der letzten Post in die Niederlande, die wir abgefangen haben, war ein Brief, der nicht hineingehörte. Ein Schreiber aus der erzbischöflichen Residenz im Domhof hat über einen Freund einen privaten Brief mitbefördern lassen. Dieser Brief war ebenfalls verschlüsselt, und zwar – ich bitte um Nachsicht – in einem interessanteren Schlüssel, als Ihr ihn verwendet. Ich habe alles getan, um diesen

Brief zu entziffern. Ich bin nach Sponheim geritten zum Abt Johannes Trithemius, der ja im Augenblick hier in Köln ist und auch uns in Brühl schon besucht hat. Tatsächlich war der Briefschreiber einmal Novize in dessen Kloster und hatte von dorther seine Kenntnisse. Ich will es kurz machen: Ich habe den Brief schließlich mithilfe des Abtes entziffert. Es war ein simpler Liebesbrief, aber ein Brief in einer der fortgeschrittensten Verschlüsselung, die es in Europa geben dürfte.«

»Darf ich fragen, ob noch etwas kommt, was für uns von Interesse ist«, fragte Kannen nicht ohne tadelnden Unterton.

»Sofort«, antwortete Meister Brun. »Ich muss nur noch erzählen, dass ich sicher gehen wollte, ob ich den Schlüssel verstanden hatte. Deshalb habe ich selbst in diesem Schlüssel einen Brief verfasst. Als dann die Antwort kam, war für mich alles geklärt. Nur geschah etwas Unvorhergesehenes.«

Meister Brun merkte, dass beide Herren immer ungeduldiger wurden.

»Ich komme sofort zu den Kölner Belangen«, warf Meister Brun ein und fuhr dann in seiner Erzählung fort, indem er auf die Briefpartner, Volkmar und Else, einging und darlegte, wie es zu Missverständnissen und dann zum Mord in Zons gekommen war, den man aus einem noch viel größeren Missverständnis heraus diesem Volkmar anlastete.

Meister Brun hatte nicht bemerkt, dass die beiden Herren ihn zuletzt lange reden ließen. Vor allem hatte er nicht bemerkt, dass sie Blicke austauschten, sich etwas zuflüsterten. Genau in einem solchen Augenblick endete er, worauf eine Pause entstand, in der Meister Brun zu zweifeln begann, wie weit man ihm überhaupt zugehört hatte. Dann wandte sich Kaster an ihn.

»Wer genau weiß, dass Ihr uns das alles erzählt?«

»Niemand.«

»Keiner der kurfürstlichen Räte?«

»Nein, keiner.«

Wieder entstand eine Pause, in der die Herren sich etwas zuflüsterten, worauf Kannen aufstand und sich für einen Moment entschuldigte. Kaster setzte sich zurecht, als richte er sich auf eine längere Rede ein, und begann:

»Ich weiß nicht, ob es Euch überrascht, aber wir wissen natürlich, dass der Kurfürst hinter diesen kleinen Überfällen steckt, von denen Ihr berichtet habt. Wir haben auch damit gerechnet, dass der Kurfürst über einen klugen Mann wie Euch verfügt, der die Briefe entziffert. Unser Mann, der die Briefe verschlüsselt, könnte wohl auch fremde Schlüssel brechen. Ihr seht, Ihr sagt uns nichts Neues. Aber«, damit lehnte sich Kaster weit zurück, als wolle er sich seine Worte noch einmal ganz genau überlegen, »wir wünschen nicht, dass jemand etwas über diese Dinge erfährt. Unter ›Jemand‹ verstehe ich dabei Leute, die das sehr komplizierte Verhältnis, das wir zum Kurfürsten haben, willentlich oder unwillentlich belasten würden. Ich nehme an, diese Leute gibt es sowohl bei Euch wie bei uns. Wir«, Kaster betonte es, indem er beide Hände auf seine Brust richtete, »wollen dies am allerwenigsten. Adolf Kannen und ich haben uns eben entschlossen, Dietrich von Horst zu rufen, um mit ihm gemeinsam das weitere Vorgehen abzustimmen. Von Horst hat die Aufsicht über unser Gerichtswesen und kann dem Turmmeister Anweisungen geben. Er wird gleich hier sein, denn wir wissen, dass er heute im Hause ist. Aber zuvor geht es darum, ein anderes Problem zu lösen. Wie könnt Ihr gewährleisten, dass dieses Gespräch unter uns bleibt?«

Meister Brun war immer hoffnungsvoller geworden, zum Schluss hoch erfreut über die Aussicht. Er sagte:

»Aber ich habe doch selbst das allergrößte Interesse. Ich bin doch am allermeisten darauf angewiesen, dass niemand etwas erfährt.«

»Würdet Ihr uns noch etwas entgegenkommen und näher ausführen, worin diese neuen Entwicklungen bestehen, von denen ihr berichtet habt? Ich meine, nicht uns beiden ausführen, wir verstehen davon zu wenig, aber unserem Spezialisten, Meister Hraban. Ihr werdet heute wohl nicht mehr nach Brühl zurückwollen, und heute Abend oder morgen früh lässt sich ein Gespräch sicher einrichten.«

Ehe Meister Brun antworten konnte, ging die Tür auf, und Kannen kam mit einem fremden Herrn zurück, in dem Meister Brun den angekündigten Rat der Stadt vermutete. Man stellte sich vor, und Kaster ergriff wieder das Wort, das er an den Neuankömmling richtete, der tatsächlich Dietrich von Horst war.

»Darf ich fragen, ob Ihr schon genügend im Bilde seid, um ein Urteil zu fällen?«

Von Horst hatte sich mittlerweile an den Tisch gesetzt, räusperte sich und begann:

»Dieser Volkmar von Linn, um den es sich hier ja wohl handelt, soll morgen in den Frankenturm überführt werden. Es liegt schwerer Verdacht vor, was eine peinliche Befragung, also eine Befragung unter Anwendung von Folter, rechtfertigt. Die erste Stufe dieser Befragung besteht bekanntlich darin, dass dem Delinquenten die Folterwerkzeuge gezeigt werden. Er kann dann sofort seine Schuld bekennen, ohne dass es zu einer wirklichen Anwendung kommt. In seinem Falle würde dies freilich zur Verurteilung zum Tode führen. Es geht ja wohl um Mord.«

Meister Brun musste sich beherrschen, um nicht herauszuschreien. Kaster bemerkte es und griff ein.

»Meister Brun, der hier am Tisch sitzt, hat uns glaubhaft vorgetragen, dass es sich um eine sehr unglückliche Geschichte handelt. Dieser Volkmar von Linn scheint tatsächlich unschuldig zu sein. Meister Brun erklärt ihn zum Opfer einer Intrige, einer Intrige, die er, Meister Brun, selbst zu verantworten hat und offensichtlich bereut.«

Von Horst schaute Meister Brun mit einem Blick an, die diesen durch und durch erschütterte. Kaster fuhr fort:

»Wir, ich meine: wir als Vertreter der Stadt, wollen allerdings, dass diese Intrige nicht ruchbar wird. Wir wollen überhaupt, dass der Fall ohne jedes Aufheben gelöst wird. Bestehen dazu Aussichten?«

Damit wandte er sich an von Horst. Der wiegte den Kopf, schüttelte ihn zuletzt und sagte:

»Ihr wisst doch selbst, dass unsere Bürger sehr darauf achten, dass unsere Verfahren rechtlich ablaufen. Warum soll jemand trotz Verdachts laufen gelassen werden, während andere auf die Streckbank müssen? Ich weiß, Ihr habt Sorgen, was das Verhältnis zum Kurfürsten anlangt. Ich habe Sorgen wegen der Reaktion unserer Bürger.«

»Und wenn noch einmal die Aussagen geprüft werden, die zur Verhaftung geführt haben?«, warf Kannen ein. »Lässt sich kein Aufschub einrichten?«

»Dann muss sofort etwas geschehen. Für einen Aufschub brauche ich wenigstens einen Hinweis darauf, dass irgendwie Hoffnung auf neue Erkenntnisse bestehen.«

»Und wenn man sich an Volkmar von Linn selbst wendet?«, fragte diesmal Meister Brun verzweifelt. »Er beteuert doch seine Unschuld und wird am besten wissen, wie man sie erhärten kann.«

»Dann soll er leugnen«, antwortete Dietrich von Horst trocken.

»Es beeindruckt die Verantwortlichen immer, wenn sie hören, dass jemand angesichts der Folter leugnet. Den zweiten Grad kann ein gesunder junger Mann im Übrigen ganz gut aushalten. In ein paar Tagen hat er sich erholt.«

Kaster sah Meister Brun an, dass er nicht nur litt, sondern kurz davor stand zusammenzubrechen. So schaltete er sich noch einmal energisch ein.

»Ich denke, unsere Bitte um vorläufige Aussetzung bekommt mehr Gewicht, wenn ich hier zusammen mit meinem Kollegen bezeuge, dass es in diesem Fall ein höheres Interesse gibt. Ihr wisst«, damit schaute er von Horst fest an, »dass wir als Vorsteher der Kanzlei für den Briefverkehr und die dabei angewendete Verschlüsselung zuständig sind. Es geht also um Geheimnisse von erheblicher Bedeutung. Diese Geheimnisse sind aus Gründen, die in Kürze schwer zu erklären sind, bedroht. Wir bitten also sehr eindringlich darum, unsere Sorgen höher zu bewerten als Eure. Wir bitten wenigstens um Aussetzung des Verfahrens, bis geklärt ist, ob neue Einsichten zu beschaffen sind. Könnt Ihr uns so weit entgegenkommen?«

Von Horst zeigte alle Anzeichen, dass er wenig begeistert war. Er schüttelte zuletzt den Kopf und sagte dann:

»Ich kann es versuchen, aber ich kann nichts versprechen. Von verschlüsselten Briefen höre ich heute zum ersten Mal. So bedeutend kann dies also kaum sein, als dass deshalb Mörder freigelassen werden sollten. Aber wenn die Herren meinen. An mir soll ein Versuch nicht scheitern.«

Alle Herren standen auf. Man verabschiedete sich. Kaster brachte Meister Brun zum Treppenhaus, blieb noch einmal bei ihm stehen und sprach ihm Mut zu.

»Ich hätte nicht gedacht, dass wir hier einmal zusammen mit einem kurfürstlichen Schreiber in einem Boot sitzen würden. Aber genau das tun wir. Und denkt daran: Ihr unterhaltet Euch heute Abend mit Meister Hraban. Ihr trefft ihn unten beim Pförtner, sagt Bescheid, wann genau. Auch wir hören noch voneinander. Und viel Glück.«

VIERUNDZWANZIGSTES KAPITEL *In dem Trithemius ganz unvorhergesehen in den Mittelpunkt einer Rettungsaktion rückt und zum Schluss Gelegenheit findet, das Geschehen und seine eigene Rolle darin zu betrachten*

»Dieser junge Mann ist ein Niederländer und heißt Erasmus von Rotterdam.«

»Er hat die Sprichwörtersammlung in Paris drucken lassen, obwohl er von der dortigen Universität die Nase voll hatte.«

»Prahlt doch nicht immer mit diesen Kenntnissen, wer wo was hat drucken lassen – wichtig sind schließlich die Texte.«

»Könnt Ihr nicht das Streiten lassen. Ich möchte endlich wissen, was an dieser Sprichwörtersammlung so interessant sein soll.«

»Lasst Bruder Bernhard einmal berichten. Oder habt Ihr, Bruder Johannes, sie auch gelesen?«

Trithemius merkte kaum, dass er angesprochen wurde, weil ein Diener Briefe in der Runde austeilte, die offenbar gerade angekommen waren. Trithemius hatte sich noch einmal von Köln nach Brühl begeben, um an einem Gespräch von Gelehrten teilzunehmen, die der Kurfürst hierher geladen hatte, und an dessen Rande er mit den Räten über das Schicksal von Volkmar reden zu können hoffte. Erst eine kleine Pause ließ ihm die Frage zu Bewusstsein kommen.

»Entschuldigung! Was gelesen?«, fragte er zurück.

»Die Sprichwörtersammlung des Erasmus, die *Adagia*.«

»Ja, natürlich, das muss man doch. Nirgends findet man die Antike auf so lebendige Weise dargestellt. Aber ich bin sicher, Bruder Bernhard weiß noch viel besser Bescheid.«

Der Angesprochene, Prior der Kölner Kartause, die für ihre gelehrten Studien und noch mehr für ihre Bücherschätze berühmt war, übernahm dankbar die Aufgabe und setzte zu einer breiten Darlegung an, wieso die Weisheit der Alten nicht nur in ihren großen Werken, sondern auch in ihren Sprichwörtern zutage trete, wandte sich ausgewählten Beispielen zu, worunter er das *Festina lente*, »Eile mit Weile«, besonders ausführlich behandelte, während sich in der Runde langsam Unruhe breit machte. Auch die Gedanken von Trithemius schweiften immer weiter ab von den *Adagia* des Erasmus von Rotterdam, die der Vortragende in leuchtenden Farben schilderte. Er sah vielmehr immer noch dem Boten zu, der weiter von Mitglied zu Mitglied des erlauchten Kreises ging, gelegentlich stehen blieb und einen Brief aushändigte. Zum Schluss behielt er einen einzigen zurück, las noch einmal die Anschrift und flüsterte etwas in die Runde, worauf die Angesprochenen den Kopf schüttelten. Dann kam der Bote in seine Nähe, und Trithemius verstand diesmal.

»Da ist noch ein Brief an das Kollegium der kurfürstlichen Räte, die mit dem Fall Tilman Ruter aus Neuss befasst sind. Weiß jemand Bescheid?«

Trithemius musste sich beherrschen, um nicht aufzuspringen. Er winkte den Boten heran und erbat den Brief.

»Ja, ich weiß Bescheid«, sagte er bestimmt.

Der Bote wunderte sich, händigte den Brief jedoch ohne Umstände aus, während der Redner offenbar endlich ein Ende seiner Ausführungen erreicht hatte und einige Mitglieder Fragen zu stellen begannen.

»Und woher weiß man, dass er diese Hunderte von Sprichwörtern nicht selbst erfunden hat?«

Während sich schallendes Gelächter in der Runde erhob, erbrach Trithemius den Brief und las. Er wurde dabei von Zeile zu Zeile bestürzter:

An
das Kollegium der kurfürstlichen Räte in Brühl,
die mit dem Fall Tilman Ruter aus Neuss befasst sind!
Um kein Unrecht in der Welt aufkommen zu lassen, das mit meinen bescheidenen Kräften verhindert werden kann, gebe ich hiermit die Erklärung ab, dass der zurzeit im Kölner Bayenturm einsitzende Volkmar von Linn unmöglich der Mörder meines Sohnes Tilman sein kann. Zur Begründung habe ich Folgendes zu sagen. Mein Sohn ist nach Aussage des Wirtes der Herberge ›Zum Schwert‹ von einer Person ermordet worden, die als Einzige nach einem Streit in der allseits bekannten Juni-Regennacht geflohen ist. Der Verdacht richtete sich auf Volkmar

von Linn, der ebenfalls in Zons anwesend war. Nach der Beschreibung des Wirtes handelte es sich bei dem Flüchtigen um einen großen, starken Mann, schwarzhaarig, in Jägerkleidung. Volkmar von Linn ist dagegen mittelgroß, hellblond und war unauffällig gekleidet. Der Wirt konnte keine Angaben über Namen machen. Er erinnert sich jedoch daran, dass der Jäger auf einem Pferd unterwegs war, das auf seinem Sattelzeug das Wappen des Kurfürsten trug.
Ich schreibe diesen Brief in der Hoffnung …«

Trithemius ließ den Brief sinken. Sein Nachbar bemerkte, dass er um Fassung rang, und erkundigte sich, ob er helfen könne. Ein Vortragender war gerade zum Thema der neuen Klassikerausgaben gekommen und bedauerte die abenteuerlichen Druckfehler, die alles überträfen, was faule Mönche in ihren Handschriften während ganzer Jahrhunderte geboten hätten. Trithemius bedankte sich für die Nachfrage, bat den Nachbarn, ihn in der Runde zu entschuldigen, stand auf und verließ den Raum. An der Tür fand er einen Boten, den er nach dem Namen der Räte fragte, die für die juristischen Streitigkeiten mit Köln zuständig seien. Er ließ sie rufen, setzte sich vor der Tür des Besprechungsraums auf einen Stuhl und wartete.

Es dauerte. Als Trithemius einen vornehmen Mann nahen sah, sprang er auf, sprach ihn an, ob er Jurist sei. Aber es handelte sich um einen Gast, der sich lediglich verspätet hatte. Dann kam der Richtige. Ein schon älterer Herr ging auf ihn zu und sprach ihn schon von weitem an.

»Ihr habt mich rufen lassen. Mein Name ist Godart von Harff. Ich stehe zu Eurer Verfügung.«

Trithemius zeigte ihm den Brief. Sein Gegenüber las den Text ohne jede Reaktion. Zum Schluss gab er den Brief zurück und sagte:

»Wenn es so ist, müssen wir etwas tun. Darf ich fragen, wie Ihr mit diesem Fall befasst seid?«

Trithemius musste sich beherrschen, um nicht aus der Haut zu fahren. Er zwang sich zur Ruhe, als er antwortete:

»Volkmar von Linn war jahrelang mein Novize. Ich kenne wenige Menschen seiner Friedfertigkeit. Es ist mir unbegreiflich, wie er in die Mühlen der Kölner Justiz geraten konnte.«

Von Harff zeigte immer noch keine Regung.

»Wir sind nicht ganz unschuldig daran, es tut mir Leid. Wir hatten von dem Mord in Zons gehört und sind durch unseren Meister Brun informiert worden, dass dieser Volkmar von Linn als Täter infrage kam. Wenn natürlich dieses Zeugnis des Vaters vorliegt …«

Trithemius hatte ansetzen wollen, um zu sagen, dass er sich auch ohne dieses Zeugnis nicht vorstellen könne, wie jemals ein Verdacht zu rechtfertigen gewesen sei, hielt sich jedoch zurück und sagte:

»Zum Glück liegt das Zeugnis vor, und ich glaube, es wird allerhöchste Zeit, es nach Köln zu bringen. Ich nehme an, dieser Vater des Ermordeten hat geglaubt, Volkmar von Linn sei in Köln bereits verurteilt und an den Kurfürsten überwiesen, der die letzte Zustimmung bei Kapitalverbrechen erteilt, ehe die Kölner nur noch die Exekution vollziehen. Allerdings ist dies nur der eine Teil der Folgen, die sich aus dem Brief ergeben. Es ist auch von einem Jäger die Rede, bei dem es sich sehr gut um einen Eurer Leute handeln könnte. Ihr habt doch gewiss einen Dienstplan und könnt feststellen, wer in dieser Regennacht in Zons war.«

»Ja, natürlich.«

»Können wir das sofort erledigen?«

»Wirklich jetzt?«

Trithemius bemerkte, wie unangenehm seinem Gesprächspartner die Situation war, und geriet diesmal in eine Wallung, die er weniger beherrschen konnte als zuvor.

»Ja, jetzt, ich glaube, bei Mord sollte man immer sofort handeln«, sagte er so energisch wie möglich. »Ich bitte, zuallererst einen Boten nach Köln zu beordern, der in Eurem Namen bekundet, dass sich die Verhaftung von Volkmar von Linn als Fehlgriff herausgestellt hat, weil der wirkliche Mörder so gut wie entlarvt sei. Und dann bitte ich darum, den Dienstplan einzusehen, und zwar innerhalb der nächsten Stunde. Ich werde mich zurückbegeben in die Runde der Gelehrten, die über die neuesten humanistischen Studien diskutieren, und noch vor Mittag nachfragen, welche Ergebnisse die Überprüfung gebracht hat. Ich denke, Ihr wisst selbst am besten, was zu tun ist, wenn sich herausstellen sollte, wer von Euren Jägern betroffen ist.«

Trithemius hatte einen der schwersten Tage seines Lebens zu überstehen. Antike Autoren wurden genannt, der Stand ihrer Ausgaben besprochen, Fehlendes in Erinnerung gerufen, eine Art Reihenfolge der Wichtigkeit für künftige Neuausgaben debattiert. Mehr als eine

Stunde verbissen sich zwei Kontrahenten in die Frage, ob Cicero oder Quintilian wichtiger für die Rhetorik sei.

Dann kam endlich ein Bote, der zu Trithemius schlich und ihm ins Ohr flüsterte: »Godart von Harff schickt mich, um Euch zu sagen, dass der Brief nach Köln unterwegs ist und ein Jäger in Poppelsdorf verhört wird.«

»Poppelsdorf?«

»Das ist das kurfürstliche Gefängnis.«

Trithemius dankte und wandte sich wieder der Diskussion zu, wo gerade der Anwalt Ciceros das Wort hatte. Trithemius fragte seinen Nachbarn, wie weit es nach Poppelsdorf sei.

»Zu Pferd? Nicht mehr als eine Stunde.«

Trithemius bedankte sich, bat seinen Nachbarn, ihn zu entschuldigen, er sei zu Abend wieder zurück. Dann erhob er sich, ärgerte sich, dass eine Pause eintrat, weil der Cicero-Anwalt geendigt hatte und die Runde ihn anstarrte. Er machte eine beschwichtigende Gebärde, die anzeigen sollte, dass alles in Ordnung sei. Dann schloss sich hinter ihm die Tür. Trithemius verließ das Gebäude und suchte einen Diener, der im Marstall dafür sorgen sollte, dass ein Pferd bereitgestellt würde. Er fand jemanden, zog unterdessen seine Reitkleidung an, erhielt das Pferd, erkundigte sich nach dem Weg und ritt los. Noch hatte es nicht Mittag geschlagen.

*

In Poppelsdorf lag die kleinere Residenz des Kurfürsten, ein Ausweichquartier für den Fall, dass Brühl von Feinden belagert werden sollte. Nur rechnete schon lange niemand mehr mit solchen Feinden, vor allem nicht mit solchen aus Köln. Hermann von Hessen war ein friedfertiger Herrscher, drohte mit allen rechtlichen Mitteln, die er zur Verfügung hatte, scheute keinen Streit, wohl aber Gewalt. Seit er als junger Mann fast ein Jahr lang Neuss gegen Karl von Burgund verteidigt, seit er Hunger und Entbehrungen aller Art erduldet hatte, verabscheute er den Krieg. Poppelsdorf war keine Festung geworden, sondern ein weiterer Verwaltungssitz. Und hier lag auch das Gefängnis, im Turm. Trithemius musste nicht lange danach fragen.

Als er an der Pforte Einlass begehrte, betrachtete der Dienst tuende Wachmann erst lange die vor ihm stehende Gestalt, der man in der

Reitkleidung den Abt nicht leicht ansah. Dann hörte er sich den Begehr an, wobei die vorgebrachten Namen und überhaupt die Sprache deutlich bezeugten, dass hier wohl kein Irrtum möglich war. So konnte Trithemius eintreten und den Kerkermeister selbst sprechen. Der war sehr erstaunt darüber, mit diesem fremden Abt zu tun zu haben und ließ sich die Zusammenhänge erklären. Dann sagte er:

»Der gnädige Herr von Harff hat den Jäger hierher beordert und in Gewahrsam nehmen lassen. Dann hat er persönlich ein Verhör vorgenommen. Der Jäger hat gestanden, einen Mann erschlagen zu haben. Er beschwört allerdings, dass es ein Unfall war. Das Protokoll liegt vor. Ich kann es Euch nur zeigen, wenn der gnädige Herr ausdrücklich zustimmt. Er ist jedoch schon wieder nach Brühl zurück. Ihr müsst ihm eigentlich begegnet sein. Wollt Ihr zu dem Gefangenen? Dies kann ich auf jeden Fall selbst verantworten.«

Trithemius überlegte einen Moment, verneinte dann.

»Kann ich Herrn von Harff noch erreichen? Wisst Ihr, welchen Weg er genommen hat?«

Der Kerkermeister beschrieb es. Trithemius bedankte sich und verließ das Gebäude. Kurze Zeit später saß er wieder auf seinem Pferd und jagte es Richtung Brühl.

Aber so sehr er sich anstrengte, er erreichte den Gesuchten nicht. Zuletzt gab Trithemius seinem Pferd die Zügel frei und ließ es nach anstrengendem Galopp im Schritt gehen. In der Ferne zeichnete sich der Wald ab, aus dem der Turm der Augustusburg herausragte. In diesem Turm ist alles entstanden, sagte er sich. In seinem Keller hat ein kleiner Schreiber die Geschichte von Menschen bestimmt. Er hat ein Liebespaar auf eine harte Probe gestellt und einen jungen Mann fast in den Tod geführt. Ob der Brief des Vaters den Kölnern reichen wird, ist höchst ungewiss. Erstens kann die Nachricht zu spät kommen und Volkmar schon im Frankenturm sein, wenn nicht schon auf der Streckbank, wo er sicher gestehen wird. Zweitens kann es sein, dass sie den Brief verschwinden lassen, um die peinlichen Nebenumstände zu verheimlichen. In jedem Fall muss Volkmar viel Glück haben, sehr viel Glück. Falls es am Ende ein Brautpaar gibt, wird es vielleicht nie erfahren, an welch seidenem Faden sein Schicksal hing. Und falls es keins gibt …

Das Pferd setzte zu einem kleinen Sprung an über einen umgefallenen Baum, der über dem Weg lag. Als habe das kurze Durchschütteln auch seinen Geist noch einmal in Bewegung gebracht, dachte Trithemius zuletzt an sich selbst, an seinen Beitrag zu all den Verwicklungen. Er hatte wieder Volkmar vor Augen, den jungen Burschen. Er sah ihn an seinem Tisch, wenn er nach Diktat schrieb oder Alphabete auf Vorrat anfertigte, Buchstaben in Texten auszählte. Stets war es um Geheimnisse gegangen. Sein eigenes Geheimnis hatte Trithemius nie verraten – und doch hatte Volkmar es gespürt. Er war eben zu weit gegangen mit immer neuen und immer längeren Zusammenkünften. Er hatte übersehen, dass es zu viel wurde. Er hatte Grenzen verletzt. Immerhin bestand jetzt die Hoffnung auf einen Ausgleich. Ich habe ihn gepeinigt, ich werde ihn vielleicht retten, sagte sich Trithemius. Das Bild des jungen Mannes blieb vor seinen Augen stehen. Dann trieb er das Pferd erneut an. Wenig später war er in Brühl. Auch dort konnte er Godart von Harff nicht finden.

FÜNFUNDZWANZIGSTES KAPITEL *In dem Azzo eine Nachricht nach Neuss bringt und diesmal auch an sein Ziel gelangt*

Volkmar saß an seinem Schreibtisch im erzbischöflichen Palast und kopierte Akten. Am Abend zuvor war er aus dem Frankenturm entlassen worden, wo man ihm schon den Termin zur Folter mitgeteilt hatte. Die Erklärung lautete, der Mörder von Tilman Ruter sei gefunden, er selbst damit nicht länger verdächtig. Er möge an seinen Arbeitsplatz zurückkehren, der Sekretarius warte schon auf ihn. Volkmar war so verwirrt gewesen, so sehr von seinem Glück übermannt, dass er keinerlei Kommentar abzugeben in der Lage war. Er bedankte sich beim Turmmeister, der ihm fröhlich auf die Schultern klopfte. So etwas komme vor, sagte der unter breitem Grinsen. Aber Verdacht sei Verdacht, dafür habe wohl jeder Verständnis. Wenn nun ein anderer verdächtiger sei, werde man diesen auf die Streckbank schicken. Am Ende stehe immer das Geständnis. Ohne Geständnis werde niemand hingerichtet. Das sei das Befriedigende an der Justiz.

Volkmar hatte auch dies kommentarlos zur Kenntnis genommen und war gegangen. Vom Frankenturm war es nicht weit in die Druckerei gewesen, wo Peter Quentel zuerst große Augen gemacht hatte und dann dem Freund um den Hals gefallen war. Wie wird erst Else sich freuen, hatte er gesagt. Ja eben, wie würde sie sich freuen, wenn sie es nur wüsste? Volkmar kopierte eine Zeile, unterbrach dann seine Arbeit und stand auf. Er wusste, dass dies mehr als ungewöhnlich war. Schreiber haben zu schreiben, hieß es immer. Aber ihm war ein Gedanke gekommen: Wenn er seine Ersparnisse opferte und einen Botengang aus seiner Tasche bezahlte, könnte vielleicht sofort jemand nach Neuss geschickt werden. Volkmar stand vor dem verdutzten Sekretarius.

»Ich habe eine große Bitte«, begann er. »Meine Braut in Neuss vergeht vor Sorgen. Kann nicht ein Bote ihr die Nachricht von meiner Entlassung bringen? Ich habe Ersparnisse, aus denen ich den Gang bezahlen werde. Wenn es nur …«

»Dann schreibt einen Brief«, sagte mitten in seinen Ausführungen der Sekretarius, der ein Einsehen hatte. »Ich werde sehen, ob Azzo zurück ist. Wenn ja, wird er sich aufs Pferd setzen. Ihr müsst ihn allerdings drei Abende danach freihalten. Und Azzo hat einen sehr kräftigen Durst.«

Damit stand der Sekretarius auf und verließ seinen Schreibtisch. Volkmar nahm wieder seinen Platz ein, räumte das angefangene Schriftstück zur Seite, legte sich stattdessen ein neues Blatt zurecht und schrieb:

Meine liebste Else!
Ich bin frei – seit gestern Abend. In der letzten Nacht war ich bei Peter und habe mit ihm in der Quentelei gefeiert. Jetzt habe ich einen Weg gefunden, dich zu benachrichtigen. Ich selbst komme am letzten Sonntag im Juli. Ich hoffe, Deine Eltern nehmen mich freundlich auf.
Dein Volkmar

Dann blickte Volkmar in Richtung des Sekretarius, sah ihn nicht und griff noch einmal zur Feder. Er schrieb zuerst die Buchstaben P.S. für Postskriptum und notierte sich auf einem Schmierzettel die Worte »Ich liebe dich«. Dann schrieb er Buchstabe für Buchstabe aus dem Kopf in das vertraute Geheimalphabet um, bis herauskam:

AUZ DAWTW VAUZ

Er betrachtete die neuen Buchstaben, lächelte und verwandelte sie nach dem vertrauten Schlüssel in einen Satz. Zum ersten Mal hatte er den Eindruck, dass dabei kein Kauderwelsch herauskam wie sonst immer, sondern eine klare und verständliche Bemerkung, bei der niemand die Verschlüsselung ahnen würde – selbst Abt Johannes hätte es nicht besser gekonnt:

Auf unsere Zukunft, die auf wahrhaft tröstliche Weise vor August uns zusammenbringt.

Er übertrug die Worte in den Brief, faltete das Blatt, siegelte es an seinem Schreibtisch und ging damit zum Sekretarius. Der war gerade zurückgekehrt, machte ein heiteres Gesicht und kündigte an, dass Azzo einverstanden sei und den Brief jetzt gleich erwarte, um ihn am nächsten Morgen in aller Frühe nach Neuss zu befördern. Freilich fügte er hinzu, dass der Botengang teurer würde, als er gedacht habe, weil Azzo müde sei, und nur ein sehr gutes Angebot an Bier nicht ausschlagen werde. Drei Tage würden nicht reichen. Ohne etwas zu antworten, verschwand Volkmar im Treppenhaus.

*

Die Felder standen in genau der Pracht, die Azzo so sehr liebte. Roggen und Weizen waren reif zum Schnitt, prunkten geradezu mit ihrer Frucht, die dank des zuletzt so freundlichen Wetters prächtig gediehen war. Ein leichter Westwind legte die Halme sanft nach Osten, der schon seit geraumer Zeit aufgegangenen Sonne entgegen, die den Feldern einen goldenen Glanz verlieh. Azzo sah es mit Behagen, aber nur für einen Moment, weil seine Gedanken immer wieder abschweiften. Ganz entgegen seiner Gewohnheit malte er sich allerdings nicht dralle Mägde aus, die ihm das Essen servieren würden, vielmehr dachte er an die eigenartige Szene am gestrigen Nachmittag. Ein verliebter Kerl zahlt für die prompte Benachrichtigung seiner Braut eine Woche lang die allabendliche Zeche. War es ihm auch so gegangen vor Jahren, als er seine Gret freite? Azzo strengte sein Gedächtnis an, legte die Stirn in Falten und konnte sich doch nicht recht daran erinnern, so erpicht gewesen zu sein auf irgendwelche Mitteilungen, so vor Freude getanzt zu haben, dass die Botschaft ein paar Tage früher ihr Ziel erreichte, als sie es auch ohne besondere Zahlung getan hätte. Ob es etwa an der Frau lag? Azzo stellte sich seine Gret vor und dachte daran, dass es vielleicht noch schönere gäbe, drallere, noch viel drallere sogar als die Magd im »Himmelreich«, von der er sich besonders gerne bedienen ließ.

Unter diesen Gedanken erreichte er den Worringer Bruch, die Stelle, an der er vor Monaten überfallen worden war, erinnerte sich daran, dass der Kölner Ratsherr ihm ausdrücklich geraten hatte, solche Wälder zu meiden. Azzo sah sich mit schlechtem Gewissen um, verlangsamte den Trab, um wenigstens nicht aus dem Sattel geworfen zu werden, falls das Pferd noch einmal gegen ein Seil laufe. Aber es war alles in Ordnung: kein Seil, kein Überfall. Um die Mittagszeit passierte er Zons, dann zog sich die Strecke lang hin bis Neuss. Am Nachmittag zeichnete sich der Turm von Sankt Quirin in der Ferne ab, die Stadtmauer kam näher. Die Straße wurde belebter, dann hatte er das Obertor erreicht, den Eingang in die Stadt für alle, die vom Süden, von Köln her, kamen.

Er musste zum Tuchhändler Moers, zu dessen Tochter Else, hatte ihm Volkmar, dieser verliebte Bengel, gesagt. Er könne den Brief im Haus aber auch jeder anderen Person geben, denn niemand werde sein wahres Geheimnis entziffern. Azzo hatte die Bemerkung für töricht gehalten, sie auf diese merkwürdige Form von Liebe geschoben. Geheimnisse!, sagte er vor sich hin, als er schon die Oberstraße entlang ritt und darauf achten musste, niemanden zu belästigen. Was für Geheimnisse denn, wenn man liebt? Wo soll denn bei der Liebe ein Geheimnis sein? Liebe ist Fülle, dralles Fleisch, heftiges Umschlingen, aber kein Geheimnis. Das Leben ist doch viel geheimnisvoller, dieser Ritt zum Beispiel, der den jungen Burschen eine Woche freies Trinken kostete. Ob er vielleicht nicht weiß, was ich vertrage? Er wird sich noch wundern. Dann hat er ein wirkliches Geheimnis gelüftet. Azzo lachte und fragte dann unvermittelt einen Mann nach dem Haus des Tuchhändlers Moers.

Wenig später stand er vor dem Haus. Er saß ab, zurrte das Pferd an einem Ring an der Mauer fest und ging auf die Tür zu. Er bediente den Klopfer. Eine ältere Frau öffnete. Ja, sie selbst sei die Gattin des Tuchhändlers, sagte sie. Sie betrachtete verwundert den Brief und stieß einen Schrei aus, als sie den Absender las: Volkmar von Linn. Sie drehte den Brief um, sah, dass er an Else gerichtet war, und fragte in großer Besorgnis:

»War es der Absender selbst, der Euch den Brief gegeben hat?«

Azzo bejahte es:

»Ja, er selbst, und zwar gestern Nachmittag.«

Und noch eine weitere Frage stellte Mutter Moers:

»Wo genau war denn der Ort der Übergabe?«

»In der Residenz des Erzbischofs«, antwortete Azzo erstaunt und ein wenig enttäuscht, dass man ihn nicht hereinholte und beköstigte.

Aber noch viel überraschter war Azzo, als Mutter Moers auf seine Antwort hin strahlte, als habe er ihr hundert Goldgulden übergeben, und anschließend so laut sie konnte nach Else rief, in einem Ton, den er noch nie gehört hatte. Dann vernahm Azzo zuerst leise Geräusche von jemandem, der eilig die Treppe herabkam, dann immer lautere von großen Sprüngen, und mit einem Mal stand eine junge Frau vor ihm, die auf die Mutter zueilte, den Brief sah, ihn öffnete, die Zeilen überflog und anschließend in Freudentränen ausbrach. Dann sah sie auf, erblickte ihn, Azzo, breitete ihre Arme aus und fiel ihm um den Hals. Azzo ließ es geschehen. Er begriff nicht. Geheimnisse, dachte er, als er die Arme in seinem Nacken spürte. Es gibt wirklich Geheimnisse auf dieser Welt, sogar die Liebe ist eines.

NACHWORT

Im Zentrum dieses Romans steht eine Figur, die heute sicherlich nur noch Spezialisten bekannt ist, obwohl sie ihre Spuren bis ins 20. Jahrhundert hinterlassen hat: der Benediktinerabt von Sponheim, Johannes Trithemius. Immerhin hat es dieser zu seinen Lebzeiten geradezu berüchtigte Mann mit seinen Werken zur Geheimschrift erstens auf den Index der von der katholischen Kirche verbotenen Bücher gebracht. Und zweitens sprachen noch die Soldaten des Ersten Weltkriegs, wenn sie ein chiffriertes Telegramm verschickten, von einem »Trittheim«.

Zwei umfangreiche Monographien führen in Persönlichkeit und Werk ein: Klaus Arnold, *Johannes Trithemius (1462–1516)*, Würzburg 1971; Noel L. Brann, *The Abbot Trithemius (1462–1516)*, Leiden 1981. Weitere Informationen bietet die Festschrift zum fünfhundertsten Geburtstag: *500-Jahrfeier Johannes Trithemius*. 1462–1962, herausgegeben von der Gemeinde Trittenheim, 1962. Dort sind auch Abbildungen der zeitgenössischen Darstellungen des Jubilars durch so hochrangige Künstler wie Tilman Riemenschneider und Hans Burgkmair zu sehen, die ich meiner eigenen Beschreibung zugrunde gelegt habe. Zu den Werken des Abtes, die für die Konstruktion der Handlung von Bedeutung waren, gehört dessen Chronik des Klosters Sponheim, die in einer Übersetzung von Carl Velten vorliegt: *Des Abtes Johannes Trithemius' Chronik des Klosters Sponheim (Chronicon Sanheimense)*, Bad Kreuznach 1969. Eingearbeitet habe ich auch Trithemius' Lob der Schreiber: *De laude scriptorum*, herausgegeben und übersetzt von Klaus Arnold, Würzburg 1973.

Von ungleich größerer Bedeutung aber waren die Bücher des Trithemius', die sich mit der Geheimschrift befassen. Es handelt sich dabei um zwei umfangreiche Traktate, die nur in historischen Ausgaben und damit auf Latein vorliegen. Ich konnte benutzen: *Johannis Trithemii [...] Steganographia* [...] Avtore Wolfgango Ernesto Heidel, Norimbergae 1721 (erstmals gedruckt fast hundert Jahre nach dem Tod des Autors, 1606); *Ioannis Trithemii [...] Libri polygraphiae VI*

[…] Argentinae 1600 (erstmals gedruckt noch zu Lebzeiten des Autors, aber nach den Geschehnissen im Roman, 1508). Im Roman sind einige wesentliche Kapitel aus den beiden Traktaten behandelt, wobei ich mich zusätzlich auf die Forschung gestützt habe. Allerdings gibt es in diesem Punkt auch für einen Philologen eine seltene Überraschung. In einem wesentlichen Punkt ist die Konzeption der Geheimschrift des Trithemius' bis zum Jahre 1996, also circa 500 Jahre lang, falsch dargestellt worden. Erst Thomas Ernst hat in einem 200-Seiten-›Aufsatz‹ das Missverständnis widerlegt, Trithemius habe auf zeittypische Magie gesetzt, ja sein Werk sei von Aberglaube und Kabbala durchdrungen: *Schwarzweiße Magie*, in: Daphnis 25, 1996, S. 1–205. Es war kein geringer Triumph des Autors, dass ausgerechnet den großen Umberto Eco in diesem Fall einmal seine Spürnase im Stich gelassen hat, wenn auch er von »eindeutig magisch-kabbalistischen Ritualen« schreibt, »in denen Engel beschworen werden« (*Die Suche nach der vollkommenen Sprache*. München 1994, S. 135f.). Worauf dieses Missverständnis beruht, wird im Roman in allen Einzelheiten dargelegt.

Natürlich habe ich auch die ältere Forschung mit Gewinn herangezogen. Ausdrücklich möchte ich nennen: W. Schneegans, *Johannes Trithemius*, Kreuznach 1882; Dr. Petri, *Die Geheimschrift (Steganographie) des Abtes Johannes Trithemius um 1500*, in: Natur und Kultur 6, 1908/09, S. 332–342; 366–372. Außerdem wird Trithemius in so gut wie jeder Überblicksdarstellung zur Geschichte der Geheimschrift behandelt. Erwähnt seien etwa Andrea Sgarro und Marcus Würmli: *Geheimschriften. Verschlüsseln und Enträtseln von Geheimtexten*, Augsburg 1991; Friedrich L. Bauer, *Entzifferte Geheimnisse. Methoden und Maximen der Kryptologie*, Berlin u.a. 1993; David Kahn, *The Codebreakers* [1200 Seiten, nicht in deutscher Übersetzung vorliegend], Simon & Schuster 1996; Simon Singh, *Geheime Botschaften. Die Kunst der Verschlüsselung von der Antike bis in die Zeiten des Internet*, München und Wien 2000. Zum speziellen Fall der Geheimschrift zur Zeit des Trithemius war hilfreich: Aloys Meister, *Die Geheimschrift im Dienste der päpstlichen Kurie*, Paderborn 1906.

Die Geheimschrift des Johannes Trithemius stellt das eine Standbein des Romans dar, das andere ist der Streit des damaligen Kurfürsten und Erzbischofs von Köln mit ›seiner‹ Stadt. Auch in diesem Fall gibt es eine Arbeit, ohne die ich die Handlung auf keinen Fall hätte mit so viel Authentizität konstruieren können: Maria Fuhs, *Hermann IV.* von Hessen. Erzbischof von Köln 1480–1508, Köln u.a. 1995. Die allgemeine politische Lage, der Kampf um die Biersteuer, selbst das Auftreten des Trithemius beim Kurfürsten in Brühl genau im Juli des Jahres 1505 – all dies verdankt sich dieser vorzüglichen Dissertation. Als Ergänzung habe ich auf einige Arbeiten zum Neusser Krieg zurückgegriffen, besonders auf Jürgen Huck, *Hermann von Hessen und seine Stadt Neuss*, Neuss 2002 (mit einer Übersetzung der Chronik des Neusser Kriegs von Jean Molinet). Die Einzelheiten zum Buchdrucker Quentel stammen aus dem Buch von Wolfgang Schmitz: *Die Überlieferung deutscher Texte im Kölner Buchdruck des 15. und 16. Jahrhundert.* Köln 1990 (als *online*-Version der Habil-Schrift veröffentlicht).

Ist damit die Handlung insgesamt eine historische Darstellung in Romanform? Nein, das ist sie nicht. Das wichtigste erfundene Element bildet die verschlüsselte Post des Kölner Rats und damit die Figur des Meister Brun, der in Brühl als Entschlüsseler tätig ist. Historisch richtig ist zwar, dass um 1500 an vielen europäischen Zentren der Briefverkehr in verschlüsselter Form stattfand und tatsächlich regelrechte Büros für Ver- und Entschlüsselung entstanden. Für Köln und Brühl gibt es dafür jedoch keinerlei Belege und auch die Wahrscheinlichkeit spricht dagegen. In diesem Punkt ist unsere Region also etwas interessanter gemacht worden, als es den Tatsachen entspricht. Bleibt immerhin der Trost, dass sich die Abläufe, wenn Köln denn schon etwas fortschrittlicher gewesen wäre, ungefähr so hätten gestalten müssen, wie es dargestellt wird. Was das Kolorit angeht, halfen mir beim Bekleiden der Figuren wieder John Peacocks *Kostüm und Mode – das Bildhandbuch*, Bern u.a. 2003, bei Schilderungen von Alltäglichkeiten wie Wirtshausbesuchen oder Transportproblemen Carl Dietmar, *Das mittelalterliche Köln*, Köln 2004.

Noch eine letzte Bemerkung zum Thema der historischen ›Richtigkeit‹. Die vier Romane, die ich mittlerweile im Emons Verlag veröffentlicht habe, illustrieren jeweils Phänomene, die mit Formen von Kommunikation zu tun haben, ja sie wurzeln letztlich in meinen wissenschaftlichen Studien, besonders der *Geschichte der Stimme* (München 1998, 2. Auflage 2004). Im nun vorliegenden Fall kommt etwas hinzu, was den Reiz des Lesens vielleicht noch etwas erhöht. Es geht nicht nur um ein Thema, über das man in seiner historischen

Dimension etwas hinzulernen kann. Es geht auch um ein Thema, das in der Gegenwart eine besondere Rolle spielt. Durch die heute allgegenwärtige Computertechnik hat die Kryptographie von vielen unbemerkt längst unseren Alltag durchdrungen (nur als Tipp: Immer wenn eine Internet-Adresse mit https:// statt http:// beginnt, ist Verschlüsselung im Spiel). Die Kosten für die Verschlüsselung von einem Megabyte liegen unterhalb von einem Euro. Staatliche Verbote, wie sie in Frankreich durchzusetzen versucht wurden, lassen sich aber genau mit den Mitteln umgehen, die schon im 16. Jahrhundert »entdeckt« und in diesem Roman ausführlich behandelt sind: mit Steganographie, die tatsächlich im Augenblick weltweit eine Wiedererstehung feiert. Einen ganz zaghaften Vorblick auf unsere Gegenwart (im Romangeschehen betrifft es die Zukunft) und deren Probleme habe ich eingebaut. Der Leser wird diese ganz und gar unauthentische Stelle unschwer erkennen.

Zum Schluss der übliche, aber auch notwendige Dank. Er gilt Herrn Bibliotheksdirektor Prof. Dr. Wolfgang Schmitz, der mir die wertvollen Originale der Trithemius-Schriften aus der Kölner Universitätsbibliothek zur Verfügung gestellt hat, damit ich sie mit etwas mehr Ruhe studieren konnte. Weiter gilt er zwei Mitlesern, die besonders auf die Darstellung der Geheimschrift ein Auge geworfen haben: Matthias Föhl und André Vatter. Meine Tochter Eva hat als alte Reiterin an meinen Beschreibungen der Vor- und Unfälle, die mit Pferden zusammenhängen, mitgeschrieben. Schließlich bedanke ich mich bei Frau Dr. Heister für ein im stilistischen wie im sachlichen Bereich überaus kompetentes Lektorat.

Karl-Heinz Göttert
DIE STIMME DES MÖRDERS
Historischer Kriminalroman
Broschur, 208 Seiten
ISBN 3-89705-280-6

»Spannend bis zur letzten Seite.« Karfunkel

Karl-Heinz Göttert
DAS OHR DES TEUFELS
Historischer Kriminalroman
Broschur, 224 Seiten
ISBN 3-89705-314-4

»Ein feines Gespinst aus historischem Roman, fantastischen Ideen und kriminellen Fäden.« Rheinische Post

Karl-Heinz Göttert
ANSCHLAG AUF DEN TELEGRAPHEN
Historischer Kriminalroman
Broschur, 224 Seiten
ISBN 3-89705-336-5

»Ein gelungenes Zeitbild mit Unterhaltungs- und Fortbildungswert. Breite Empfehlung.« ekz-Informationsdienst